KB007415

폭풍의 시대 2권

폭풍의 시대 2권

초판1쇄 인쇄 | 2023년 3월 7일
초판1쇄 발행 | 2023년 3월 15일

지은이 | 이원호
펴낸이 | 박연
펴낸곳 | 한결미디어

등록 | 2006년 7월 24일(제313-2006-000152호)
주소 | 서울시 마포구 모래내로 83 한올빌딩 6층
전화 | 02-704-3331
팩스 | 02-704-3360
이메일 | okpk@hanmail.net

ISBN 979-11-5916-172-8 979-11-5916-170-4(set) 04810

ⓒ한결미디어

• 책값은 뒤표지에 있습니다. 잘못 만들어진 책은 구입처나 본사에서 교환해드립니다.
• 이 책은 저작권법에 의해 보호받는 저작물이므로 무단전재와 복제를 금합니다.

폭풍의 시대

2권

고구령성

이원호 지음

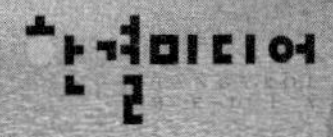

차례

1장
해방작전

중국, 베이징 이화원 근처의 주석 별장 안, 오후 4시 반.

장평이 시진핑과 독대하고 있다. 시진핑이 부른 것이다.

한동안 정원을 바라보던 시진핑이 고개를 돌렸다.

"소문이 많아, 오채명에 대해서 말야."

"……."

"현실이 냉혹하다는 증거지. 살아서 권력을 쥐고 있을 때는 온갖 아부를 하다가도 죽으면 무덤까지 다 파헤치려는 거야."

"……."

"정승의 개가 죽었을 때 문상객이 미어터졌다가 정작 정승이 죽으면 거지도 오지 않는다는 말, 공자의 말인가?"

"아닙니다. 속담입니다."

"어쨌든 오채명의 비리에 대한 소문이 들려."

그때 장평이 의자 옆에 놓았던 서류봉투를 집어 내용물을 빼 시진핑에게 바쳤다.

한 장이다. 그러나 요점만 적었기 때문에 눈에 쏙 들어온다.

오채명의 비리 내역이다.

서류를 훑어보는 시진핑의 눈에 초점이 잡혔다.

이윽고 서류에서 시선을 뗀 시진핑이 장평을 보았다.

"이게 사실인가?"

"예, 주석 동지."

"모두 57억 불이 넘는군, 미화로."

"57억 7,250만 불입니다, 주석 동지."

"이런 개 같은 놈."

시진핑의 눈빛이 강해졌다.

"연루자가 있겠지?"

"예, 주석 동지."

장평이 다시 서류 한 장을 꺼내 두 손으로 바쳤다.

"으으음."

시진핑의 입가에서 신음이 터졌다.

이것이 앞에 앉은 장평에게는 축복의 탄성처럼 들렸다.

자신의 앞날에 대한 축복, 경쟁자가 죽어야 축복이 내리는 법이니까.

강릉 경포대의 국제 호텔 스위트룸은 최상층인 18층이다.

오후 9시 반.

베란다에 나온 이동욱과 남기옥이 의자에 나란히 앉아 바다를 본다.

5월 하순의 맑고 따스한 날씨. 바닷바람이 부드럽게 피부를 스치면서 물 냄새가 맡아진다.

바다에는 10여 개의 빛 덩이가 반짝이고 있었는데 어선이다.

둘은 바닷가 식당에서 저녁을 먹고 방으로 올라온 것이다.

스위트룸은 방이 2개. 응접실에 사우나실도 갖춰져 있다. 베란다의 탁자 위에는 술병과 안주를 차려놓았다. 바닷가 옆쪽으로 호텔, 식당들이 불야성을 이루어 늘어서 있다. 앞쪽 바다에서 백사장으로 밀려오는 파도의 흰 끝이 선명했다.

두 다리를 쭉 뻗고 앉은 남기옥이 혼잣소리처럼 말했다.

"꿈을 꾸지도 못했던 일이 나한테서 일어나고 있어요."

의자의 등받이에 머리까지 기댄 이동욱이 바다만 보았고 남기옥의 말이 이어졌다.

"적응이 되겠지만 나한테는 이 시간이 너무 소중해서 슬로우 비디오테이프처럼 천천히 돌리고 싶어요."

"말을 천천히 하면 돼."

술잔을 든 이동욱이 정색하고 남기옥을 보았다.

"그리고 천천히 움직여."

눈만 크게 뜬 남기옥을 향해 이동욱이 말을 이었다.

"가능하면 생각도 하지 말고."

"……."

"숨도 1분에 2번 정도만 쉬고."

그때 남기옥이 눈의 초점을 잡았다. 그러더니 외면했다.

이동욱이 농담으로 말한 것을 알아챈 것이다.

그때 이동욱이 팔을 뻗어 남기옥의 손을 잡았다.

"일 끝나면 한국으로 돌아와 같이 살자."

남기옥이 잠자코 이동욱의 손을 마주잡았다. 약속을 한 것이다.

눈을 뜬 이동욱이 고개를 돌려 옆을 보았다.

비었다.

침대 옆 창이 환하게 밝다. 머리를 돌리자 햇살을 받아 반짝이는 바다가 보였다.

그때 문 쪽에서 남기옥이 들어섰다. 남기옥은 반바지에 헐렁한 셔츠를 입었다.

"일어났어요?"

침대 끝에 다가선 남기옥이 물었다.

긴 머리를 뒤로 묶었고 맨 얼굴이 눈부시게 빛나고 있다.

이동욱의 시선을 받은 남기옥이 눈을 흘겼다.

"8시가 넘었어요. 일어나서 아침 먹으러 가요."

"배고파?"

"아니."

"그럼, 이리 들어와."

이동욱이 팔을 뻗었다.

"침대로."

"또?"

남기옥의 얼굴이 새빨개졌다.

눈을 흘겼던 남기옥이 몸을 돌리더니 창가의 커튼을 치고 돌아왔다.

그래도 방 안은 환하다.

폴 사이몬은 42세. CIA 경력 17년의 중견이지만 주로 중동 작전팀에서 13년 가깝게 보냈다.

그것이 원인인지 2번 이혼을 하고 본부 근무를 시작하고 나서 3번째 결혼을 했다. 그런데 다시 '고향'인 중동으로 파견된 것이다. 3번째 결혼을 한 지 1년 만이다.

서울 지부장 워렌하고는 카이로에서 1년간 같이 근무한 적이 있어서 부담이 없는 사이다. 폴이 워렌의 조원(組員)이었던 끈끈한 관계였다.

지부장실에 둘이 마주 앉았을 때는 오전 10시.

워렌이 벽시계를 보고 말했다.

"지금 이동욱은 아직 침대에서 일어나지 않았을지도 모르겠다."

워렌이 느글거리며 웃었다.

"어제 남기옥하고 바닷가로 갔거든."

"뭐 하러 간 거요?"

"그야 섹스지."

"섹스라."

여전히 정색한 폴이 워렌을 보았다.

폴은 검은 머리, 약간 볕에 탄 피부, 검은 눈동자의 백인이다. 아랍인으로도 보이지만 순수한 아일랜드 이민 후손이다. 185의 신장에 건장한 체격.

그때 폴이 말을 이었다.

"자료를 보았더니 이동욱의 여자관계가 복잡하지 않던데요."

"다 끊겼지. 죽어서 또는 작전 끝나고."

"지금 바닷가에서 작전 회의요?"

"섹스야."

"왜 자꾸 섹스라고 하는 겁니까?"

"섹스 끝내고 곧장 페샤와르로 날아갈 거야."

"우선 나를 만나야지."

폴은 CIA 측에서 보낸 이동욱의 보좌관인 것이다.

고개를 끄덕인 워렌이 폴을 보았다.

"그럼 이동욱은 좌우에 보좌역 둘을 붙이고 다니셨군. 하나는 북한 측 남기옥, 또 하나는 너."

"부국장이 대통령께 직보하는 겁니다. 물론 부장과 함께 한다는 전제는 깔았지만 말입니다."

"사이몬이 이번에 잘 되면 부장 되겠어."

"부국장 지시입니다. 이번 작전 내용은 일본 지부장한테도 누설하지 말라는 겁니다."

"그야 당연하지. 여기도 나하고 간부 둘밖에 몰라. 정보가 새면 셋이 다 모가지야."

"베이징은 어떻게 됩니까?"

"이번 오채명 작전으로 지부장 홍현의 주가가 뛰었어. 그 자식, 잘 되면 본부로 영전될 거야."

"워렌, 당신도 이번 작전의 조연 아닙니까? 배후 지원을 잘 끝내면 영전하겠지요."

"그런데 너 재혼한 지 1년도 안 됐잖아? 괜찮겠어?"

워렌이 말머리를 돌리자 폴은 쓴웃음을 지었다.

"나는 아무래도 작전 기질인가 봐요. 사무실에 앉아서 회의하는 것이 지겨워지기 시작했거든요."

"……."

"매일 집에 들어가 와이프 만나는 것도 왜 그렇게 어색해지는지 모르겠어."

"지저스."

"왜 그러는 거요?"

"너 작전 나간다니까 와이프가 뭐라고 그래?"

"헤어지자고 하더군요."

"마이 갓."

"그래서 서류에 사인해주고 오는 길입니다."

폴의 얼굴에 웃음이 떠올랐다.

"이제 홀가분하게 그라운드에 나간 기분입니다. 내가 자식이 없는 것이 축복처럼 느껴지더군요."

오후 3시. 바닷가 식당에서 아침 겸 점심을 먹고 나온 이동욱과 남기옥이 해변을 걷는다.

아직 해수욕장 개장은 이르지만 바닷가에는 사람이 많다. 평일이지만 놀러 나온 사람들이다.

남기옥이 웃음 띤 얼굴로 이동욱을 보았다.

"이 사람들, 아무 걱정 없는 것 같죠?"

"그냥 잊고 노는 거야."

이동욱이 쓴웃음을 지었다.

"자꾸 비교할 필요는 없어, 저 사람들도 우리를 부러워할 테니까."

"그럴까요?"

"네가 예뻐서 남자들이 다 한 번씩 너를 돌아본다."

과연 그렇다. 남기옥의 미모는 뛰어났다. 늘씬한 몸매까지 갖춰서 남자들이 힐끗거린다.

"널 보고 나서 꼭 나를 흘겨보는 거야. 부러운 표정으로 말야."

"거짓말."

"저도 뻔히 알면서."

"저기 바위까지 걸어갔다가 돌아와요."

"그리고 바로 호텔로 돌아가자."

이동욱이 남기옥의 손을 잡았다.

"가서 저녁밥은 룸서비스를 시키고."

남기옥의 시선을 받은 이동욱이 말을 이었다.

"내일 아침까지 나오지 말자."

남기옥의 얼굴이 다시 빨개졌지만 잡힌 손에는 오히려 힘이 주어졌다.

다음 날 오후 3시 반. 소공동 CIA 서울 지부장실에 넷이 둘러앉았다.

지부장 워렌과 폴 사이몬, 그리고 국정원 부장 최기성과 이동욱이다.

셋은 안면이 있지만 폴은 새 얼굴이어서 워렌이 소개했다.

"이번에 CIA에서 이 사장 보좌관으로 선정해 보낸 사람입니다. 전에 이집트에서 나하고 같이 근무했지요."

이동욱의 시선을 받은 폴이 웃음 띤 얼굴로 고개를 숙였다.

"잘 모시겠습니다."

"잘 부탁합니다."

"명성을 오래전부터 듣고 있었습니다. 부하로 대해 주십시오."

"그러지요."

선선히 대답한 이동욱이 최기성을 보았다.

"그럼 준비 다 되었으니까 오후에 출발할 겁니다."

"알겠습니다."

최기성이 웃음 띤 얼굴로 셋을 둘러보았다.

"이제 팀은 구성되었습니다."

지휘부다. 한국은 국정원 최기성이 지원을 맡기로 한 것이다.

남북한과 미국의 합동작전이다.

오후 6시 반.

싱가포르행 비행기 비즈니스 석에 이동욱과 폴이 나란히 앉아있다. 남기옥은 통로 건너편 자리에 혼자 앉아 있는데 옆자리는 비었다.

폴이 고개를 돌려 이동욱을 보았다.

"아프간의 '회랑'을 보급 통로로 이용할 계획입니다."

이동욱이 고개를 끄덕였다.

아프간과 중국령 위구르를 잇는 통로다. 전부터 아프간 반군과 위구르 측 반(反)중국 게릴라들이 그곳을 통해 접촉하고 있었기 때문이다.

"페샤와르에서 준비가 중요해. 지금 최수만 대좌가 기다리고 있어."

"모두 몇 명입니까?"

"17명. 모두 중동 근무 경험이 있는 장교들이야."

"테러 교관 출신이겠군요."

"맞아."

이동욱이 웃음 띤 얼굴로 폴을 보았다.

"당신도 겪어본 놈들일 거야."

"베이루트, 이란에서 북한 교관 놈들 때문에 혼났습니다."

"어제의 적이 오늘의 전우가 되는 세상이지."

"하지타크는 부패한 지도자입니다."

불쑥 폴이 말했기 때문에 이동욱이 고개를 들었다.

비행기는 서해 상공을 날아가는 중이다.

폴이 말을 이었다.

"반군을 오랫동안 이끌고 있지만 중국 정부로부터 뇌물을 받아왔습니다. 측근의 부하 아말, 카심이 하지타크와 함께 반군을 장악, 15년간 중국 정부와 거래를 해왔지요."

"……."

"최근에 외곽의 부대장인 가르단, 수에타 등이 중국 경비대와 접전을 벌여 위구르인들의 지지를 받자 그들을 제거하려고 했다가 가르단의 동생만 함정에 빠져 중국 정부에 체포되었지요."

"……."

"우리는 가르단, 수에타를 만나야 합니다."

"하지타크부터 정리해야 한단 말인가?"

"그렇습니다."

쓴웃음을 지은 폴이 말을 이었다.

"하지타크가 반군 지도자로 15년간 군림하고 있던 이유가 바로 그것 때문입니다. 내통하고 있었던 겁니다."

"내막을 가르단, 수에타가 알고 있나?"

"눈치는 채고 있는 것 같습니다. 그래서 가르단, 수에타가 반군 지도자 회의에 참석하지 않고 숨어 다닌다고 하니까요."

"이런 개 같은."

"오래된 물은 썩는다는 말이 맞습니다. 물은 흐르게 해야 돼요."

이동욱의 시선을 받은 폴이 다시 얼굴을 일그러뜨리며 웃었다.

"이건 이집트 속담입니다."

싱가포르를 거쳐 파키스탄의 라왈핀디, 종착지인 페샤와르에 도착했을 때는 다음 날 오후 4시 무렵이다. 싱가포르와 라왈핀디에서 비행기를 갈아탔기 때문이다.

공항에는 최수만이 기다리고 있었는데 허름한 작업복 차림에다 덥수룩한 머리 꼴이 영락없는 노동자다.

일행 셋은 최수만이 준비한 승합차에 타고 시내로 향했다. 7인승 승합차에는 최수만과 운전사, 그리고 또 한 사내까지 셋이 마중 나왔기 때문에 일행은 여섯이다.

"거기 갈아 입으실 옷이 있습니다."

최수만이 뒤쪽 자리에 놓인 가방을 눈으로 가리켰다. 2개나 된다.

"남 선생이 입으실 차도르도 있습니다. 여기선 여자가 차도르를 걸치지 않으면 이상하게 보이니까요."

고개를 끄덕인 이동욱이 가방을 열고 옷을 꺼내 갈아입었다.

폴도 허름한 작업복에다 구두를 바꿔 신으니 금세 아랍인 모습이 되었다. 뒤쪽 자리에 앉아 있던 남기옥이 이동욱의 뒤에서 차도르를 둘러썼다. 갈아입을 필요는 없다.

그때 폴이 최수만에게 물었다. 영어다.

"나 때문에 말을 영어로 하게 되어서 불편하게 만들었습니다."

"천만에요."

대번에 부인한 최수만이 빙그레 웃었다.

"내 부하들 대부분도 외국에서 작전을 오래 한 놈들이라 영어, 아랍어는 대충 합니다. 불편할 것 없습니다."

"잘되었군요. 나도 중동에 좀 있었지만 북한과 함께 작전하는 것은 이번이 처음입니다."

"그렇겠네요."

둘의 말을 듣던 이동욱이 최수만에게 물었다.

"거처를 알아보았나?"

"예, 임대로 내놓은 여관 건물이 있는데 한적한 곳인 데다 쌉니다. 6개월 임대료가 미화로 1만 불 정도입니다."

"그럼 그곳으로 옮기도록 하고."

이동욱이 아예 차 안에서부터 작전 지시를 했다.

"바로 그곳에서 진입 준비를 하지."

고개를 돌린 이동욱이 폴을 보았다.

"장비도 바로 준비해야 돼."

"예, 최 대좌하고 상의해서 무기류를 결정하지요."

폴이 대답했다.

페샤와르에서의 준비 기간은 2개월이다. 그동안 위구르 쪽과 연락도 다 돼 있어야 한다.

위구르 반군 정보는 모두 장평한테서 나왔다.

정보국장 장평보다 더 정확하고 자세한 정보를 움켜쥐고 있는 인물은 없는 것이다.

이곳은 중국 베이징, 지단공원 근처의 '상해루'는 3층 건물 전체를 식당으로 사용하고 있다. 오래된 식당이나 음식 맛은 주로 남부 요리를 전문으로 하기 때문에 입맛이 까다로운 북부, 중부 지방 출신들은 가지 않는 곳이다.

3층 방에서 군(軍) 지휘부 장군들과 식사를 마친 장평이 1층 로비로 내려와서 작별 인사를 했다.

장군들과 헤어진 장평이 몸을 돌리더니 비서 루신에게 물었다.

"준비되었나?"

"예, 국장 동지."

루신이 옆으로 바짝 붙었다.

"지하 1층 주차장으로 내려가시면 됩니다. 저는 뒤를 따라가겠습니다."

고개를 끄덕인 장평이 엘리베이터에 탔다.

루신은 38세, 조부가 등소평의 비서였던 명문가 집안으로 미국에서 박사 학위를 받고 승승장구, 정보국장 비서에 오른 인물이다. 그러나 CIA에 포섭된 지 오래여서 장평과 손발이 맞는다.

엘리베이터가 지하 1층 주차장에 멈춰 서자 장평은 주차장으로 나왔다.

내린 손님 대여섯 명은 뿔뿔이 흩어졌고 루신을 태운 엘리베이터는 다시 내려갔다.

그때 서 있는 장평 앞으로 검정색 세단이 다가와 멈춰 섰다.

장평이 뒷좌석에 오르자 세단은 곧 출발했다.

그 시간에 상해루 보안실에 앉아 있던 양만이 이맛살을 찌푸렸다.

보안실의 모든 카메라의 작동이 멈춰 있었기 때문이다.

"이런, 또."

투덜거린 양만이 CCTV 전원을 껐다가 다시 켰지만 여전히 작동되지 않는다.

시간을 보니 10분쯤 전부터 멈춰 서 있다.

이런 일이 한두 번이 아니었기 때문에 양만이 다시 신문을 폈다. 30분쯤 지나면 회복된다.

장치가 낡아서 교체해야 된다고 전에 점검 왔던 기술자가 말했다. 하지만 며칠에 한 번꼴로 이 지랄을 할 뿐, 큰 이상은 없으니 주인 소병위는 앞으로 10년은 더 써야 바꿀 것이다.

차가 지하 차고를 빠져나와 도로에 들어섰을 때 장평이 들고 온 가방을 홍현에게 건네주었다.

"위구르 자료는 이제 다 가져온 거요. 앞으로 일어날 일은 이동욱이 만들어 가야겠지."

"고맙습니다."

쓴웃음을 지은 홍현이 장평을 보았다.

"앞으로는 이렇게 직접 만나지 않아도 될 겁니다."

"정보국장인 나도 중국의 정보기관이 몇 개인지를 다 기억할 수도 없는 상황이니까."

따라 웃은 장평이 창밖을 보았다.

차창은 짙게 선팅이 되어 있어서 밖에서는 보이지 않는다.

장평이 금세 정색하고 말했다.

"위구르가 넘어가면 시 주석의 체제도 함께 넘어갑니다."

"그럼 누가 대권을 이어받을 가능성이 있습니까?"

"가능성이 있는 인물은 없어요."

장평이 고개를 저었다.

"시진핑은 제2인자를 키우지 않아요. 아마 치열한 권력 투쟁이 일어날 겁니다."

"그것도 우리가 대비해야겠군요."

홍현이 번들거리는 눈으로 장평을 보았다.

"그렇지 않습니까?"

장평은 대답하지 않았다.

긍정도, 그렇다고 부정도 하지 않은 것이다.

여관은 3층 건물로 방이 26개밖에 되지 않았지만, 마당이 넓고 뒤뜰에는 채소밭을 만들어 놓았다. 그러나 가꾸지 않아서 잡초만 무성하게 자랐고 창문이 떨어진 방도 서너 개나 되었다. 주택가 위쪽의 외진 곳에 있어서 건물이 눈에 띄지도 않았다.

이동욱은 여관을 임대한 후에 '수리 중' 팻말을 붙이고 대원들을 입주시켰다. 입주한 대원들을 '공사 현장' 근로자로 위장시킨 것이다.

"사이몬 씨가 왔습니다."

최수만이 말했을 때는 오후 4시 반. 여관에 입주한 둘째 날이다.

폴은 페샤와르 서남쪽 미 공군 기지에 다녀온 것이다. 어제 출발해서 만 하루 만에 돌아왔다.

2층 상황실로 개조한 방으로 들어선 폴이 이동욱에게 말했다.

"무기를 트럭에 싣고 왔습니다."

자리에 앉은 폴이 서류 가방을 탁자 위에 내려놓았다.

"이번에 입수한 위구르 반군에 대한 정보입니다. 중국에서 입수한 것을 바로 직송해 온 겁니다."

이동욱이 고개를 끄덕였다.

이제 준비는 다 되었다. 침투조의 훈련만 마치면 된다.

그때 최수만이 자리에서 일어섰다.

"저는 무기 분배를 해야겠습니다."

최수만이 서둘러 상황실을 나갔을 때 폴이 말을 이었다.

"정보국장 장평한테서 받은 정보인데 위구르 반군 조직도에서부터 하지타크와 간부들 명단까지 다 적혀있습니다."

비행기 안에서 이미 들은 터라 이동욱이 고개만 끄덕였다.

폴이 목소리를 낮췄다.

"하지타크 대신 반군을 이끌 지도자를 세워야 합니다."

"가서 만나봐야겠어."

"가르단과 수에타, 둘을 만나도록 하지요. 그런데."

폴의 얼굴에 쓴웃음이 떠올랐다.

"둘 사이도 좋지 않다고 합니다."

"개판이군."

이동욱이 입맛을 다셨다.

"저러니까 하지타크가 중국으로부터 뇌물을 먹으면서 15년 동안 반군 지도자 노릇을 한 거 아냐?"

"지도자가 없었던 것이죠."

"지도자까지 만들어서 독립을 시키라니, 차라리 우리가 차지하는 것이 낫겠다."

"위구르가 넘어가면 시진핑 체제도 뒤집힐 것이라고 합니다."

이동욱이 고개를 끄덕였다.

CIA가 적극적으로 도와주는 이유가 바로 이것이다. 소련보다 더 위협적인 세력으로 부상하는 중국을 견제해야만 하는 것이다. 위구르가 그 동기가 될 가능성이 있다.

다음 날 강기철, 윤성 두 명이 '이스마일' 여관에 도착했다.

둘은 '리스타자원' 소속의 용병단에서 차출된 용병이다. 이동욱이 '리스타자원'에 요청해서 파견된 것이다. 둘은 이동욱과 아프리카에서 함께 작전을 했기 때문에 손발이 맞는다.

"잘 왔어."

둘의 인사를 받은 이동욱이 웃음 띤 얼굴로 최수만, 폴을 소개해주었다.

"너희들 둘은 내 보좌관 겸 별동대 역할이야. 이것으로 '위구르팀'의 조직은 갖춰졌다."

최수만은 중동 '테러교관단' 출신의 전문가 17명을 데려왔고, CIA의 폴 사이몬이 정보, 작전 담당이다. 부인으로 위장한 남기옥에다 한국 측 용병인 둘까지 포함되었으니 명실상부한 남·북·미 3국 공조가 되었다.

강기철. 33세. 특전사 대위 출신. 리스타에서 중동, 아프리카 작전 3년 차. 미혼. 아프리카에서는 팀을 이끌고 '정부 전복' 작전을 이동욱과 함께 수행한 경력이 있다.

윤성은 31세. UDT 상사 출신으로 리스타 근무 2년 차, 장신. 격투기에 능하고 침투 작전에 뛰어나 이동욱의 신임을 받았다. 이동욱의 경호병도 겸하게 되었다.

"북한 특수대원하고 손발을 맞춰라."

이동욱이 둘에게 지시했다.

"주력은 북한군이니까."

지휘는 이동욱이, 병력은 북한이, 지원은 미국에서 해주기로 한 것이다.

부대장이 최수만, 보좌관이 폴 사이몬, 그리고 연락관 겸 비서 역할로 남기옥이 배치되었으니 팀 체제는 갖춰졌다.

서울, 내치(內治)는 국무총리 박상윤에게 맡겼지만 대통령이 외치만 할 수가 있나?

오늘, 이광이 국무회의를 주재하고 있는데 회의 주제가 '군 복무 기간 단축'이다.

2008년, 현재 군 복무 기간은 육군 24개월, 해병 24개월, 해군 26개월, 공군 27개월이다.

그것을 더 줄이자는 각계의 여론이 형성되고 있기 때문이다.

그것을 국방부는 육군 21개월, 해병과 해군이 각각 21, 23개월, 공군 24개월로 줄인 안(案)을 내놓고 있다. 이번에 대통령이 주재한 회의에서 승인이 되면 무리 없게 통과될 것이다.

국방부 장관 안동익이 안을 설명하면서 마무리 멘트를 했다.

"국민 여론이 복무 기간 감축을 지지하고 있습니다. 대통령님의 남북한 평화 공존 정책에 호응하여 이 정도로 감축하는 것이 적당할 것 같습니다."

모두 긍정하는 분위기였고 박상윤도 고개를 끄덕였다.

이제 국무위원들의 시선이 이광에게 옮겨졌다.

이광은 앞쪽만 쳐다보고 있었는데 시선이 정면의 환경부 장관 나연희에게 박혀 있다. 이쪽은 눈동자가 흐렸지만 10미터쯤 떨어진 나연희는 그야말로 좌불안석이었다.

45세인 나연희는 미모에 날씬한 체격으로 국회의원 시절에는 미녀로 지명도가 가장 높았던 인기인이다. 이혼녀, 미국 박사, 스캔들 없고 환경 전문가여서 장관으로 지명되었을 때 가장 적합한 인사라는 평까지 들었다.

시선이 계속되자 나연희의 얼굴이 붉어졌다가 곧 굳어졌다. 이제는 조용해진 회의장 안에서 국무위원들의 시선이 이광과 나연희 사이를 왔다 갔다 했다.

그때 이광이 고개를 돌려 안동익을 보았다.

"국방부 장관."

"예, 대통령님."

"그, 군 복무 기간 단축에 대한 여론 조사 결과가 있습니까?"

"예, 있습니다."

기다리고 있었다는 듯이 안동익이 서류를 집더니 읽었다.

"최근 조사 결과만 말씀드리겠습니다. NBS는 단축 찬성이 65퍼센트, 반대 25퍼센트이고 KCC는 찬성 67퍼센트, 반대 22퍼센트였습니다. 모두 65퍼센트 이상의 단축 찬성 여론입니다."

그러더니 덧붙였다.

"복무 기간 단축은 군 기계화, 자동화로 대체할 수 있습니다."

그때 이광이 불쑥 물었다.

"북한의 군 복무 기간은 얼마죠?"

그 순간, 안동익의 얼굴이 굳어졌다.

10년이다. 그 이상도 된다.

회의장에서는 숨소리도 나지 않았고 박상윤도 침묵했다.

그때 이광이 말을 이었다.

"남북한이 평화통일이 된다고 칩시다. 그럼 중국, 일본에 대한 대비는 어떻게 합니까? 18개월 군 복무 경험을 쌓은 한국군으로, 자동화 기계로 합니까? 아니면, 북한군에 맡겨야 됩니까?"

이광의 목소리에 한마디씩 힘이 실렸다.

"다른 부서는 그렇다고 해도 국방부는 반대해야 정상 아닙니까? 국방부에서 여론 이야기를 하면서 단축하라는 겁니까? 그럼 국민 여론이 하자는 대로 국정을 운영해야 되는 겁니까?"

안동익은 이제 숨도 쉬는 것 같지 않았고 이광이 시선을 돌려 박상윤을 보았다.

"총리, 난 반대합니다. 오히려 6개월 정도씩 군 복무 기간을 늘리고 하사관을 더 양성하는 방향으로 입법화할 것을 제의합니다."

그러고는 이광이 자리에서 일어섰다.

그러자 박상윤이 바로 말을 받는다.

"알겠습니다. 검토하겠습니다, 대통령님."

이래야 총리하고 대통령의 손발이 맞는 것이다.

그날 오후 5시에 국방부 장관 안동익이 사직서를 제출했고 바로 수리되었다.

'일신상의 이유'로 사직했다고 정부는 발표했지만, 언론이 그대로 놔둘 리가 없다. 국무회의장에서의 상황이 금세 상세하게 퍼진 것은 총리가 함구령을 내리지 않았기 때문이다.

그래서 7시 뉴스에 나온 KBC의 앵커 유수만이 신바람이 난 표정으로 말했다. 유수만은 표정을 숨기지 못해서 안티도 많지만 그만큼 또 열정적이라 팬도 많다.

“전 국방부 장관 안동익은 여론을 내세우고 군 복무 기간 단축을 주장했던 것입니다.”

유수만이 어깨를 부풀렸다가 내리더니 목소리를 높였다.

“그때 대통령이 직접 지적했다는 것입니다. 그럼 여론 조사를 해서 항복하라면 항복할 것이냐? 그랬더니 아무 말도 못 했다고 합니다.”

유수만이 똑바로 시청자를 보았다.

“국정 운영을 여론에 따라 할 수는 없습니다. 그것은 선장이 없는 배와 같습니다. 제각기 떠들어 대는 승객, 선원을 태우고 폭풍 속에 떠 있는 배를 상상해 보십시오. 그때도 여론에 따라 왔다 갔다 할 것입니까?”

이것은 아무래도 잘난체하는 유수만의 즉흥 애드리브 같다. 그런데 이 열변에 국민 대다수가 공감하고 있다.

이것도 여론이지. 이렇게 여론이 바뀌는 것이다.

이것을 다음 날 김정은이 보고 받았다.

보고자는 김여정, 가감 없이 보고했다.

“이광 씨가 그랬다는군요. 북한은 군대 복무 기간이 10년, 그 이상인데 우리는 24개월을 더 줄인다고? 그럼 북남 통일이 되었을 때 국방은 북한군에게 맡겨야 된단 말이냐?”

“옳지. 말 잘했다.”

김정은이 고개를 끄덕이며 말을 잘랐다.

“그게 정답이지. 남조선에서는 2년 동안 군대로 휴가 가는 것이나 같은 거다. 국방은 북한군이 맡아야 돼.”

“어쨌든 국방부 장관은 그 말로 바로 해임되었어요.”

"총살시켰나?"

"남조선은 그런 거 없습니다."

"그러니까 별놈의 흉악범이 많이 생기는 거야."

"어쨌든 남조선 군부가 긴장하게 되었습니다."

"그놈들 군기가 빠졌지. 정권에 아부하는 장군 놈들만 배치해 놓았으니. 군인이 무슨 여론 따지고 근무하나? 제 놈들이 정치인인가?"

"북남 통일이 되어도 일본, 중국에 대한 대비를 해야 된다고 했답니다."

"옳은 말이야. 남조선 군대도 복무 기간을 우리처럼 10년으로 해야 돼."

그러더니 눈의 초점을 잡았다.

"지금 이동욱은 어디에 있나?"

"페샤와르에 있습니다."

"이제 북남 합동으로 위구르 작전을 시작하는 상황인데 그 국방 장관 놈이 시기를 잘못 잡았지."

안동익은 이 작전을 모른다.

카자흐스탄의 국경도시 판필로프.

이곳에서 중국 국경까지는 50킬로 정도였기 때문에 버스 정류장에는 장사꾼들이 많다. 중국에서 물건을 사 오려는 것이다. 싼 중국산 제품을 사서 내륙까지 운반해가면 2배 장사가 된다고 했다.

오전 10시, 북적대는 대합실 안에 허름한 작업복 차림의 사내 넷과 차도르를 입은 여자 하나가 모여 앉아있다.

이동욱과 강기철, 윤성, 그리고 안내원 하심과 남기옥이나.

어제 오전에는 하심의 안내로 폴 사이몬과 최수만이 위장한 대원 8명과 함께 위구르로 잠입했다. 지금 그들은 위구르의 국경도시 휘청에서 기다리고 있을 것이다.

"어제는 버스가 만원이라 중국 세관에서 머릿수만 세어보고 통행료를 받아 갔습니다. 여권도 한꺼번에 모아주면 10분도 안 되어서 도장을 찍어서 보내주더군요. 입국하는 데 20분도 안 걸렸습니다."

하심은 신장 위구르 자치구 주민으로 44세, CIA 정보원이다. 국경에서 40킬로쯤 떨어진 훠청에서 식당을 운영하는데 10년쯤 전에는 하지타크 반군으로 활동한 전력이 있다.

버스는 출발 시간이 11시였는데 아직 승차장에 나타나지 않았다.

하심이 말을 이었다.

"카자흐스탄과 중국 정부 관계가 좋기 때문이죠. 아래쪽 키르기스스탄, 아프가니스탄 쪽은 검문이 엄격하다고 합니다."

그래서 전 대원이 모두 카자흐스탄으로 옮겨와 위구르로 입국하려는 것이다.

파키스탄의 페샤와르에서 아프간 '회랑'을 지나 타지키스탄, 키르기스스탄을 횡단하여 맨 위쪽 카자흐스탄까지 온 것이다. 대원들과 함께 5일간에 걸친 대장정 끝에 오늘 위구르로 입국이다.

이동욱과 남기옥까지 모두 카자흐스탄 여권을 소지하고 있는데 모두 진품 여권인 것이다.

외교부에 손을 써서 정식 여권으로 만들었는데 이것도 폴의 공작이다. 카자흐스탄 외교부 간부가 매수되었기 때문이다.

그때 이동욱이 말했다.

"방심하면 안 돼. 최악의 경우를 항상 대비하고 있어야 돼."

이동욱의 시선이 강기철, 윤성에게 옮겨졌다.

"오늘부터 작전 시작이다."

페샤와르에서의 준비 기간은 3주였다. 그동안 정찰팀이 위구르에 2번이나 다녀왔고 침투 훈련도 2번이나 한 것이다.

그리고 오늘, 작전 지역에 침투한다.

오후 1시 반.

버스가 국경 검문소에서 멈추자 곧 안으로 세관원과 군인 2명이 들어왔다. 그러나 통로까지 짐과 승객들로 가득 차 있었기 때문에 중간 부분에서 세관원이 머릿수를 세기 시작했다.

이동욱도 손가락으로 가리키는 숫자에 들어갔다.

그사이에 운전사가 승객들의 여권을 걷어서 쥐고 있다가 세관원에게 넘겼다. 뒤에 서 있는 국경수비대원들은 건성으로 승객을 둘러보다가 짐 보따리를 보기도 한다.

그때 승객 머릿수와 여권 숫자가 맞는 것을 확인한 세관원이 고개를 끄덕였다.

그러자 운전사가 미리 걷어놓은 '입국비'를 내놓았다.

1인당 10불, 승객이 모두 57명이었기 때문에 570불. 그러나 봉투가 2개다. 또 1개는 '뇌물'로 1인당 10불씩 더 걷어서 570불이 들어 있다. 이건 세관원이 먹는다고 했다. 그래서 입국자는 1인당 20불씩 내는 셈이다.

봉투까지 받은 세관원이 경비대원들과 함께 내려가자 버스 안은 떠들썩해졌다. 웃고 잡담을 나누는 승객들은 자주 위구르를 오가는 장사꾼들이 대부분이다.

그때 눈만 내놓은 차도르 차림의 남기옥이 옆에 앉은 이동욱에게 낮게 말했다.

"권총이 따뜻해졌어요."

이동욱의 시선을 받은 남기옥이 눈웃음을 쳤다.

"옆구리에 붙여놓고 있으니까 이젠 체온과 같아졌나 봐요."

이동욱은 쓴웃음만 지었다.

남기옥이 긴장을 푼답시고 양쪽 옆구리에 붙여놓은 베레타 권총 2자루 이야기를 한 것이다.

그렇다. 남기옥은 지금 '무기고' 역할을 하고 있다. 차도르 밑의 몸에 베레타 권총 2자루, 탄창 4개를 차고 있다. 국경 검문소에서 여자들 몸 검사를 안 한다는 것을 알았기 때문에 이동욱이 허락했다.

그때 버스 문이 열리더니 병사 하나가 여권 뭉치를 들고 들어와 운전사에게 건넸다.

하심이 말한 대로 20분도 걸리지 않았다.

휘청.

하심이 임대해놓은 안가에서 이동욱은 먼저 와 있던 폴과 최수만 일행과 합류했다.

이제 대원은 10여 명으로 늘어났다.

내일 부대장 조민준의 인솔로 10명이 입국하면 입국 작전은 마친다.

그래서 하심은 오후에 다시 판필로프로 떠났다.

오후 7시 반.

저녁 식사를 마친 간부들이 거실에 둘러앉았다. 회의다.

이동욱이 입을 열었다.

"하지타크는 우루무치에 있다는 것이 확인되었어. 계획대로 하지타크부터 제거하기로 한다."

이동욱이 방바닥에 펼쳐놓은 신장 위구르 지도를 보았다.

넓다. 중국 영토의 6분의 1을 차지하는 거대한 영토다. 160만 제곱킬로, 본래 위구르족 영토를 1949년 중국이 침략, 합병함으로 불만이 야기되었다. 1997년 2월, 대규모 폭동이 일어났지만 진압되었고 중국 정부는 강압적으로 통치해왔다. 위구르인을 수용소에서 교화시키려고도 했다.

현재 이 거대한 지역에 사는 위구르인도 1천만 정도. 그러나 중국 정부가 한족을 대거 이주시키면서 위구르의 수도 우루무치는 한족이 80퍼센트를 차지한다. 모든 상권은 한족이 장악한 상태다.

이동욱이 고개를 들고 최수만을 보았다.

"카슈가르에서 다시 만나기로 하지."

"예, 중장 동지."

최수만이 깊어진 눈으로 이동욱을 보았다.

"기필코 임무를 완수하겠습니다."

내일 아침에 이동욱은 폴과 남기옥, 그리고 강기철, 윤성, 북한군 대원 6명과 함께 우루무치로 가는 것이다.

이동욱의 목표는 하지타크 제거다. 하지타크는 우루무치를 중심으로 활동하고 있다.

본인은 숨어서 반정부 게릴라전을 치른다고 선전했지만, 말도 안 되는 소리다.

우루무치 인구의 80퍼센트 이상이 한족인 상황이다. 오히려 중국 정부의 보호를 받고 있다고 봐야 한다.

이동욱이 고개를 끄덕였다.

"최 대좌의 임무가 더 막중해. 가르단, 수에타는 의심이 많은 놈들이라니까 조심하도록."

"알겠습니다."

최수만의 임무는 하지타크의 행동대 가르단, 수에타와 접촉하는 것이다.

둘의 사이가 적대적이라니 신중해야 한다.

최수만의 목적지는 서남쪽 국경도시인 카슈가르. 그곳은 위구르인 인구가 90퍼센트나 되는 도시다. 카슈가르를 중심으로 가르단과 수에타가 활동하고 있다.

최수만은 내일 도착하는 11명의 대원을 인솔한다. 안내자는 하심. 이곳에서 기다렸다가 출발할 것이다.

서울, 남북 정상회담이 하루 전으로 다가왔다.

사흘 전, 갑자기 북한에서 정상회담 제의를 해온 것이다.

아무리 '남북 평화 공존' 시대지만 사흘 전에 정상회담 제의를 하다니.

의전 문제, 회담 준비 등으로 외교부를 중심으로 펄쩍 뛰었지만 어쩌랴, 김정은 스타일을 맞추는 수밖에.

정상회담 의제가 '북남 상호 협력 발전'이라는 '애매한' 주제만 전해 받고 한국 정부는 회담 준비를 했다.

이곳은 청와대 대통령 집무실 안.

이광이 비서실장 안학태, 상황실장 오대근, 정책실장 최영조를 불러놓고 회의 중이다.

오대근, 최영조는 전임 대통령 유준상 시절부터 상황실장, 정책실장을 맡고 있던 인물이다. 청와대 화장실이 몇 개 있다는 것부터 국내외 사정은 훤하게 들여다보는 인물들인 것이다.

이광이 셋을 둘러보며 물었다.

"무슨 '상호 협력 발전'이란 말인가? 저 사람들이 내놓는 말은 항상 길고 애매해."

그때 안학태가 말했다.

"삼성이 원산에다 10만 명을 고용하는 제8전자공장을 건설하고 있지 않습니까? 그것이 내년에 완공되면 북한의 GDP가 단숨에 500불이 올라갑니다."

안학태가 말하다가 열이 오르는지 눈빛도 강해졌다.

"현대, LG, SK, 한화가 곧 대규모 공장을 가동할 겁니다. 그럼 2년 후에는 50만 명 근로자가 일하게 되고 GDP는 현재 1,500불에서 3,000불로 2배가 될 겁니다."

그때 오대근이 덧붙였다.

"북한의 아프리카 이민도 이제 궤도에 올랐습니다. 이제 1년이 되어 가는데 이민자의 북한 송금액이 2억 불이 되었습니다. 2년 후에는 5억 불, 5년 후에는 15억 불이 된다는 자료가 나왔습니다."

이광이 눈만 껌벅였을 때 최영조가 말했다.

"혹시 북한 근로자를 남한에 유입시키는 규제를 풀어달라는 것이 아닐까요?"

그럴 만하기 때문에 이광이 고개를 끄덕였다.

지금까지 한국은 북한의 노동력 수입을 규제했다. 한국의 노동자 보호를 위해서다.

만일 그렇게 된다면 한국인의 일자리는 대거 값싼 북한 노동자가 차지하게 될 것이다.

그때 최영조가 말을 이었다.

"지난번 북한 외교부장이 우리 외교부 장관한테 조선족 대신으로 북한 근로자를 일하게 하면 안 되겠느냐고 넌지시 물었다고 하지 않습니까?"

"그렇지."

안학태가 생각났다는 표정을 짓고 고개를 끄덕였다.

"지나가는 말처럼 했다지?"

"예, 하지만 그 말도 일리가 있습니다."

정색한 최영조가 이광을 보았다.

"조선족은 같은 민족이긴 하지만 중국 국적의 중국인입니다. 실제로 한국보다 중국 문화에 길들어서 중국에 충성하는 사람들이 많습니다."

최영조가 말을 이었다.

"물론 그렇지 않은 사람들도 많지만, 북한 측에서 보면 차별 대우를 한다고 느낄 만합니다."

"그렇군."

이광이 고개를 끄덕였다.

"그것도 염두에 두고 대비해야겠군."

김정은이 도착한 시간은 오후 1시 반.

이번에는 김정은의 요청으로 인천공항에 전용기가 착륙했다.

김정은은 작년에 보잉777 전용기를 장만했는데 수시로 날아다닌다. 하루에도 몇 번씩 비행기를 타고 원산, 함흥, 나진, 신의주 등을 돌아다니는 통에 1년 동안 비행장이 4곳이나 만들어졌다고 했다. 북한이니까 가능한 이야기다.

인천공항에 내린 김정은은 연신 감탄했다. 숨기지 않고 감정을 드러내는 통에 옆에 있던 이광이 멋쩍을 정도였다.

이것도 김정은의 요청으로 공항 내부를 전동차를 타고 돌아보면서 그 넓고 웅장한 규모, 시설에 경탄하고 있다.

"북조선은 언제 이 정도까지 만들 수 있을까요?"

면세점 앞을 전동차가 천천히 달릴 때 김정은이 고개를 돌려 이광에게 물었다.

인천공항은 세계 1위 공항 수준이다.

그때 이광이 말했다.

"남이 아닙니다. 이건 위원장님 공항이나 같습니다. 앞으로 인천공항을 이용하시면 됩니다."

“이것으로 북남의 격차를 실감했습니다. 평양 순안공항은 이곳에 비교하면 10분의 1도 안 되는군요.”

이광은 쓴웃음만 지었다.

김정은은 오히려 인천공항을 과소평가했다.

순안은 인천의 100분의 1쯤 될 것이다.

인천에서 서울로 향하는 고속도로를 차량 대열이 질풍처럼 달리고 있다.

창밖을 내다보던 김정은이 고개를 제대로 세웠을 때 이광이 물었다.

“그런데 무슨 일 있습니까?”

두 정상이 탄 승용차에는 앞쪽에 경호실장 정성원이 타고 있을 뿐이다.

그때 김정은이 이광을 보았다.

“핵을 어떻게 할까요?”

그 순간 이광이 숨을 들이켰다.

핵 문제를 잊고 있었던 것은 아니다. 어젯밤에도 안학태와 이야기했다.

그러나 이번 김정은의 방문 목적은 그것이 아닐 것이라고 예상했다.

‘남북 상호 협력 발전’이라고 하지 않았는가? 그런데 핵이구나.

이광이 되물었다.

“무슨 복안이 있습니까?”

“6자회담이 보류된 상황이지만 미국까지 압박하고 있지 않습니까?”

김정은이 말을 이었다.

“거기에다 일본과 중국이 동조하고 있는 상황이라 문제가 좀 있습니다.”

그렇다. 아직 미국은 경제봉쇄를 다 풀지 않았다. 남북한 평화 무드가 조성되고 경제협력이 적극적으로 이뤄지고는 있지만, 미·일·중은 남북한과 거리를 두고 있는 것이다.

이것이 오래 지속되면 결국 한국도 경제 제재를 당할 가능성이 있다.

이광이 고개를 들었다.

지금 김정은은 오히려 한국 걱정을 해주는 셈이다.

"위원장님 의견을 말해주시지요. 남북한은 공조해야 될 것 아닙니까?"

"그래야지요."

김정은의 얼굴에 웃음이 떠올랐다.

"수세적으로 나갈 필요가 없다고 생각합니다."

김정은의 눈빛이 강해졌다.

"우리 아버지가 저한테 늘 말씀하셨지요. 역경에 부딪혔을 때 공세적으로 나가야 한다구요."

"……."

"그래야 힘이 솟고 기회가 만들어진다고 하셨습니다."

"그렇군요."

"수비에만 치중하면 움츠러들어서 오는 기회도 잡지 못한다고 하셨습니다."

"훌륭하신 말씀입니다."

"아버지라면 이렇게 당하고만 있지는 않았을 겁니다."

김정은의 눈빛이 흐려졌기 때문에 이광은 숨을 들이켰다.

그렇다. 당했다. 중국은 북한의 내란, 남북한의 전쟁을 유도했지만, 아직 대응하지도 못했다. 겨우 위구르 작전을 시작한 단계다.

그때 김정은이 눈에 초점을 잡았다.

"공동 성명을 발표하는 것이 어떻겠습니까?"

"공동 성명이라니요?"

"북남의 핵 공동 보유 성명 말입니다."

이광이 숨을 죽였고 김정은의 말이 이어졌다.

"중국, 일본의 도발, 국가전복 공작, 내정 간섭 공작에 대항하기 위해서는 북남의 핵 공동 보유가 자위 수단이라는 선언을 하는 것입니다."

휘청에서 우루무치까지 고속버스가 운행되고 있지만, 폴의 계획에 따라 11명은 관광버스를 이용했다.

안내인으로 나타난 사내는 루반. 위구르족으로 우루무치에서 식당을 운영하고 있다. 루반도 CIA 정보원인 것이다.

24인승 버스에 탑승한 일행은 오전 9시에 출발했다. 휘청에서 우루무치까지는 700킬로가 넘는 거리다.

버스 뒤쪽에 앉은 이동욱에게 루반이 말했다.

"오후 9시까지 안가에 들어가도록 하겠습니다."

폴도 듣고 있었기 때문에 루반이 둘을 번갈아 보았다.

"준비는 다 해놓았습니다."

고속도로의 검문소는 모두 5곳이다. 그중 2곳에서 신분증 검사를 하는데 외국인 관광객들에 대한 심사는 까다롭지 않다. 특히 카자흐스탄 여권은 트집 잡는 경우가 없다고 했다.

그때 이동욱이 루반을 보았다.

"루반, 하지타크의 현상금이 100만 위안인데 위구르인 중에서 밀고자는 없나?"

그러자 루반이 수염투성이의 얼굴을 펴고 웃었다.

"없습니다. 소문이 다 났는데 있을 리가 있습니까?"

"무슨 소문 말인가?"

"밀고자는 바로 암살당한다는 소문입니다. 중국 정부에서 죽이거나 하지타크한테 알려줘서 없애게 하는 것이지요."

이동욱과 폴의 시선이 마주쳤다.

이것까지는 알고 있는 정보다. 폴이 입수한 정보는 거기까지다.

"공안이겠군."

폴이 목소리를 낮추고 말했다.

"공안 정보국이겠지."

루반은 대답하지 않았다.

말단 CIA 정보원이어서 윗선은 모른다. 이동욱이 CIA의 적극적인 지원을 받고 있지만, 중국 정보국장 장평의 배신은 전해주지 않았다. 현장에서 알 필요가 없기 때문이다. 현장 요원인 폴 사이몬도 마찬가지다.

과연 고속도로 중간 지점에서 공안의 검문이 있었다. 검문소 앞에는 30여 대의 차가 밀려 있었는데도 늦장을 부리면서 일일이 신분증 조사를 한다.

차에서 내려 검문소 앞까지 다녀온 루반이 이동욱에게 보고했다.

"앞쪽에 관광버스 한 대가 있었는데 머리 숫자만 세고 그냥 통과시켰습니다."

"방심하면 안 돼."

이동욱이 앞쪽을 내다보면서 말했다.

50미터쯤 앞쪽 검문소에서는 지금 옆쪽 갓길로 끌어낸 버스의 짐 검사를 하고 있다. 갓길의 주차장이 커서 더 끌고 올 여유도 있어 보인다.

"뇌물을 쓸까요?"

루반이 이동욱에게 물었다.

"소장한테 미화 1백 불만 주면 됩니다."

"그런 적 있어?"

"소문은 들었습니다. 관광버스 기사들한테서요."

그때 주위의 시선이 모였고 폴도 이동욱의 결정을 기다리는 듯 쳐다만 본다.

그때 이동욱이 고개를 저었다.

"떳떳하게 밀고 나가."

이동욱이 루반을 노려보았다.

"우린 뇌물을 쓸 이유가 없어."

운전사만 제외하고 모두 대원인 것이다.

목소리를 낮춘 이동욱이 말을 이었다.

"우린 카자흐스탄 국적의 관광객이야. 이대로 돌파해."

버스가 검문소 앞에 멈춰 섰을 때 공안 둘이 안으로 들어섰다.

그때 루반이 모아둔 여권을 들고 공안에게 내밀었다.

"카자흐스탄 관광객 11명이오. 버스를 대절해서 관광을 가는 겁니다."

그때 앞에 선 공안이 버스 안을 둘러보고 나서 루반이 내민 여권을 받아들었다. 그러고는 여권 숫자를 세고 나서 버스 안의 승객을 눈으로 세었다. 그러더니 루반에게 여권을 내밀었다.

"가시오."

버스가 우루무치에서 50킬로쯤 떨어진 창지에 들어섰을 때는 오후 8시 반이다.

고속도로는 잘 뚫렸지만, 휴게소에서 두 시간쯤 쉬고 일부러 시간을 끈 것이다. 창지에서는 우루무치까지 열차도 운행되고 있었기 때문에 이동욱은 안가를 이곳에 잡은 것이다.

창지는 인구 5만 정도의 소도시다. 그러나 지역이 넓고 고속도로, 열차가 우루무치로 통하는 데다 위구르족 분포도 우루무치보다 많은 이점이 있다. 우루무치는 위구르 자치구의 수도지만 한족이 80퍼센트 이상을 차지하고 있다.

안가는 2층 벽돌 건물로 전에 노인 요양 시설이었다고 했다. 방이 20여 개에 창고까지 갖춘 건물로 낡았지만 깨끗했다.

이것을 루반이 시 당국으로부터 임대한 것이다. 10년 가깝게 매물로만 내놓았다가 임대해 준 시 당국은 3년간 세금을 면제해주었다. 루반은 요양원 허가까지 받은 것이다. 그곳에 '위구르 특공대'가 노인 대신으로 입주한 셈이다.

"저는 내일 다시 오겠습니다."

루반이 안가를 떠나면서 말했을 때는 오후 10시 반이다.

루반은 대원 안내 역할을 성공리에 수행한 것이다.

서울, 오전 8시 반.

이른 시간이었지만 청와대 대통령 집무실에는 고위층이 둘러앉아 있다.

비공개 비밀회의다.

지금 청와대 영빈관에는 김정은이 들어가 있는데 아직 일어나지도 않았을 것이다. 청와대 옆 성북동에 '영빈관'을 세운 건 1년쯤 전이다. 국빈용 숙소로 만든 것인데 김정은이 첫 손님이다.

이광이 모여 있는 한국의 지도자들을 둘러보았다.

국무총리 박상윤, 외교, 국방 장관에다 여야 대표, 청와대 실장과 담당 수석들이 다 모였다. 집무실이 넓은 편이지만 20여 명이 모이니까 좁은 느낌이 든다.

그러나 모두 굳은 표정. 6·25 전란 때만 빼놓고 가장 무거운 분위기가 될 것이다. 모두 오늘 비밀회담의 주제가 무엇인지를 아는 것이다.

'남·북한 공동 핵 보유 선언'이다.

이틀 전, 김정은이 이광에게 제의한 후에 한국 고위층은 극비리에 7번이나 회의, 격론을 벌여왔다. 보안을 유지하기 위해서 회의 참석자 모두에게는 국정원 요원들이 감시를 했고 휴대폰도 오픈되었다. 내역이 즉시 수집되는 것을 말한다.

그리고 오늘이 마지막 회의다. 대통령 이광이 결론을 내야 하는 것이다.

그때 박상윤이 입을 열었다.

"사전에 미국의 동의를 받자는 것으로 의견을 모았습니다. 그러면 일본과 중국의 반발을 무마시킬 수 있을 것입니다."

이광은 시선만 주었고 박상윤의 말이 이어졌다.

"김 위원장의 요구대로 갑작스러운 공동 핵 보유 성명은 득보다 실이 많습니다. 국제여론에 밀려 미국도 강경 입장으로 돌아설 가능성이 많습니다."

그때 이광이 고개를 끄덕였다.

"그렇게 합시다."

고개를 든 이광이 말을 이었다.

"내가 미국을 가야겠군."

"김 위원장이 공을 대통령님께 넘긴 것이지요."

박상윤이 찌푸린 표정으로 말을 이었다.

"책임을 대통령님께 떠넘긴 것이나 같습니다."

국무위원들, 특히 청와대 수석들의 반응은 김정은에 대해서 비판적이다.

남한은 핵을 애타게 원한 것도 아니다. 핵 없이도 잘만 살았고 북한이 핵으로 으스댈 때도 있었지만 위협 과정에서 평화 무드로 전환된 것이다. 그러니 북한이 핵을 폐기해주면 좋고 폐기 안 해도 남북이 그냥 잘 지낼 수 있다.

그런데 김정은이 핵을 업고 와서 같이 갖고 살자고 한다. 미국은 먼 곳이라 '그려?' 하겠지만 옆에 붙어있는 일본과 중국이 '기절'할 이야기인 것이다.

인구가 이제 1억 가깝게 된 데다 남북연합의 경제 발전 속도로 보면 세계 2, 3위가 지척인 대한민국이 핵까지 보유해? 중국, 일본에는 생사가 길린 위협이다.

그때 이광이 쓴웃음을 짓고 말했다.

"남북한이 통일이 되었을 때를 염두에 두고 생각합시다."

이것으로 이틀간에 걸친 고위층 비밀회의가 끝났다.

낮 12시 반.

영빈관을 찾아간 이광의 말을 들은 김정은이 고개를 끄덕였다. 정색한 표정이다.

"제가 짐을 떠넘겨 드렸습니다."

"아니, 당연한 일이라는 생각이 듭니다."

이광이 김정은을 보았다.

"남북한이 통일되면 핵이 유용하게 사용될 것이니까요."

"바로 그렇죠."

김정은의 눈빛이 강해졌다.

"핵 때문에 중국이 북조선 정권을 전복시키려고 했던 겁니다."

이광의 시선을 받은 김정은이 말을 이었다.

"핵이 없는 북조선은 중국의 손짓 한 번에 넘어갔을 테니까요."

"……."

"북남이 평화 공존 상태가 되기까지 우리를 얼마나 이용했습니까? '북조선 핵'의 유일한 '조종자'로 미국을 누르고 중국의 위상을 세우지 않았습니까?"

"……."

"그런데 북남 공조, 경제 공존 상황이 되자 북조선 정권 전복 기도를 하고 공존을 방해합니다. 이것은 우리가 핵을 보유하고 있기 때문에 가치를 인정받은 것이지요."

이광이 고개를 끄덕였다.

김정은은 단순하지 않다. 치밀하게 국가 생존의 중심을 잡고 있는 것이다.

"그럼 이번 남북한 '핵 공동 보유' 선언은 보류하기로 하지요."

이광이 말하자 김정은이 길게 숨을 뱉었다.

"맡기겠습니다."

이것이 바로 남북 공조의 기본이다.

그 시간의 베이징, 이화원 북쪽의 숲에 둘러싸인 고궁.

이곳이 중국 국가주석 시진핑의 제3호 안가다. 청 황제의 별궁이었다가 안가로 개조된 이곳의 접견실은 검은색의 향목으로 깔려서 대리석보다 더 단단하고 매끄럽다. 그 위에 사방 25미터의 양탄자를 덮었는데 청 황제 시절부터 사용되고 있다.

그 접견실에서 시진핑이 총리 리커창, 통역관 하나를 배석시키고 외부 인사를 접견하고 있다.

바로 일본 정계의 2인자인 아소 다로. 경제부총리 겸 자민당 최대 파벌의 보스. 실제로는 가토 총리의 배후 조종자이기도 한 실세다. 아소의 옆에는 일본에서 따라온 통역이 배석하고 있다.

그때 아소가 입을 열었다.

"주석 각하, 지금쯤 남북한 정상 간의 '핵 공동 보유'에 대한 결과가 나왔을 것 같습니다."

통역의 말을 들은 시진핑이 고개를 끄덕였고 다시 아소의 말이 이어졌다.

"남한 쪽과 협의했으니 김정은 식으로 불쑥 '핵 공동 소유' 선언 같은 것은 하지 못할 것으로 예상합니다."

아소의 작은 얼굴에 쓴웃음이 떠올랐다.

"그때는 우리뿐만 아니라 미국도 강경 대응 방향으로 나길 수밖에 없을 테니까요."

"미국부터 설득하겠군요."

시진핑이 말하자 아소가 고개를 끄덕였다.

"그렇습니다. 아마 이광이 부시에게 정상회담을 요청할 겁니다."

"부시는 받아들이겠지요?"

"아마 부시도 내용을 알고 있을 테니까요. 만나기는 하겠지요. 결과는 예측이 힘듭니다."

이제는 아소가 정색했다.

"하지만 부시는 우리만큼 입장이 급하지 않습니다. 이광한테 넘어갈 가능성도 있습니다, 주석 각하."

"일·미 동맹이 있는데도 남북 공동 핵 보유를 받아들일까요?"

"미·한 동맹도 있지 않습니까? 입장이 묘하게 된 겁니다."

"그렇군. 우리도 북한과 동맹 관계니까."

혼잣소리도 통역이 열심히 통역했기 때문에 아소가 고개를 끄덕였다.

"주석 각하, 만일 남북한이 핵을 보유하게 되면 우리가 당합니다."

아소의 눈빛이 강해졌고 목소리에 열기가 띠어졌다.

"한국은 아시아를 제패할 것입니다."

"……."

"미국은 한국을 부추겨 중국의 내란을 조장할 것이고 중국은 위구르, 티베트, 베트남, 필리핀 접경지역의 반란에 휩싸일 것이며 대만의 도발로 이어지게 되지 않겠습니까?"

그때 통역의 말이 길어지면서 점점 얼굴이 상기되었던 시진핑이 어깨를 부풀렸다가 얼굴에 일그러진 웃음을 떠올렸다.

"아소 부총리, 내가 아소 가문을 조금 압니다. 아소 가문은 지금도 부자지만, 조선을 식민통치할 때, 아소 님 증조부가 조선에서 거부가 되었지요?"

"그렇습니다."

아소가 어깨를 펴고 웃었다.

"아소탄광의 내부 갱도는 모두 한국 아산만의 소나무를 베어다가 만들었지요. 수백만 그루를 가져갔습니다."

눈을 가늘게 뜬 아소가 지난날을 회상하는 시늉을 했다.

"아소탄광에서도 굶어 죽어가는 조선인 징용자 수천 명을 고용해서 먹여 살렸습니다."

시진핑이 고개를 끄덕였다.

"내 친척 중의 하나가 아소탄광에서 일하다가 죽었어요. 증조할아버지뻘이 되시는데……."

"삼가 애도를 표합니다."

"내가 이 이야기를 하는 이유는 역사는 돈다는 진리를 말하고 싶어서 그럽니다."

"그렇다고 일본, 중국이 한국의 식민지가 될 리가 있습니까?"

"그럴 가능성이 있어요, 아소 씨."

아소는 숨을 들이켰다.

가토 총리와 숙의 끝에 시진핑을 만나러 온 아소다. 시진핑에게 김정은의 방문 목적을 귀띔해주고, 일·중 간 공동 전선을 구성하려는 것이 이번 방문 목적이다. 그런데 갑자기 아소탄광 이야기를 꺼내다니.

그때 시진핑의 증조할아버지뻘 되는 떼국놈이 아소탄광에서 죽어? 하긴, 그 당시 아소탄광에서 다쳐 죽고 무너져 죽은 떼국놈들이 1, 2백 명이냐? 죽은 숫자는 세지 않고 묻었다.

그때 시진핑이 헛기침을 했기 때문에 아소가 생각에서 깨어났다. 시진핑이 말했다.

"좋습니다. 공조합시다."

아소가 고개부터 끄덕였다.

하지만 서로 믿지는 않겠지. 그걸 말하려고 아소탄광 이야기를 꺼냈겠지.

“하지타크의 병력은 1천5백여 명으로 알려졌지만 과장되었습니다.”

루반이 말했다.

창지의 요양원 안, 오후 2시 반.

밖에서는 대원들이 마당의 수도 펌프를 고치고 있다. 그래서 못질하는 소리, 부르는 소리로 떠들썩하다. 1층 대기실에 둘러앉은 사내는 넷. 이동욱과 폴, 그리고 북한군의 선임인 박영철 중좌까지다.

루반이 말을 이었다.

“실제 병력은 아무도 모릅니다. 심지어 하지타크도 모른다는 소문이 있습니다. 그것은 한 번도 하지타크가 제 눈으로 확인한 적이 없기 때문이라는 겁니다.”

“그럼 허수를 갖고 중국 정부로부터 뇌물을 받으면서 반군 지도자 행세를 했단 말인가?”

이동욱이 묻자 루반이 쓴웃음을 지었다.

“우리 위구르족 사이에 그런 소문이 돌거든요. 반군을 막기 위해서 중국 정부가 하지타크를 반군 지도자로 키우고 있다는 소문입니다.”

그때 폴이 이동욱을 보았다.

“곧 베이징에서 요원이 올 겁니다. 중요한 정보를 가져온다고 했어요.”

이동욱이 고개를 끄덕였다.

정보 없이 전쟁을 치를 수는 없다. 그리고 정보는 많을수록 이롭다.

이곳은 우루무치의 위구르 자치구 공안국 정보부장실 안.

정보부장 보광진이 고개를 들고 앞에 선 하윤을 보았다.

"카자흐스탄에서?"

"예, 부장 동지. 판필로프의 정보원이 보고를 했습니다."

하윤이 서류를 보광진에게 내밀었다.

"10여 명이 관광객 차림으로 입국했는데 모두 20~30대 사내들이었고 동양인이었다는 것입니다."

보광진이 서류를 들고 읽더니 도중에 고개를 들었다.

"특이한 동향은 없잖아?"

"행적을 추적했더니 훠청에서 고속도로상의 우쓰에서 검문을 받은 것으로 드러났고 그 후에는 보이지 않습니다."

"뭘 타고 갔는데?"

"관광버스인데 수색 중입니다."

"알았어."

고개를 끄덕인 보광진이 하윤을 보았다.

보광진은 정보부장으로 위구르 공안국의 정보책임자다. 48세, 한족. 베이징 공안국 정보계장이었다가 실력을 인정받아 위구르 자치구의 정보부장이 된 것이다.

"하지타크한테 주의를 줘. 네가 직접 가는 것이 낫겠다."

하윤은 정보과장으로 보광진의 직속 부하다. 42세. 위구르에서 15년 동안 근무한 정보통으로 위구르어에도 능통하다.

하윤의 시선을 받은 보광진이 말을 이었다.

"그 아들놈이 고급 차를 타고 유흥가를 돌아다니면서 행패를 부리는 꼴을 더 이상 봐주지 않겠다고 해."

"예, 부장님."

"하지타크는 또 왜 우루무치에만 있는 거야? 서쪽 위구르족 마을로 내려가 있는 것이 정상 아니냐?"

"불편하기 때문이겠지요?"

"뭐가?"

"편의시설 말씀입니다."

"편의시설?"

"예, 쇼핑을 한다든가 음식점, 또는 극장 같은……."

"기가 차는군."

보광진이 어깨를 부풀렸다가 내렸다.

"반군 지도자란 놈이, 아니 테러단 보스로 행동해야 할 놈이……."

말을 그친 보광진이 제 말에 제가 우스운지 헛웃음을 뱉고 나서 말했다.

"그놈은 아마 우리 중화민국에서 가장 월급을 많이 받는 공무원일 거야."

"이번 달 수당도 제가 갖다 줄까요?"

"그래. 갖다 주는 길에 내 주의사항을 전해. 아들놈들 단속 안 하면 문제가 커질 것이라고 단단히 말해."

"예, 부장님."

하윤이 절도 있게 대답하고 돌아섰지만 보광진은 입맛을 다셨다.

하지타크는 거물이다. 위구르 자치구의 공안 총수인 공안국장 방태세도 함부로 못 한다. 그것을 하지타크도 알고 있는 것이다. 하지타크가 두려워하는 상대는 7명의 상무위원 정도, 그리고 해방군 정보국장 장평 급(級)일 것이다.

다음 날 오후 7시.

우루무치 서북쪽 고급주택가 안.

이곳은 위구르 자치구의 성장, 당서기, 공안국장 등의 저택이 위치한 최고급 거주지여서 입구에 경비초소가 2개나 세워져 있다. 모두 거대한 저택으로 숲에 싸였고 정원이 수천 평이나 되어서 성(城) 같다. 그중 서쪽 숲에 위치한 붉은색 3층 벽돌 건물은 호숫가에 있어서 경관이 더 좋다.

하윤이 1층 로비로 들어서자 기다리고 있던 고문 무자락이 맞았다.

"어서 오시오."

52세인 무자락은 하지타크의 고문 겸 집사다.

무자락의 안내를 받은 하윤이 접견실로 들어섰다. 저택에서 접견실까지 준비되어 있다.

"오, 하 과장."

하지타크가 자리에서 일어나 하윤을 맞았다. 웃음 띤 얼굴이다.

"그동안 얼굴이 좋아지셨군."

하지타크의 입에 발린 인사말에 하윤은 숨을 들이켰다. 한 달 동안 체중이 5킬로나 빠졌기 때문이다.

건성으로 말하는 하지타크에 대한 불신이 무럭무럭 일어났다.

그래서 자리에 앉자마자 본론을 꺼냈다.

"아드님 카샤르가 너무 이목을 끌고 있습니다. 열흘 전에 버스를 들이받는 음주운전 사고를 낸 데다 2주 전에는 클럽에서 여자를 때려 공안이 출동하는 사건이 일어났습니다."

하지타크는 눈만 껌벅였고 하윤이 말을 이었다.

"우리가 바로 수습했지만 이 소문이 새나가면 우리뿐만 아니라 하지타크 님께도 치명적인 문제가 될 겁니다."

"……."

"특히 카샤르가 타고 다니는 벤츠와 포르쉐는 우루무치에서도 몇 대 안 되는 차입니다. 너무 눈에 띕니다."

"……."

"더구나 둘 다 빨간색이어서요. 이젠 공안도 그 차 주인이 누군지 다 알 정도가 되었습니다."

"그래서."

하지타크가 의자에 등을 붙이고는 지그시 하윤을 보았다.

"그런 일도 공안이 처리하지 못한단 말인가?"

순간 눈을 올려 떴던 하윤이 하지타크의 시선을 맞받더니 1초 반쯤 후에 눈꺼풀을 내렸다.

그때 하지타크가 말했다.

"그럴 능력이 없다면 내가 베이징 군사위원회에 건의를 하지."

"무슨 말씀입니까?"

"위구르 자치구 공안국에서 내 자식을 관리하기 힘들다고 하니까 적절한 조치를 바란다고 말요."

하윤의 시선을 받은 하지타크가 말을 이었다.

"그럼 카샤르 그놈을 사고사로 죽이든지 아니면 다른 방법을 찾거나 하겠지."

"하지타크 님."

"그놈이 서쪽으로 가겠다는 걸 잡았더니 그 지랄을 하는 건데, 소원대로 해줄 수도 있어."

"……."

"서쪽 국경 쪽에 가서 테러를 일으키는 것이지. 내가 이곳에서 호화 생활만 하는 것이 불만인 거야."

"……."

"내가 중국 정부에서 매달 1백만 불씩 용돈으로 받아먹는다는 걸 알면 그놈은 반란을 일으킬 거야. 아마 가르단이나 수에타 놈들하고 손을 잡을 거야."

"제가 경솔했습니다."

마침내 하윤이 어깨를 늘어뜨리고 사과했다.

"제가 알아서 다 수습하겠습니다."

로비로 배웅 나온 무자락이 하윤에게 낮게 말했다.

"카샤르는 막내지만 아들 셋 중 하지타크 님한테 가장 신임을 받고 있어요."

하윤은 듣기만 했고 무자락이 말을 이었다.

"카샤르는 울분을 삭이려고 그런 것 같습니다. 하지타크 님의 유화적인 정책에 반발하는 거죠."

무자락의 말을 더 들으려고 하윤은 멈춰 섰다. 현관 앞에 선 무자락이 목소리를 낮췄다.

"하지만 하지타크 님의 지시는 거스르지 않습니다. 그래서 이곳에 잡아두고 있는 것이지요."

카샤르는 28세, 모스크바 유학까지 다녀온 엘리트다.

무자락이 웃음 띤 얼굴로 하윤을 보았다.

"카샤르는 영리합니다. 술 먹고 난동을 부리지만 우리 위구르족한테는 거의 알려지지 않아요. 철저히 한족 행세를 하니까요. 공안만 난리를 피우고 있는 상황이지요."

"그, 그렇다면야."

하윤은 이제 완전히 두 손 두 발 다 든 상황이다.

카샤르가 천지 분간 못 하는 망나니가 아니라 교활한 여우인 것이다.

베이징에서 온 밀사는 자동차 부속품 판매상으로 위장한 주청연, CIA 요원이다. 전국을 돌며 장사를 하는 터라 위구르에도 고객이 많았고 지리에도 익숙했다.

창지 서북쪽 교외의 길가에 주차된 승용차 안이다.

버스 정류장에서 3백 미터나 떨어진 외진 길가다. 주위에는 민가도 없고 황량한 벌판이 펼쳐져 있다. 승용차 뒷좌석에는 이동욱과 주청연이 나란히 앉았고 운전석에는 강기철이, 옆자리에는 폴이 앉았다.

버스 정류장에서 기다리던 주청연을 싣고 이곳 벌판까지 온 것이다. 주청연이 이곳까지 오자고 했기 때문이다.

주청연이 입을 열었다.

"시내 카페, 버스정류장, 길가의 노점이라도 조심해야 합니다. 거의 모든 곳에 CCTV가 깔려 있습니다."

주청연이 웃음 띤 얼굴로 이동욱과 폴을 보았다.

"이 차도 두어 번 타고 나서 폐차시켜야 합니다. 번호판만 없애면 안 됩니다. 아예 흔적도 남기지 말아야 합니다."

이동욱이 고개를 끄덕였다.

위구르 전역에 CCTV 감시망이 깔려 있는 것이다.

그때 주청연이 가방에서 서류봉투를 꺼내 이동욱에게 내밀었다.

"하지타크에 대한 구체적인 정보입니다. 이 정보는 최근에 군 정보국에서 나왔습니다."

차 안에는 숨소리도 나지 않았고 주청연의 말이 이어졌다.

"이것은 초특급 정보로 이번 작전에 결정적인 역할을 하게 될 겁니다."

고개를 끄덕인 이동욱이 서류봉투를 움켜쥐었다.

"수고했어요."

주청연은 이 정보를 전하려고 비행기도 타지 못하고 이곳까지 갖가지 교통수단을 이용하여 온 것이다. 비행기를 타면 검문검색에 걸릴 위험성이 많기 때문이다.

주청연이 길게 숨을 뱉었다.

“임무 마쳤으니까 어서 이곳을 벗어나고 싶습니다.”

그러다가 문득 눈의 초점을 잡고 사과했다.

“작전 중인 여러분한테는 미안합니다.”

“뭐? 언제라고?”

부시가 묻자 국무장관 마이클이 대답했다.

“일주일 후면 어떠냐고 연락이 왔습니다.”

“내가 워싱턴 시장이라도 그런 약속은 못 잡겠다.”

코웃음을 친 부시가 옆쪽에 앉은 비서실장 베이커를 보았다.

“안 그래?”

베이커가 어깨만 올렸다가 내렸기 때문에 긍정인지 부정인지 알 수가 없다.

오전 9시 반, 마이클이 정규 보고가 끝나고 한국 대통령 이광이 정상회담 요청을 해왔다고 말한 것이다. 그것도 일주일 후면 어떻겠느냐고 했단다.

이제는 부시의 시선이 안보보좌관 선튼에게로 옮겨졌다.

“선튼, 당신 생각은 어때?”

“아무래도 김정은이 다녀간 후니까 그 결과를 보고하려는 것 같은데요.”

선튼이 조심스러운 표정으로 부시를 보았다.

“바로 보고드린다는 뜻으로 생각하셔도 좋을 것 같습니다만.”

“당신은 출세하겠어.”

부시가 정색하고 고개를 끄덕였다.

“베이커가 출산 휴가를 내거나, 마이클이 성기확대 수술하려고 병가를 내었을 때, 그 자리로 옮겨주지.”

그때 선튼이 정색하고 고개를 끄덕였다.

"일주일 후로 회담 일정을 잡으시지요."

그러자 마이클이 말을 이었다.

"그럼 멕시코 대통령의 방미 일정을 다음 달로 연기하겠습니다."

마이클, 베이커와 함께 방을 나갔던 선튼이 뭘 놓고 간 표정을 짓고 돌아왔다.

"각하, 매크레인이 보고드릴 것이 있다고 하는데요."

"중요한 일이래?"

"그건 모르겠습니다만 위구르 문제 같습니다."

"CIA 부장이 자꾸 오벌룸에 오면 저 빌어먹을 마이클 존슨부터 의심할 텐데."

이맛살을 찌푸린 부시가 선튼을 보았다.

"안 그래?"

"예, 마이클이 요즘 자주 민주당 인사들의 모임에 나갔습니다."

"그 자식, 간첩 아냐?"

"그건 아닙니다."

"어쨌든 그 누구라고 했지? 부국장 말야."

"조나단 캐쉬 말입니까?"

"응, 그 친구를 자네가 불러서 내가 자연스럽게 만나는 게 낫겠지?"

"예, 그렇게 하지요."

부시가 그런 면에서는 선튼보다 한 수 위다. 아버지 부시 옆에서 많이 배웠기 때문이다.

서울, 청와대.

비서실장 안학태가 대통령 집무실로 들어섰다.

"대통령님, 부시가 일주일 후에 정상회담을 하자는 연락이 왔습니다."

이광의 시선을 받은 안학태가 얼굴을 펴고 웃었다.

"미국 대사는 파격이라고 합니다. 멕시코 대통령과의 정상회담을 한 달 후로 연기했다는군요."

이광이 고개를 끄덕였다.

할 이야기가 많다, 밀담도 많고. 그러니까 동맹이지.

남기옥의 업무는 자금 및 안가 관리다.

창지의 안가 2곳과 차량, 식사에서부터 기타 경비까지 모두 남기옥이 결재한다. 그래서 남기옥의 호칭이 '남 사장'이다.

남기옥이 이동욱의 앞에 앉았을 때는 오후 3시 반.

둘이 부부 행세를 하지만 밤에 같은 방에서 잘 때만 빼고 상하 관계가 엄격하다. '대장' 휘하의 '사장'인 셈이다.

"대장님, 루반이 여자 둘을 데려왔습니다. 만나 보시겠습니까?"

안가에서 가정부 역할을 할 여자다.

요양원 건물에서 사내 10여 명이 거주하는데 식사가 가장 불편했다. 나가서 매식하거나 간단한 음식을 만들어 먹었지만, 사흘쯤 지나니 가정부가 절실했다. 이곳은 '장기전'을 치러야 할 곳이다.

그래서 식당을 운영하는 루반에게 가정부를 부탁한 것이다. 루반은 바로 식당에서 일하는 종업원 둘을 선발해 보냈는데 믿을 만한 여자들이라고 했다.

"네가 보고 결정해."

이동욱이 맨얼굴에 점퍼를 입고 바지 차림의 남기옥을 정색하고 보았다. 머리도 페샤와르에서 짧게 깎았기 때문에 얼핏 보면 남자지만 미모는 더 빛나는 것 같다.

"네가 결정한 건 책임을 지고."

거실에는 둘뿐이다.

그러자 남기옥이 이동욱을 흘겨보았는데 교태가 철철 넘쳤다.

"알았습니다, 대장."

"넌 사장이야. 내부 관리 책임자라고."

"월급은 식당에서 받는 것의 2배를 주겠어요."

"루반이 믿을 만하다고는 했지만 잘 살펴보고."

남기옥의 시선을 받은 이동욱이 말을 이었다.

"난 며칠 동안 우루무치에 다녀올 테니까 그동안 네가 안가를 맡아야 돼."

박영철과 강기철, 그리고 요원 둘과 함께 가는 것이다. 물론 폴도 동행이고.

카샤르가 '아르곤 클럽'에 들어섰을 때는 오후 8시 반이다.

우루무치 시청 옆 골목에 위치한 아르곤 클럽은 위스키 한 병에 1천 위안을 받는 최고급 클럽이다. 룸이 25개, 아가씨들은 중국, 베트남, 몽골, 러시아, 유럽과 우즈베키스탄 등에서 골라 온 미녀들로 차 있다. 아가씨 팁은 1천 위안. 데리고 나가는 경우에는 5천 위안을 받으니 어지간한 중국계 부자도 주춤거릴 수밖에 없는 가격이다.

"오늘은 나타샤하고 소냐야."

지배인 위창이 카샤르를 방으로 안내하고 돌아와서 말했다. 마담 린에게 말한 것이다.

"카샤르가 오늘은 러시아 애들하고 놀겠다는군."

"둘 다 데리고 나갈 건가요?"

"그러겠지."

"부자 아버지 만나서 좋겠다."

혼잣소리로 말한 린이 대기실로 다가갔다.

카샤르는 이곳에서 대목장주의 아들 행세를 하고 있는 것이다. 가끔 공안 고위층과 함께 술 마시러 오기 때문에 클럽에서는 VIP 중에서도 최고급이다.

"저 차가 카샤르가 타고 온 차입니다."

루반이 주차장 구석에 있는 검은색 포르쉐를 눈으로 가리켰다.

"오늘은 검은색을 타고 왔군요. 빨강색 포르쉐도 있습니다."

이동욱이 고개만 끄덕였다.

오후 9시 반, 지금 이동욱과 강기철은 루반과 함께 '아르곤 클럽' 주차장 건너편에 서 있다.

이곳은 통행인이 많은 거리여서 편의점 앞에 서 있는 그들 앞으로 통행인이 오가고 있다.

10명 중 8, 9명이 한족이었고 위구르인은 1, 2명 정도다. 정부가 한족을 대거 이주시켰기 때문이다. 그래서 우루무치의 상권 대부분은 한족이 장악했고 위구르인은 지방으로 밀려났다.

밤 11시 반, 스타 호텔의 방 안.

팬티 차림의 카샤르가 술잔을 들고 소냐에게 물었다.

"소냐, 룸서비스로 과일 좀 가져오라고 해라."

유창한 러시아어로 말한다.

"그리고 얼음도."

"예, 사장님."

고분고분 대답한 소냐가 전화기를 들었다.

화장실에서 물 쏟아지는 소리가 났다. 문이 반쯤 열렸기 때문이다. 안에서 나타샤가 씻고 있는 중이다.

룸서비스 주문을 마친 소냐가 자리에서 일어섰다.

"저도 들어가 씻을게요."

소냐도 브래지어와 팬티 차림이다.

"알았다. 룸서비스 오면 받아놓지."

느긋해진 카샤르가 한 모금에 위스키를 삼켰다.

이곳 스타 호텔도 카샤르의 단골이다. '아르곤 클럽'에서 3백 미터 거리였기 때문에 클럽에서 마신 후에는 꼭 이곳에서 노는 것이다.

소냐가 화장실에 들어간 지 얼마 되지 않아서 문의 벨 소리가 났다.

룸서비스가 오늘은 빠르다.

문을 연 카샤르가 앞에 선 사내들을 보았다.

룸서비스가 아니다. 세 사내가 서 있었는데 앞에 선 사내는 웃음 띤 얼굴이다.

"누구야?"

카샤르가 물은 순간이다.

"퍽!"

턱에서 뼈가 부서지는 소리를 들으면서 카샤르가 뒤로 벌떡 넘어졌다.

"이런, 이놈 옷을 입혀야겠다."

한국어여서 카샤르는 의식이 끊어지는 순간에도 알아듣지 못했다.

"화장실에 가봐."

다시 한국말.

"겁을 줘. 그리고 묶어놔."

사내들이 분주하게 움직였다.

30분 후, 우루무치 공안국 정보과장 하윤이 당직의 보고를 받는다.

"카샤르가 스타 호텔에서 납치되었습니다."

하윤이 숨을 들이켰고 당직의 보고가 이어졌다.

"러시아 콜걸 둘을 데리고 601호실에 투숙했는데 괴한 셋이 들어와 데리고 나갔다는 겁니다. 모두 복면을 했다는데요."

"……."

"러시아 콜걸들은 묶여 있다가 룸서비스에 발견되었습니다."

"CCTV는 회수했나?"

"그런데 괴한들이 경비실로 들어가 CCTV 필름을 모두 빼 갔습니다."

"……."

"복면을 하고 침입했다는군요. 경비원 둘은 중상입니다."

하윤이 길게 숨을 뱉었다.

집에서 자기는 글렀다.

오전 1시 반.

하지타크가 궁전 같은 저택에서 전화를 받는다.

고문 무자락의 전화다.

무자락이 1층의 제 거실에서 하지타크에게 인터폰으로 연락을 한 것이다.

"지도자님, 카샤르가 납치되었습니다."

무자락이 불쑥 말했을 때 하지타크는 심호흡부터 했다.

하지타크는 4번째 부인 아샤르와 함께 자고 있던 참이다. 카샤르는 첫 번째 부인 하지나의 막내아들이다.

무자락이 말을 이었다.

"스타 호텔에서 괴한 셋이 납치해 갔습니다. 방에 함께 있던 러시아 여자 둘은 묶어 놓고 카샤르만 데리고 갔습니다."

"……."

"복면을 썼고 호텔 CCTV도 다 빼내 갔습니다. 전문가들입니다."

"……."

"공안 하윤 과장이 연락을 해왔습니다. 우루무치 전역에 비상을 걸고 수색중이라고 했습니다."

"……."

"대원들에게 알려야 되지 않겠습니까?"

"아니, 놔둬."

하지타크가 말을 이었다.

"하윤한테 연락해, 비밀로 하라고."

"예, 지도자님."

"그럼 알아들을 거야."

"납치범들이 흥정을 해올 경우에는 어떻게 합니까?"

"내 아들이 아냐."

하지타크의 목소리가 강해졌다.

"난 모르는 놈이야. 그러니까 너도 전화 받지 말도록."

오전 3시 반, 공안 상황실 안.

공안국 정보부장 보광진과 하윤이 구석 쪽 테이블에 앉아있다.

정보부장 보광진이 나타나는 바람에 상황실 안은 긴장된 분위기였지만 비상상황은 아니다.

그때 보광진이 하윤에게 물었다.

"그럼 하지타크는 이 기회에 카샤르를 지울 작정인가?"

"하지타크가 살기 위해서는 그 방법이 최선 같습니다."

하윤이 얼굴을 일그러뜨리고 웃었다.

하윤은 무자락한테서 하지타크가 카샤르하고 인연을 끊었다는 통보를 받은 것이다.

"납치범들에게 끌려갔다가는 하지타크까지 망할 가능성이 크거든요."

"카샤르의 방탕 생활 자금 출처까지 드러날 테니까."

보광진이 고개를 끄덕였다.

"하지타크에게는 손이 닿지 않은 등을 누군가가 긁어준 셈인가?"

"등에 붙은 거머리를 떼어준 셈이지요."

"이제야 하지타크의 진면목이 나오는군. 그런데 누가 한 짓이야?"

"가르단이나 수에타가 했을지도 모릅니다. 카샤르의 자백을 받기 위해서 데려갔을 수도 있습니다."

"그렇다면 위구르 반군 조직에 내분이 일어나."

"내분이 커질수록 좋지 않습니까?"

"하지타크가 망하면 우리가 당하는 거야, 이 멍청아."

"우리가 지원해주는데 망할 리가 있겠습니까?"

"어쨌든."

어깨를 편 보광진이 하윤을 보았다.

"하지타크 안가로 기동대를 보내, 정보팀하고. 괴한들의 연락은 우리가 받도록 한다."

2장
격전

우루무치 교외의 낙타 목장 안, 창고에 사내들이 둘러 서 있다.

그 중심 부근에 사내 하나가 의자에 묶여 있는데 바로 카샤르다.

오전 9시 반.

카샤르는 입술이 찢어져 피가 말라 있지만 눈빛은 또렷하다. 앞에 선 이동욱을 응시한 채 눈도 깜박이지 않는다.

"날 인질로 돈을 타내기는 불가능해, 내 아버지란 사람은 이미 나하고 인연을 끊었을 테니까."

카샤르가 말하자 이동욱이 고개를 끄덕였다.

"아마 그럴 거다. 그리고 우리도 네 아버지의 돈을 빼앗을 생각은 없어."

지금 둘은 영어로 말하고 있다.

이동욱이 앞쪽에 놓인 건초더미 위에 앉아 카샤르를 보았다.

"그 돈이 중국 정부에서 나오는 것이니까 말야."

"알고 있군."

카샤르가 쓴웃음을 지었다.

"너희들은 가르단이나 수에타가 보낸 놈들도 아닌 것 같군."

"옳지."

고개를 끄덕인 이동욱이 눈을 가늘게 떴다.

"그럼 우리가 누군지 맞춰봐라."

"내가 지금 한가하게 맞추기 놀이 할 신세는 아닌 것 같은데."

"네가 살아남을 수도 있지."

"난 언젠가 이런 때가 오리라고 예상했어. 중국 정부에서 사고사로 처리할 가능성이 가장 많다고 생각했지."

"우리가 중국 정부에서 보낸 사람들은 아닌 것 같나?"

"중국어를 안 쓰는 걸 보니까 아냐."

"그럼 뭐냐?"

"밖에서 왔어."

"말해봐."

"미국이 배후에 있는 것 같아."

"옳지."

"아프간을 통해 위구르를 독립시키면 중국 체제가 흔들리겠지."

"계속해, 카샤르."

"그런데 위구르 독립 조직인 반군 수뇌부가 중국 정보로부터 뇌물을 받고 위구르 동포들을 배신하고 있거든. 그것들을 처리하는 것이 급선무지."

"그래서?"

"하지타크를 암살하는 것보다 그 자식을 이용해서 반군 조직을 재정비하는 것이 낫다고 생각했을지도 모르지."

"그런 방법도 있구나."

"아마 CIA는 카샤르가 아버지 하지타크의 반역질에 증오심을 품고 있다는 것도 알고 있을 거야."

"글쎄. 그런 증거가 있나?"

"찾으면 있겠지."

"내가 찾도록 도와줄 수 있는 거냐?"

"그럴 수도 있지."

그때 이동욱이 눈짓을 하자 카샤르 뒤에 서 있던 강기철이 다가섰다. 그러고는 나이프를 꺼내 묶인 테이프를 잘랐다.

"차나 마시면서 이야기하자."

몸을 돌리면서 이동욱이 말했다.

이곳은 카슈가르, 위구르 주민이 많은 곳이어서 도시에 모스크가 여러 개 있다.

최수만이 길가의 양고기 식당에 들어섰을 때 안쪽 테이블에 앉아있던 사내가 손을 들었다. 정보원 파갈이다.

최수만이 앞쪽 자리에 앉자 파갈이 목소리를 낮추고 말했다.

"오늘 오후 9시에 만나기로 했습니다."

최수만이 고개만 끄덕였다.

마침내 반군 지도자 중 하나인 가르단을 만나기로 한 것이다.

파갈이 말을 이었다.

"하드라 모스크 안에서 만나자고 합니다. 양측은 각각 세 명씩만 대동하고 나오기로 했습니다."

"그러지."

"가르단은 수에타하고 연락을 했느냐고 묻더군요. 그래서 그쪽은 아직 연락 안 했다고 했습니다."

파갈은 최수만 일행을 아프간에서 온 용병 조직으로 소개했다. 만일의 경우에 대비하기 위해서다. 아프간에서 수니파 용병들이 위구르에 자주 들락거리고 있었는데 반군과 합류하는 용병도 많다.

그러나 반군 조직의 자금 사정이 빈약했기 때문에 겨우 먹여주는 실정인 것이다.

그때 파갈이 말을 이었다.

"대장이 마약을 갖고 있느냐고 묻더군요. 있다면 가져오라고 했습니다. 팔아준다는군요."

"마약을?"

"예, 아프간 용병들이 마약 장사를 합니다."

최수만의 눈이 흐려졌다.

파갈은 CIA 측 정보원이다. 믿을 만은 하다.

"오, 미스터 리."

부시가 두 손을 벌리면서 이광을 맞는다.

백악관 현관 앞.

기다리고 서 있던 부시가 차에서 내리는 이광에게 다가간 것이다. 이광은 영부인 역할을 하고 있는 정남희와 동행이다.

"어서 오시오, 미세스 리."

이광과 포옹을 나눈 부시가 정남희의 손을 잡더니 눈을 가늘게 떴다.

"정말 아름답습니다."

"감사합니다, 각하."

옆에 서 있던 부시 여사가 빙그레 웃었다. 카메라 플래시가 번쩍였고 둘러선 언론사 기자들이 조금이라도 가깝게 접근하려고 포토라인 밖에서 웅성거리고 있다.

오전 11시 반.

이광이 한미 정상회담 참석차 백악관을 방문한 것이다. 이미 미국 언론은 한국 대통령 이광의 방미에 대한 특집을 쏟아내는 중이다.

'북한 핵 문제 협상' '남북한 아프리카 대거 진출로 세계화' '미국과 남북한의 관계' '중국, 일본의 남북한 견제' '아시아의 패권 전쟁' '이제 미국과 한국의 경쟁인가' 등이다.

이광은 부시의 안내를 받으며 백악관 현관 안으로 들어섰다.

그 장면을 시진핑이 라이브로 시청하고 있다.

CNN이다. CNN 기자가 열띤 표정으로 말했고 그것이 중국어 자막으로 밑에 적혔다. 시진핑의 지시로 바로 번역을 시킨 것이다.

"이번 회담은 한국과 미국의 동맹 재확인이며 한국이 아시아의 패권자로 자리 잡을 시발점이 될 것입니다."

기자가 말을 이었다.

"미국은 일본 라인에 의존하는 태평양 방어, 수비 전략에서 남북한을 중심으로 하는 적극적인 전략을 택한 것입니다."

시진핑의 얼굴이 굳어졌고 기자의 목소리가 방을 울렸다.

"남북한은 중국의 턱밑에 붙은 혹입니다. 중국 대륙의 동쪽에서 일어난 여진, 만주족이 금, 청 제국을 세워 대륙을 석권, 한족을 지배했던 것입니다. 한민족은 한때 여진, 만주족을 지배했던 민족입니다. 한민족이 대륙을 통치하게 될 수도 있는 것입니다."

"이런 개 같은."

마침내 시진핑의 입에서 욕설이 터졌다. 눈을 치켜뜬 시진핑이 둘러앉은 당 상임위원들을 보았다.

"이놈들이 계획적이군. 예고를 하는 거야."

모두 고개를 끄덕였다.

가랑비에 옷이 젖는다는 말이 있다. 미지근한 냄비 물에 고기를 넣어두고 불을 때면 고기는 놀라지도 않고 익어서 죽는다. CNN 기자의 언사는 이런 맥락이다.

시진핑이 잇새로 말했다.

"좋다. 불에는 불이다."

이것은 시진핑이 지어낸 말이다.

백악관 회의실 안.

정상회담은 보통 수행해 온 각부 장관, 비서관들까지 수십 명씩 늘어앉아서 사진도 찍고, 분위기를 연출한다. 그러나 이번 한미 정상회담은 다르다.

회의실에는 이광과 부시가 각각 둘씩 대동하고 앉아있다. 모두 6명. 통역도 필요 없다. 의전 절차를 무시한 현실적인 회의.

이광은 안보수석 김성환, 외교 장관 윤준일과 함께였고 부시는 안보보좌관 선튼과 국무장관 마이클만 참석시켰다.

자리 잡고 앉았을 때 부시가 얼굴을 펴고 웃었다.

"우리 대화는 도청 못 합니다. 세계 최고 수준의 도청방지 기술로 주변을 덮어놓았으니까요."

이광은 웃기만 했고 부시가 말을 이었다.

"내 성격도 그렇고 이 대통령도 현실적이고 솔직한 성격 아닙니까? 우리 격식을 떠나서 탁 털어놓고 미한 관계를 정립합시다. 아시아 정책도 협의하고 말입니다."

"그러려고 온 겁니다."

이광이 고개를 끄덕였다.

"아소 부총리가 시진핑 주석을 만난 거 알고 계시지요?"

"그럼요. 둘이 어떤 밀담을 나눴는지도 대충 짐작이 갑니다."

부시가 말을 이었다.

"일본은 중국보다 한국이 주적(主敵)입니다. 남북한 통일을 가장 바라지 않는 나라입니다."

"이번에 김정은 위원장하고 합의했습니다."

불쑥 이광이 말하자 부시는 긴장했다. 숨을 들이켜고는 시선을 준 채 몸을 굳히고 있다.

그때 이광이 말을 이었다.

"중국 정권을 전복시킬 겁니다."

"글쎄, 그것은."

부시가 눈을 가늘게 떴다.

"나도 CIA를 통해서 보고를 받고 있어요. 위구르 작전 아닙니까?"

"예, 각하."

"우리는 지원만 하는 입장이니까."

부시가 목소리를 낮췄다. 얼굴에 쓴웃음이 떠올라 있다.

"정상회담에서 이런 대화를 나누는 것이 좀 어색하구만. 그렇지 않습니까?"

"아소와 시진핑은 이보다 더한 이야기를 했을 겁니다."

"그건 그렇군."

"위구르를 독립시키면 시진핑 정권은 붕괴됩니다."

"위구르에 이어서 티벳, 베트남, 필리핀, 대만이 들고 일어나게 해야 돼요."

"중국이 북한 정권에 친 중국 세력이 장악하도록 내란 시도를 했기 때문에 그 대가를 받아야지요."

이광이 말을 이었다.

"나는 지금 김정은 위원장의 말을 대신 전하고 있는 겁니다. 중국을 붕괴시키기 위해서는 핵이 필수적입니다."

이광이 정색하고 부시를 보았다.

"핵을 사용하겠다는 것이 아닙니다. 자위 수단으로 보유하고 있겠다는 것입니다."

이광의 눈빛이 강해졌고 목소리에 열기가 띠어졌다.

"그렇지 않습니까? 핵을 보유하고 있는 중국이 핵 위협을 할 때 우리가 대응 차원에서라도 보유하고 있어야 되지 않겠습니까?"

부시는 숨만 쉬었다. 옆에 앉은 선튼과 마이클도 입을 열지 않는다.

이광의 방문 목적은 이것이다. 부시도 예상했지만 이광의 말을 반박할 명분이 약하다.

부시가 마침내 헛기침을 했다.

"대답은 내놓지 못하겠는데."

이광이 숨을 들이켰다.

이것은 긍정이나 같다. '외교적 수사'로 이쯤 되면 '잘 알았다.' 정도로 받아들여도 되는 것이다.

카슈가르, 오후 9시 10분.

하드라 모스크 안, 어두운 모스크 안 이곳에서도 여섯 명이 둘러앉아 있다.

최수만과 안택수, 파갈, 그리고 앞쪽은 가르단과 부하 둘이다.

먼저 입을 연 사내는 가르단이다.

"아프간에서 오셨다구?"

"난 북한 용병이오."

최수만이 정색하고 가르단을 보았다.

"하지타크 님께 고용되고 싶었는데 접촉할 방법이 없어서."

최수만의 영어는 유창하다.

가르단이 시선만 주었고 최수만이 말을 이었다.

"그래서 당신을 만나려고 한 겁니다."

"당신이 잘못 찾아온 것 같은데."

쓴웃음을 지은 가르단이 최수만을 보았다.

"북한산 용병은 비싸다고 들었는데 난 아프간 출신 용병을 고용할 능력도 없어."

"그럼 하지타크 님하고 접촉할 방법이 있겠소?"

"전혀."

고개를 저은 가르단이 말을 이었다.

"나하고도 연락이 안 돼."

"이해가 안 가는데, 당신이 하지타크 님의 간부급 아니오?"

"하지타크를 찾아가는 방법이 있지."

가르단이 흐린 눈으로 최수만을 보았다.

"우루무치의 공안국을 찾아가면 돼요."

"공안국이라니?"

"거기서 하지타크가 있는 곳을 알려줄 거요."

"무슨 말인지."

"공안과 통하고 있으니까."

가르단의 눈에 초점이 잡혔다.

"그리고 당신은 공안에 체포되겠지."

"그래서 하지타크하고 연락을 끊은 거요?"

"연락이 된다면 바로 내 위치를 공안에 신고할 수 있으니까."

"위구르 독립 조직이 이렇게 되었군."

"소문도 듣지 못했단 말요?"

가르단이 되물었기 때문에 최수만이 쓴웃음을 지었다.

"소문은 들었지만 직접 듣고 나니까 실감이 나는군."

최수만의 시선이 파갈에게 옮겨졌다.

"파갈, 이젠 당신이 설명을 해주시오."

"그러지요."

자리를 고쳐 앉은 파갈이 가르단을 보았다.

"가르단, 이분은 당신을 만나러 온 거요. 하지타크를 만난다고 한 건 떠보려고 한 거요."

파갈이 말을 이었다.

"하지타크가 위구르족을 배신하고 있다는 것을 확인하고 있었던 거요."

그때 최수만이 가르단을 보았다.

"우리가 당신을 지원해드리려는 거요."

무자락이 찌푸린 얼굴로 하지타크를 보았다.

오후 6시 반, 저택의 응접실에는 둘뿐이다.

"지도자님, 카샤르는 아직 찾지 못했습니다만 좀 이상합니다."

"뭐가 말이냐?"

"납치되었으니까 분명히 납치범이 무슨 조건을 내놓아야 하는데 사흘이 지났는데도 연락이 없습니다."

"죽였겠지."

외면한 채 하지타크가 말을 잇는다.

"아니면 죽었거나."

"공안에서 은밀하게 수색하고 있습니다만 흔적이 발견되지 않았습니다."

"그만두라고 해."

"가르단이나 수에타 측에서 이 사실을 안다면 소문을 낼 가능성도 있습니다."

"그러다가 흐지부지돼."

고개를 든 하지타크가 무자락을 보았다.

"카샤르 그놈이 타고 다니던 차, 그리고 사용하던 안가까지 모두 정리하도록. 아예 흔적을 없애란 말이다."

하지타크의 눈이 번들거렸다.

"잘된 거야. 내 목에 매달린 혹이 떨어진 느낌이다."

"저곳이 가장 안전한 출입구요."

카샤르가 손으로 가리킨 곳은 호숫가의 선착장이다.

선착장 옆에 작은 초소 건물이 있고 샛길로 50미터쯤 오르면 저택의 담장 옆 쪽문이 있는 것이다.

오후 10시, 이미 주위는 어둠이 덮여서 저택의 불빛만 반짝이고 있다.

카샤르가 말을 이었다.

"쪽문은 안에 빗장이 채워져 있지만, 담장 위로 넘어가 열면 됩니다. 초소가 안쪽으로 50~60미터쯤 떨어진 곳에 있는데 쪽문에서는 보이지 않아요."

지금 카샤르와 강기철, 이동욱까지 다섯이 모터보트에 타고 호수에 떠 있다.

하지타크의 저택 아래쪽 선착장과의 거리는 2백 미터 정도. 보트는 검은 호수 위에 떠 있는 것이다. 별도 없는 어두운 밤이다.

카샤르가 말을 이었다.

"쪽문에서 저택까지는 2백 미터 정도. 도중에 숲이 있는데 안에 초소가 박혀 있습니다. 경기관총을 거치해놓은 초소로 항상 4명이 들어가 있습니다."

카샤르의 얼굴에 쓴웃음이 떠올랐다.

"그 숲을 지나면 저택 우측이 나오는데 2층 베란다에도 경기관총을 설치해 놓은 감시 초소가 있지요."

"제대로 된 요새구나."

이동욱이 말하자 카샤르가 고개를 끄덕였다.

"저택 내부에도 초소가 있으니까요. 경비병이 항상 40명이고 1일 3교대를 하거든요."

이동욱과 강기철의 시선이 마주쳤다.

난공불락의 요새다.

"난 위구르 반군을 독립군으로 운용할 겁니다."

카샤르가 말을 이었다.

"파슈가르에 있는 가르단, 수에타도 숙정하겠어요. 그놈들도 썩었습니다. 중국군이나 공안에 제대로 된 반격을 하지도 못하고 마약 장사로 돈이나 벌고 있습니다."

지금 이동욱과 카샤르는 호수를 나와 산길을 걸어 돌아가는 중이다. 뒤를 강기철과 병사 셋이 따르고 있다.

이동욱이 물었다.

"넌 그 정보를 어디서 얻은 거야?"

"아버지한테 정보가 모입니다. 공안이 가져오는 데다 정보원들이 많거든요."

"자금력이 있으니까 돈으로 고용했겠군."

"그렇습니다. 때로는 공안에게 반군 중에서 강성(强性) 요원을 제거하게도 했지요."

고개를 든 카샤르가 이동욱을 보았다.

"아버지는 동족을 팔아서 살아온 배신자입니다. 역적이지요."

"네 아버지도 명분이 있을 것 아닌가? 위구르인의 평화, 번영, 또는 안전일지라도."

"……."

"사기지요. 난 5년쯤 전만 해도 그 말을 믿었지만 지금은 내막을 철저하게 알고 있습니다."

카샤르의 목소리가 풀숲을 울렸다.

눅눅한 대기여서 목소리도 젖은 것 같다.

오후 11시 반, 남기옥이 침실에서 나왔을 때다.

1층 계단에서 뭔가 떨어지는 소리가 들렸기 때문에 남기옥은 걸음을 멈췄다.

창지의 요양원이다. 요양원 안에는 대원 넷에 가정부 둘이 남아있다. 이동욱이 우루무치로 떠난 지 나흘째가 되는 날이다. 1층은 주방과 식당, 대원들과 가정부들의 숙소가 있는 곳이다.

다시 발을 뗀 남기옥이 계단으로 다가갔다가 몸을 돌렸다.

저택의 불이 환하게 밝혀져 있었기 때문에 남기옥이 2층 회의실로 들어섰을 때다. 불을 끄려고 들어간 것이다.

그때다.

"타당!"

요란한 총성이 요양원을 울렸다.

화들짝 놀란 남기옥이 눈을 치켜떴다가 회의실의 불을 껐다. 그러고는 곧장 안쪽으로 내달렸을 때다.

"타타타타탓, 타타탓!"

요란한 발사음이 울렸다. 침입이다.

남기옥은 안쪽 문을 열고 거실로 뛰어들었다.

심장 박동이 거칠어지면서 이동욱의 얼굴이 눈앞에 떠올랐다.

이동욱이 창지의 요양원 습격 보고를 받았을 때는 밤 12시 반, 카샤르와 정찰에서 돌아왔을 때다.

보고자는 폴 사이몬. 정보원을 만나려고 외출했다가 습격을 피할 수 있었다고 했다.

"대장, 안에 있던 7명이 모두 당했습니다."

폴의 목소리는 침통했다.

습격을 받았다는 말을 들었을 때부터 숨을 죽이고 있던 이동욱은 듣기만 했다.

안가의 응접실 안.

주위에는 강기철과 박동배 등 창지에서 데려간 대원들이 둘러서 있다. 심상치 않은 분위기에 모여든 것이다.

그때 폴이 말을 이었다.

"남 부장도 당했습니다."

"……."

"공안입니다. 공안이 기습한 건데 어떻게 정보가 새었는지 알아보겠습니다."

"……."

"지금 마당에 시신이 눕혀져 있는데 총격전이 벌어졌기 때문에 공안도 10여 명이 사살되었다고 합니다."

"……."

"우리 측은 남 부장과 남아있던 대원 4명, 그리고 가정부 둘까지 다 당했습니다."

"알았어."

억양 없는 목소리로 대답한 이동욱이 전화기를 내려놓고 둘러선 대원들을 보았다.

이제 본부 역할이었던 창지의 요양원이 공안의 기습 한 번에 궤멸되었다. 남아있던 대원 넷, 그리고 남기옥이 어처구니없게 당했다.

그때 강기철이 입을 열었다.

"가정부 조사부터 해야겠습니다."

이동욱은 시선만 주었다.

가정부 둘을 데려왔던 루반은 우루무치에서 창지 소식을 들었다.

오전 1시 반, 루반의 집 앞에서 강기철과 홍순택이 불러내어 말을 해준 것이다.

"이런."

당황한 루반이 번들거리는 눈으로 둘을 보았다.

저택 앞의 골목에서 셋이 서 있다. 어둠에 덮인 골목은 조용하다.

깊은 밤, 루반이 말을 이었다.

"둘은 신분이 확실했어. 반군을 도운 경력도 있는 데다 지금도 가족이 내 식당에서 일해. 이거, 어떻게 하지?"

"가족이라니?"

강기철이 물었다.

"둘 다 가족이 식당에 있어?"

"그렇다니까. 주타는 오빠가 식당차 운전사로 내 심복이고 호산나 어머니가 주방장이야."

"……."

"그래서 내가 믿고 가정부로 보낸 건데. 이거, 큰일 났다. 신원이 드러나면 나도 잡으러 오겠는데."

"그럼 피해."

강기철이 얼굴을 일그러뜨리며 말했다.

"먼저 피하고 보라구."

정보가 어디서 새어나갔는지는 나중 문제다.

오전 2시, 이곳은 창지 공안국의 상황실 안.

공안국장 장윤서가 고개를 들고 순찰대장 호청을 보았다.

"7명 사살한 대가로 순찰 대원 18명이 죽고 21명이 중경상이야. 이거 전과라고 볼 수도 없어. 순찰대가 몰사한 거야."

장윤서는 57세. 공안 경력 30년의 고참이지만 출세는 늦은 편이다. 위구르 자치구의 공안국장 방태세가 52세인 것을 봐도 그렇다. 위구르에서만 20년 가깝게 근무한 경력을 참조해서 우루무치 근처의 창지 공안국장이 되었을 뿐이다.

이번 작전도 '수상한 사람들이 있다'는 신고를 받고 순찰대를 투입했다가 거의 '몰사' 수준이 된 것이다.

호청이 장윤서를 똑바로 보았다.

"그놈들이 완전무장한 반군 조직이라고는 예고도 해주지 않았습니다. 우리는 식료품 밀매단이라는 신고를 받았습니다."

그래서 호청은 식료품을 압류할 트럭까지 가지고 갔던 것이다.

그때 전화기를 귀에 붙이고 있던 당직이 장윤서를 보았다.

"국장님, 정보부장입니다."

우루무치의 공안국 정보부장 보광진이다. 보광진은 장윤서보다 두 계단이니 직급이 높다.

장윤서가 전화기를 귀에 붙였을 때 보광진이 소리쳐 물었다.

"7명을 잡는 데 공안이 18명 사망, 21명 중경상이야?"

"부장 동지, 그놈들이 식품 밀매단이란 신고를 받고 출동했던 것입니다. 그놈들이 무기를 갖고 있는지 몰랐습니다."

"이런, 기가 막혀서."

보광진의 외침이 수화구를 울렸다.

"그걸 말이라고 하는 거야? 그놈들은 위구르 반군이야! 반군이 잠복하고 있었던 것이라구!"

"아니, 부장 동지, 반군 정보는 정보부장이 줘야 하는 것 아닙니까?"

"그게 무슨 말야?"

"위구르 공안국 정보부가 국가 예산을 얼마나 타내는지 나도 압니다. 정보부 정보원이 수백 명이고 이곳 창지에도 수십 명이 들락거리고 있지 않습니까?"

"그래서?"

"그 정보원이란 놈들이 이번 '요양원' 사건에는 전혀 아는 체도 안 했단 말씀이오."

장윤서의 목소리가 높아졌다.

"그래 놓고 내 애꿎은 순찰대 부하들이 반군에게 몰살당했다고 나를 추궁하는 겁니까?"

"이봐, 장 국장."

"난 당장 베이징 공안 서기 각하와 시 주석께 탄원서를 보낼 작정이오. 내가 다 책임을 뒤집어쓸 이유가 없으니까."

그때는 상황실에 모인 창지 공안국 간부들이 모두 장윤서를 둘러싸고 있다.

그때 보광진이 말했다.

"이봐, 장 국장. 진정하라구."

"우선 탄원서 내고 봅시다."

"내가 지금 창지로 갈 테니까 잠깐 탄원서는 보류하게."

"그건 안 되겠습니다, 보 부장 동지."

"헬기를 타고 갈 테니까 1시간이면 되네."

그때 장윤서가 전화기를 내려놓고는 둘러선 간부들을 보았다.

"누구한테 뒤집어씌우려고 하고 있어?"

잇새로 장윤서가 말하자 모두 고개를 끄덕였다. 뒤쪽에서는 탄성까지 일어났다.

"남 부장이 당했습니다."

오전 7시 반, 최수만이 안가에서 우루무치에 가 있는 박영철 중좌의 보고를 받는다.

깜짝 놀란 최수만이 전화기를 고쳐 쥐었다.

"남 부장이? 왜? 중장 동지는?"

한꺼번에 물었지만 박영철이 차분하게 대답했다.

"요양원이 공안의 기습을 받았습니다. 공안은 요양원에 수상한 사람들이 있다는 주민의 신고를 받았다고 합니다."

"그래서?"

"순찰대가 정찰하고 나서 창고에 야채와 곡식 자루가 쌓인 것을 보고 요즘 단속 중인 식품 밀매업자로 판단, 기습했습니다."

"……."

"그러다 총격전이 일어났고 요양원에 있던 남 부장 동지와 요원 넷, 가정부 둘까지 모두 당했습니다."

"……."

"공안 순찰대는 기습했다가 오히려 40명 가까운 사상자를 냈지만 비밀로 처리할 것 같습니다. 사상자가 많은 데다 우리를 식품 밀매단으로 오인한 잘못이 드러나면 문책을 당하게 될 테니까요."

"그 남 부장 동지는 어떻게 되었나?"

그때 잠깐 침묵하던 박영철이 말을 이었다.

"지금 공안병원 시체실에 보관되어 있지만 무연고로 밝혀지면 공동묘지에 묻히게 될 것 같습니다."

"……."

"그리고 중장 동지께서 이번 작전은 계속 진행한다고 말씀하셨습니다."

"알았어."

가라앉은 목소리로 대답한 최수만이 조심스럽게 물었다.

"내가 지금 중장 동지께 전화드려도 되겠나?"

"제가 안부만 전해드리지요. 지금은 그러시는 게 나을 것 같습니다."

"부탁해."

"알겠습니다."

전화기를 내려놓은 최수만이 한동안 멍한 표정이 되었다가 자리에서 일어섰다.

작전은 계속 진행한다는 지시다.

"내가 뇌물을 먹는 공안 간부들의 리스트를 가져왔습니다."

카샤르가 탁자 위에 서류를 놓으면서 말했다.

"주로 정보부와 테러부, 강력부 간부들이지요. 모두 실세들입니다."

이동욱이 서류를 들고 보더니 옆에 앉은 폴에게 넘겨주었다.

서류를 본 폴이 숨을 들이켰다.

"위구르 공안은 이제 우리 손바닥 위에 놓여있군."

과장한 말이지만 수십 명의 이름이 적혀 있는 것이다. 당연한 일이다. 매월 1백만 불의 자금이 하지타크에게 전해지는 상황이다. 공안 간부들이 온갖 명목으로 정부 자금을 타내고 그것을 하지타크와 분배해 가는 것이다.

카샤르가 그것을 설명했다.

"먼저 하지타크가 정보부장 보광진한테 연락하는 거죠. 투르만이나 나라트 같은 곳에 반군 몇 명이 있다. 위치가 어디고 이름까지 알려주는 겁니다. 그럼 보광진이 그곳을 기습, 공적을 올리고 현상금을 받아 반으로 나눠 먹는 겁니다."

이동욱과 폴이 시선만 주었고 카샤르가 말을 이었다.

"하지타크는 보광진만 이용하는 게 아닙니다. 공안국장 방태세에게 '위구르 반군' 조직 운용자금의 30퍼센트를 떼어줍니다. 그러니까 방태세는 정부에 운용자금을 더 많이 타내려고 로비까지 하지요. 그래야 제 몫이 늘어나니까요."

"……."

"공안의 강력부장, 순찰부장, 심지어는 교통부장까지 한 달에 한 번씩 하지타크한테서 활동비를 타갑니다. 하지타크는 그것을 활동비라고 부르지요."

어느새 카샤르는 제 아버지 하지타크를 이름으로 부르고 있다.

그때 이동욱이 카샤르를 보았다

"카샤르, 네가 네 아버지의 빚은 갚도록 해라."

이동욱의 시선을 받은 카샤르가 얼굴을 찌푸리며 웃었다. 일그러진 웃음이다.

"이런."

고개를 든 김정은이 앞에 선 김여정을 보았다.

"기습을 받았어?"

오후 1시 반, 제2초대소 응접실에서 김정은이 '위구르 사건'을 보고받은 것이다.

김여정이 대답했다.

“예, 남기옥만 전사하고 이동욱은 우루무치에 있었기 때문에 당하지 않았어요.”

“집에 있다가 당했단 말이냐?”

“예, 지도자 동지. 경호원 넷까지 다섯이 당했다는군요. 가정부도 둘 죽었답니다.”

“이런.”

“기습한 공안은 40명 가까운 사상자를 냈습니다.”

“40이나 400이나, 그것을 남기옥하고 바꿀 수 있단 말이냐?”

김정은의 강한 시선을 받은 김여정이 고개를 끄덕였다.

“그건 그렇습니다.”

“작전에 지장은 없어?”

“지장은 없습니다. 오히려 하지타크의 아들을 생포해서 정보를 많이 얻었다고 합니다.”

“그렇다면 이동욱 옆으로 보고자를 하나 보내야 될 것 아닌가?”

“당장 보내는 것도 불편하게 생각할 것입니다. 그러니까 여유를 좀 가진 후에 파견해야 되지 않을까요?”

“그렇지. 네 말이 맞다, 감시자로 생각할 수도 있으니까.”

“죽은 남기옥도 그렇게 생각했겠지만 서로 좋아했던 사이였으니까요.”

“그놈은 여자 복이 없는 놈이야.”

김여정은 입을 다물었다. 이동욱 업무가 여복을 운운할 만큼 한가하지 않은 것이다.

그때 김정은이 고개를 들고 김여정을 보았다.

“내일 이 대통령이 귀국한다니까 넌 서울에 다녀와야겠다.”

"네, 위원장 동지."

김여정이 바로 대답했다.

이광한테서 부시와의 회담 내용을 들어야 한다.

전화를 하는 것은 위험하다, 중국, 일본이 도청할 수도 있으니까. 도청 기술, CCTV 기술이 하도 발달해서 이제는 '비둘기 통신'이나 직접 만나서 전하는 1천 년 전의 방식으로 되돌아갔다. 과학이 발전하면 원시시대로 회귀하는 모양이다.

2진, 10명이 카자흐스탄을 통해 우루무치까지 직송되었다. 어렵게 얻은 요양원이 습격을 받은 후에 거처를 아예 우루무치로 옮긴 것이다.

이것으로 이동욱은 뼈가 저릴 만큼 교훈을 얻었다.

지금까지 대부분의 작전은 치밀한 정보를 바탕으로 집행되었다. 그리고 사고는 그 작전의 허점이나 인과로 인해 발생했던 것이다.

그런데 이번 '요양원 기습' 사건은 근처에 사는 주민이 밤에 채소와 식자재를 나르는 것을 보고 신고한 것이 발단이었다.

이번 사고로 정보원 '루반'은 식당 문을 닫고 가족까지 모두 피신시켜야만 했다. 죽은 종업원 둘의 신원이 파악되었기 때문이다.

그러나 창지 공안당국은 이것이 식품 밀매단과 공안의 우발적 충동이라고 발표했다. 사상자도 대폭 줄여서 각각 2명씩 사상자가 나왔다고 한 것이다.

위구르 공안 당국이 사건을 덮은 것이다. 노회한 창지 공안국장 장윤서는 목숨을 연장했고 정보부장 보광진은 축재를 할 시간을 더 벌었다. 이것은 인과관계에 영향으로 봐야 옳다.

"신고합니다."

절도 있게 보고한 고무영이 부동자세로 서서 이동욱을 보았다.

북한 교관 출신, 테러 작전 교관으로 중동, 아프리카를 떠돌아다니다가 이번 '위구르 작전'에 차출되었다. 고무영이 대원 9명을 인솔하고 온 것이다.

35세. 북한군 현역 소좌. 영어, 아랍어 능통. 기혼. 원산에 처와 6살, 2살짜리 딸이 있다.

이것이 고무영의 이력이다.

이동욱이 고개를 끄덕이고는 옆에 선 박영철을 보았다.

박영철이 지휘하는 행동대에 고무영의 2진이 배속되는 것이다.

창지의 피습 사건이 일어난 지 5일 만에 전력이 보충되었다.

북한의 인력 공급은 철저하다.

카슈가르 안가 응접실에서 최수만이 안택수의 보고를 받는다.

오전 11시 반.

안택수는 시내에서 가르단을 만나고 온 것이다.

"가르단은 마약이나 가져오면 만나겠다고 합니다."

안택수의 얼굴에 쓴웃음이 떠올랐다.

"가능하면 두각을 나타내지 않는 것이 이롭다는군요."

"오래 살려면 그래야겠지."

따라 웃은 최수만이 천천히 고개를 끄덕였다.

"이제 남부지역 반군은 기대하지 않아도 되겠다. 가르단, 수에타는 오히려 위구르 독립을 저해하는 암적 요소다."

"없애고 그 조직을 흡수하는 것이 오히려 나을 것 같습니다."

"중장께 보고드려야겠다."

정색한 최수만이 안택수를 보았다.

"내가 우루무치에 가야겠어. 직접 보고해서 지시를 받을 거다."

지금까지 최수만은 서부지역 반군 지도자 가르단, 수에타와 접촉했던 것이다.

둘은 각각 5백여 명, 3백여 명의 전사를 보유한 반군 지도자로 알려졌지만 실상은 1백 명 정도다. 그리고 병력이 분산되어서 둘 휘하에는 10여 명뿐이었다.

더욱이 둘은 3년 가깝게 반정부 활동을 한 적이 없는 것이다. 한 일이라고는 국경을 통해 마약을 들여와 돈을 모은 것뿐이다.

최수만이 보기에는 가르단, 수에타는 마약 상인이다. 그것도 소매상 수준이다. 아프간의 공급업자가 소매상 취급을 하는 조무래기다.

"차라리 잘되었습니다."

따라 웃은 안택수가 위로했다.

현역 대위인 안택수에게는 가르단, 수에타의 자질이 쓰레기 수준이었던 것이다.

'대과업'을 함께 할 동지는 절대 아니다.

"이곳입니다."

깊은 밤, 우루무치의 교외의 황무지.

잡초가 무성한 이곳으로 오려면 인적이 없는 황무지를 10킬로나 통과해야 했다. 자갈투성이의 땅이어서 농사도, 낙타나 양도 키우지 못하는 험지. 5킬로쯤 뒤쪽 샛길 입구에 '공동묘지'라고 나무판에 페인트로 쓰여 있을 뿐이다.

이곳이 우루무치의 공동묘지다.

"저기 바위 오른쪽입니다."

어둠 속에 윤곽만 보이는 바위를 가리키며 말하는 사내는 가슈판, 정보원이다.

"제가 바위에 표시를 해놨습니다."

가슈판이 앞장을 섰기 때문에 이동욱이 먼저 뒤에 붙었다.

이동욱의 뒤를 박영철, 이번에 온 고무영과 부하들, 그리고 폴까지 따른다. 10명 가까운 그림자가 어둠 속에서 소리 없이 움직였다.

과연 바위에 흰색 페인트로 동그라미가 쳐져 있다.

그때 가슈판이 오른쪽으로 10발자국을 걷더니 앞에 꽂아놓은 나무막대를 가리켰다.

나무막대는 자갈 속에 박혀 있어서 한낮에도 찾기 어려울 정도였다. 길이가 20센티 정도에 폭이 5센티도 안 되었다.

가슈판이 그곳에 플래시를 비추자 손톱만 하게 쓴 글자가 나타났다.

중국어다.

"미상의 여자, 27세 추정, 2015년 3월 12일 사망."

남기옥이다.

남기옥이 위구르 땅 황무지의 공동묘지에 묻혀있는 것이다.

황무지를 3대의 차량이 달려가고 있다.

깊은 밤, 맨 뒤를 달려가는 승합차에 이동욱이 타고 있다.

뒷좌석 의자를 떼어버린 바닥에 모포에 싸인 남기옥의 시신이 눕혀져 있다.

우루무치 공안은 남기옥의 시신을 입은 옷 그대로 매장했기 때문에 관에서 꺼내 깨끗한 모포로 감싼 것이다.

이동욱이 앞에 놓인 남기옥을 내려다보았다.

모포로 머리까지 다 감아서 얼굴은 보이지 않는다. 그러나 관에서 꺼낼 때 이동욱이 안아 들어서 꺼냈고 모포 위에 눕혔다. 그래서 어둠 속에 희게 떠 있는 남기옥의 얼굴은 다 보았다. 머리가 헝클어져 있어서 뒤로 쓸어 넘겨주기도 했다.

차 안에는 엔진 음과 덜컹대는 마찰음만 울린다.

이동욱과 함께 탄 박영철은 건너편에서 석상처럼 움직이지 않는다.

이윽고 차가 멈춰 섰다. 이곳도 황무지다.

차의 전조등에 기다리고 서 있는 사내들이 보였다. 땅바닥에 놓인 마호가니 관도 보인다.

이곳은 남기옥의 새 무덤이다.

이곳도 황무지지만 안쪽 숲의 좋은 자리에 다시 묻을 것이다. 갈아입힐 옷도 준비해 왔다, 씻기려고 물과 수건도. 다 이동욱이 혼자서 할 것이다.

청와대 대통령 거처 안, 오전 7시 반.

이광이 정남희와 이청(李淸)과 앉아 아침 식사를 하고 있다.

이청은 정남희와 전남편 사이에서 낳은 아들이다. 이번에 정남희와 이광이 서류상 결혼을 하고 사실혼 관계에서 정식 부부가 되면서 이청도 이광 아들로 입적된 것이다.

이청은 20세, 작년에 한국대학 경영학부에 입학했다. 한국대학은 2등급은 된다. 100년 역사를 지닌 대학으로 상위권 대학이다.

185에 가까운 신장에 건강한 체격. 어려서부터 이광과 함께 지낸 터라 생부처럼 여기고 있다. 밝은 성품, 특히 검소하고 겸손하다. 차 사달라는 소리도 않고 지금도 청와대에서 전철을 타고 학교에 간다. 물론 숨어서 따라다니는 경호팀이 고생한다.

수저를 내려놓은 이광이 문득 이청에게 말했다.

"너 대통령 아들로 불편한 점이 많겠다."

"제가요?"

되물은 이청이 쓴웃음을 지었다.

"불편하기보다 부담이 되죠."

"어떤 것이 가장 부담이냐?"

"제가 아버지께 누가 되는 거요."

이광의 시선을 받은 이청이 말을 이었다.

"행동이나 말을 하기 전에 그 생각하는 것이 버릇이 되었어요."

"미안하구나."

"아뇨, 좋은 점이 더 많은데요."

"그건 뭔데?"

"대통령 아들 되는 건 로또 당첨되는 것보다 더 어려운 확률이라던데요."

"누가 그래?"

"통계가 나왔어요."

"그래서?"

"어쨌든 좋은 점이 많아요."

"한 가지만 대 봐."

"여자 친구 걱정 없는 거요."

"여자 친구 많아?"

"없지만 금방 만들 수 있지 않겠어요?"

"자, 그만."

듣기만 했던 정남희가 둘의 대화를 중지시켰다. 듣다 보니 실없어진 것이다.

"자, 오늘은 그만하고 일어납시다."

이청과 헤어져 웃방으로 들어온 이광에게 정남희가 물었다.

"청이가 아직 철이 없어요."

"왜 철이 없다는 거야?"

셔츠를 입으면서 이광이 거울에 비친 정남희를 보았다.

"내가 보기에는 나보다 더 속이 깊은데."

"청와대 생활이 얼마나 조심스러워야 하는지를 의식하지 못하고 있어요."

"이봐."

몸을 돌린 이광이 정남희를 정색하고 보았다.

정남희의 얼굴이 바로 20센티 앞이다. 눈꺼풀에 작은 점이 하나 있는 것도 보인다.

"저만하면 충분히 조심스럽게 살고 있어."

"더 노력해야죠."

"아니, 가끔 실수도 해야 돼."

이광이 팔을 뻗쳐 정남희의 어깨를 움켜쥐었다.

"청이가 움츠리고 사는 건, 난 원하지 않아."

"당신은 과분한 아버지예요."

마침내 정남희가 속에 있는 말을 뱉었을 때 이광이 어깨를 당겨 안았다.

"내가 과분한 아내와 아들을 만났지."

정남희의 이마에 입술을 붙인 이광이 눈앞에 문득 사고로 죽은 아내와 아들들의 얼굴이 떠올랐다.

지금도 수라바야 위쪽 바다에 잠겨있는 세 영혼. 비록 육신은 없어졌겠지만 혼은 머물고 있을 것이다. 기억하는 사람이 있는 한, 혼은 머무는 법이다.

이광이 대통령에 취임한 후부터 달라진 것이 있다.

그것은 이념 갈등이다.

정확하게 말하면 좌우대립으로 해방 이후 70년이 넘도록 이어져 왔다. 1950년, 북한의 남침에 의한 남북한 전쟁이 휴전 상태로 이어진 것이 그 증거가 될 것이다.

그런데 이광 시대에 남북한 공조, 공존, 동맹으로까지 진전되면서 이념 대립이 없어졌다.

남한에서 북한에 동조하던 좌익 세력은 이제는 열렬한 이광 지지 세력으로 변신한 것이다.

오히려 이광의 친북 자세에 '제동'을 거는 것도 그들이다. 부통령 강윤호가 그들의 리더인 것이다.

청와대의 집무실 안, 오전 10시 반.

테이블에 이광과 강윤호, 그리고 비서실장 안학태와 국정상황실장 오대근까지 넷이 둘러앉아 있다.

오늘은 강윤호의 현안 보고다. 대북 사업과 북한의 아프리카 이민까지 책임지고 있는 강윤호인 것이다.

이광은 부통령, 총리를 포함한 행정부 장관에게 권한과 함께 책임을 완전히 이양했다. 국무회의도 총리 주재로 맡기고 특별한 경우가 아니면 참석하지 않는다. 대신 장관, 총리가 나서기 어려운 현안에만 도와주고 있다. 그래서 '대통령 동향'도 언론에 잘 보도되지 않는다.

그때 강윤호가 입을 열었다.

"지난번 이민부의 부패 때문에 수천억의 자금이 샜는데 아직도 새는 곳이 많습니다, 각하."

전(前) 이민부 장관을 포함한 이민부 고위층과 대경 산업 회장 등은 지금 수감 중이다. 그것이 전 대통령 유준상의 연임을 좌절시킨 원인이 되었던 것이다.

강윤호가 이광을 보았다.

"북한 쪽에서 새고 있습니다, 각하."

"북한에서?"

"예, 조사를 했더니 자금이 빈 액수가 2,500억 가깝게 됩니다."

"이런."

이광이 고개를 돌려 안학태를 보았다.

"자금 관리가 그렇게 허술한가?"

이민 지원 자금은 한국 국고에서 지급되고 있는 것이 아니다. 지금도 리스타에서 지원하는 것이다. '리스타 금융'에서 자금을 각각 한국과 북한의 해당 부서에 직접 지원하는 방식이다.

안학태가 대답했다.

"북한으로 들어간 자금은 당비서국 대외사업부장 고성욱과 김여정 씨가 관리하고 있습니다."

이광이 입을 다물었고 방 안에 정적이 덮였다.

강윤호도 그것을 알고 있는 것이다. 김여정이 자금 책임자라면 강윤호가 나서서 될 일이 아니다. 그래서 보고하러 왔겠지.

그때 강윤호가 입을 열었다.

"제가 자금 관계 상의를 하려고 몇 번 연락을 했지만 고성욱은 차일피일 미루고 있습니다. 이렇게 나가면 문제가 커질 것 같습니다."

"……."

"자료가 불분명한 2,500억을 확인해야 예산 집행이 됩니다. 그래서……."

"알겠어."

고개를 끄덕인 이광의 얼굴에 쓴웃음이 떠올랐다.

"내가 해결하지."

"제가 역량이 부족해서 누를 끼칩니다."

고개를 떨군 강윤호가 사과했다.

"김여정 부장한테 직접 문의할까 했지만 먼저 보고드리는 것이 낫겠다고 생각했습니다."

"잘했어."

이광이 칭찬했다.

강윤호는 한계를 아는 인물이다. 그리고 정치인 출신이다.

민감한 사안에 대응하는 방법을 안다.

회의가 끝났을 때 안학태가 이광에게 물었다.

집무실에 둘만 남았다.

"평양에 가실 겁니까?"

"아니."

이광이 안학태를 보았다.

"와이프를 보내는 게 어때?"

"예?"

놀란 안학태가 곧 눈동자에 초점을 잡았다. 안학태의 반사작용은 뛰어나다.

숨을 들이켰다가 뱉으면서 안학태가 말했다. 눈빛이 강해졌다.

"예, 사모님이 적임자이십니다."

"북한에 다른 명목으로 가는 걸로 하지."

"병원 공사 관계로 가는 것으로 하지요."

안학태가 말을 이었다.

"제가 사모님께 자세히 설명드리겠습니다."

정남희는 이광과 함께 리스타를 창업한 기업인으로 수전산전을 다 겪은 터라 김여정의 상대가 되고도 남는다.

이광이 길게 숨을 뱉었다.

"혼자 앞서갈 수는 없지. 맞춰 가야지."

우루무치, 안가로 최수만이 찾아왔다.

안내원과 대원 둘을 데리고 마치 적진 속을 헤쳐 온 것 같은 분위기다.

응접실에서 맞는 이동욱에게 최수만이 먼저 고개를 숙여 보이면서 말했다.

"남 부장의 사고에 심려가 크셨겠습니다."

"고마워."

"도와드리지 못해서 죄송합니다."

"괜찮아."

남기옥을 다시 묻은 것이 이틀 전 밤이다.

소파에 자리 잡고 앉았을 때 이동욱이 먼저 입을 열었다.

"사고였지만 주변 관리에 소홀한 점도 있었어. 공안에서 책임 회피를 하려고 사건을 축소하는 바람에 번지지 않았어."

하지만 창지 공안은 아직도 사건을 은밀히 조사 중이다. 수상했기 때문이다.

최수만이 고개를 들었다.

"카슈가르의 가르단, 수에타는 믿을 만한 놈들이 못 됩니다. 그리고 세력도 미미해서 위구르 독립에 전혀 도움이 되지 않는다고 판단했습니다."

최수만이 말을 이었다.

"만일의 경우에 대비해서 자료는 작성해 오지 않았지만, 현재 카슈가르의 반군은 1백 명 수준인데 전혀 활동을 하지 않고 있습니다. 가르단, 수에타가 마약 사업을 하고 있기 때문이죠."

"……."

"오히려 우리를 경계하고 공안에 밀고하려는 분위기까지 보였습니다. 그래서 만나는 것도, 연락하는 것도 중지했습니다."

"잘했어."

이동욱의 시선이 옆에 앉은 사내에게로 옮겨졌다.

아직 최수만에게 소개시켜주지 않은 사내다.

"참, 인사해. 이 사람은 하지타크의 막내아들 카샤르야."

놀란 최수만이 숨을 들이켰다.

카샤르를 포로로 잡았다는 말을 들었지만 이렇게 '떡' 하고 이동욱 옆에 앉아있을 줄은 몰랐던 것이다. 정보원쯤으로 알고 있었던 것 같다.

그때 카샤르가 먼저 인사를 했다.

"카샤르입니다. 잘 부탁합니다."

"난 최수만이오."

최수만의 얼굴에 쓴웃음이 번졌다.

"당신이 앉아있을 줄은 몰랐어."

카샤르가 한국어는 모르기 때문에 회의 내용을 들었을 리는 없다.

카샤르를 배석시킨 회의는 영어로 계속되었다.

이동욱이 말을 이었다.

"카샤르는 아버지를 배신하더라도 위구르 독립 투쟁에 목숨을 바치기로 했다. 그래서 우리는 카샤르를 적극 지원해 줄 계획이야."

최수만의 시선이 카샤르에게 옮겨졌다.

카샤르는 28세, 방탕하고 사치 생활을 하던 불량아로 소문이 난 것을 최수만은 아는 것이다.

그때 카샤르가 말했다.

"내가 방탕했던 것은 아버지에 대한 반발심 때문이었습니다. 하지만 뛰쳐나가서 위구르 독립 투쟁을 할 자신도 없었지요. 그래서 자포자기하는 심정이었습니다."

카샤르가 번들거리는 눈으로 최수만과 이동욱을 둘러보았다.

"이제는 기반이 있으니까 자신 있게 죽을 수 있습니다."

"죽으려고 일하면 되나?"

이동욱이 부드러운 표정으로 카샤르의 말을 받았다.

"그런 각오로 시작하면 가능한 일이 될 거야, 카샤르."

응접실에서 최수만과 둘이 남았을 때 이동욱이 말했다.

"카슈가르에서는 무장 반정부 활동을 전개하고 이곳 우루무치에서는 하지타크를 이용해서 관리들을 장악할 거다. 그러고는 카샤르를 후계자로 양성하는 것이지."

"알겠습니다."

최수만이 고개를 끄덕였다.

"중장님께서 힘드시겠습니다."

"쉬운 일이 어디 있어? 이건 하루 이틀 사이에 되는 일이 아냐."

길게 숨을 뱉은 이동욱이 말을 이었다.

"처음부터 다시 시작해야 돼. 지금 반군은 강도단, 마약상 수준밖에 안 돼."

이동욱의 눈이 흐려졌다.

"다행인 것은 하지타크와 결탁한 관리들의 내막을 알게 되었다는 것이지."

카샤르의 공(功)이다. 따지고 보면 카샤르를 포로로 잡았기 때문이지만.

오후 7시 반.

이곳은 호숫가의 하지타크 저택 안.

응접실에서 하지타크와 고문 무자락이 머리를 맞대고 있다.

무자락이 입을 열었다.

"카샤르는 죽은 것 같습니다. 그렇지 않고서는 열흘이 넘도록 연락이 안 올 리가 없습니다."

하지타크는 시선만 주었고 무자락이 말을 이었다.

"공안 정보과장도 그렇게 판단하고 있습니다. 카샤르를 데려간 놈들은 평소에 원한 관계가 있던 마약상이거나 여자 문제일 것 같다는 것입니다."

"……."

"지금도 공안이 은밀하게 수색을 하고 있습니다만……."

"가르단한테 심어 놓은 정보원한테서 연락이 왔어."

불쑥 하지타크가 말했기 때문에 무자락이 고개를 들었다.

무자락은 고문으로 거의 모든 일에 자문 역할을 한다. 그래서 하지타크 주변에 대해서는 무자락만큼 아는 자가 없는 것이다.

그런데 하지타크는 따로 정보원을 고용하고 있다. 몇 명이나, 어디에 박아 놓았는지도 모른다. 무자락의 측근에도 박아 놓았을 수 있는 것이다.

이것이 '하지타크식' 통치 방법이다.

하지타크가 말을 이었다.

"한족으로 보이는 놈들이 가르단에게 접촉을 해왔다는 거야. 위구르 독립운동을 돕겠다는데."

"중국인입니까?"

"영어를 썼다는군. 그래서 가르단은 마약을 가져오면 사업을 해 보자면서 돌려보냈다는데."

"이번에 창지에서 학살 사건이 일어난 것도 실상은 한족하고 공안의 전쟁입니다."

무자락이 말을 이었다.

"죽은 놈들의 신원이 밝혀지지 않았지만, 여자까지 포함된 5명은 한족 같다고 합니다."

"……."

"공안은 그들이 우리하고 연결되어 있는지부터 의심했었지요."

"그놈들하고 가르단한테 접촉해온 놈들하고 연결고리는 없지 않느냐?"

"그렇긴 합니다만 카샤르를 데려간 놈들도 한족 외모였습니다."

"당연하지, 위구르는 이제 한족 세상이니까."

혼잣소리처럼 말했던 하지타크가 눈의 초점을 잡고 무자락을 보았다.

"카샤르 그놈이 없어졌으니까 내 후계자를 물색하겠군."

"무슨 말씀입니까?"

"중국 정부에서 말이야."

순간, 무자락이 숨을 들이켰다.

지금까지 하지타크의 후계자는 '방탕아' 카샤르였던 것이다. 그래서 공안은 카샤르의 온갖 불법 행동을 눈감아 주고 있었다.

하지타크가 물었다.

"넌 어떻게 생각하는 거냐?"

"저는 그것까지는 생각 못 했습니다."

"중국 정부에서 보면 가르단이나 수에타도 적당하지 않을까? 그놈들도 홀딱 넘어올 것 같은데."

"……."

"아마 나한테 주는 공작금의 절반만 줘도 엎드려 받을 거야."

"……."

"중국 측에서 보면 그것이 싸게 사는 장사지."

그때 무자락이 입을 열었다.

"시노사님, 먼저 가르단을 없애시죠."

무자락이 똑바로 하지타크를 보았다.

하나를 알려주면 둘까지는 짚는다. 그래서 무자락이 고문으로 붙어있는 것이다.

그다음 날 오후.

카샤르가 이동욱을 찾아왔다.

이동욱은 마침 폴과 이야기를 하는 중이다.

"드릴 말씀이 있어서요."

이동욱이 권한 앞쪽 자리에 앉으면서 카샤르가 말했다.

"하지타크가 가르단을 제거하기로 결심했습니다. 그래서 카슈가르의 가르단 은신처를 공안에 알려주었다는데요."

놀란 이동욱과 폴이 서로의 얼굴을 보았다.

이제는 서로 적대적으로 의심하는 관계지만 명색이 '위구르 독립 투쟁군'인 것이다. 그런데 상대를 공안에 밀고해서 괴멸시킨다는 것은 배신 이상의 행태다.

그때 카샤르가 말을 이었다.

"공안 쪽에서 나온 정보입니다. 제 정보원이 공안에서 받았는데 우루무치에서도 공안 특공대가 내려간다고 합니다."

"가르단이 망하겠군."

폴이 혼잣소리로 말했을 때 이동욱이 고개를 들고 지시했다.

"최수만 대좌한테 연락해."

이동욱의 얼굴이 굳어져 있다.

최수만은 어제 아침에 우루무치를 떠난 것이다.

창지의 요양원이 기습을 받아 본부가 폐쇄된 후에 이동욱은 우루무치로 근거지를 옮겼다.

그리고 5명 이상 합숙하는 것을 금지하고 거처를 자주 옮겼다.

우루무치는 한족 인구가 90퍼센트 가깝게 되어서 이동욱 일행에게 유리한 조건이기는 했다. 한족 용모였기 때문이다.

그날 저녁, 이동욱과 카샤르가 저녁을 함께 먹는다.

이곳은 우루무치 서북쪽의 빈민 주택가, 주로 위구르인 노동자들이 사는 지역으로 외지에서 직업을 구하려고 온 사람들이다.

흙집은 땅바닥에 낡은 양탄자를 깔아 거실, 침실을 만들었고 주방은 맨땅이다. 전기도 들어오지 않아서 기둥에 기름 등을 매달았는데 안쪽은 보이지도 않는다.

이동욱이 삶은 양고기를 뜯으면서 카샤르를 보았다.

"카샤르, 어떠냐, 이런 생활이?"

이동욱은 이제 카샤르를 동생처럼 대한다.

그때 카샤르가 씹던 것을 삼키고 나서 대답했다.

"이렇게 마음이 편할 수가 없습니다."

"네가 여자 안 만난 지도 2주일 가깝게 되었는데 괜찮아?"

"생각도 안 합니다."

정색한 카샤르가 고개까지 저었다.

"어제는 옆집에 가서 빵을 만들었지요. 일하는 것이 행복했습니다."

"들었다."

이동욱의 얼굴에 웃음이 떠올랐다.

옆집 할머니는 빵을 만들어서 딸과 며느리와 함께 시장 노점상에 팔아서 산다. 밀가루를 주물러서 드럼통에 붙여 굽는 빵인데 어린애 머리통만 한 크기에 두께는 1센티 정도다. 카샤르는 밀가루를 반죽하는 일을 맡았다고 했다.

고개를 든 카샤르가 쓴웃음을 짓고 이동욱을 보았다.

"오후 2시부터 12시까지 할머니, 며느리, 딸까지 셋이 빵 1천 개 정도를 만듭니다. 하지만 무게는 30킬로 정도밖에 안 돼요. 바싹 구운 빵이거든요."

"알아. 내가 맨날 먹는 빵이 그거 아니냐?"

"그거 한 개에 얼마인지 아십니까?"

"가게에서 3위안인가?"

3위안이면 한국 돈으로 500원 정도다.

고개를 끄덕인 카샤르가 말했다.

"그렇죠. 하지만 할머니는 시장 노점상한테 그 빵을 1개에 1위안으로 넘깁니다."

한국 돈으로 170원 정도다.

그때 카샤르가 말을 이었다.

"1천 개면 1천 위안은 받지요. 그런데 밀가루값을 제외하면 하루에 250위안이 남더군요."

카샤르의 두 눈이 번들거렸다.

"그중에서 시장 들어갈 때 세금 60위안, 버스값 30위안을 떼면 160위안이 남습니다. 그것이 하루 수입이죠."

"……."

"난 하지타크하고 같이 살 때 하루에 1만 위안, 2만 위안을 펑펑 썼지요. 여자한테 3만 위안을 준 적도 있습니다."

"카샤르."

이동욱이 정색하고 카샤르를 보았다.

입을 다문 카샤르가 어깨를 늘어뜨렸다.

그때 이동욱이 말했다.

"앞으로 네 아버지 이름을 함부로 부르지 말아라."

"하지만……."

“하지타크 님은 네 아버지야. 무슨 짓을 했더라도 아버지를 능멸하면 안 된다. 그것이 인간의 도리야.”

“하지타크는 동족을 배신했습니다.”

“그러면 그 이름을 부르지 말아라.”

이동욱이 말을 이었다.

“아버지를 무조건 존경하는 건 아니야. 앞으로 하지타크 님을 부를 경우가 있을 때는 ‘그분’이라고 하는 것이 낫다.”

“알겠습니다.”

“그리고.”

이동욱이 카샤르와 시선을 맞췄다.

“나한테는 형님이라고 불러도 된다.”

그러고는 덧붙였다.

“네가 좋다면 말이지. 강요하고 싶지는 않아.”

이동욱의 얼굴에 웃음이 떠올랐다.

“난 너를 위구르 독립의 주역으로 내세울 거다. 그러기 위해서는 네가 내 의형제인 것이 서로에게 이득일 것 같아서.

“……”

“내 계산이다. 그리고 개인적으로……”

이동욱이 길게 숨을 뱉었다.

“너 같은 동생이 있으면 한다.”

그때 카샤르가 어깨를 폈다.

“저도 그렇습니다, 형님.”

평양, 대동강 변의 제12초대소, 이곳은 김여정의 별장이다.

김여정은 이곳을 애지중지해서 손님 초대는 물론 회의도 이곳에서 안 한다.

12초대소에 들르는 인사는 김여정의 여자 친구 몇 명, 그리고 김정은뿐이다. 그러나 2층 저택은 실내 수영장과 헬스장, 강변 산책로까지 조성된 특급이다. 김정은 별장 수준인 것이다.

그곳에 오늘 특별 손님이 와 있다. 바로 한국 대통령 부인 정남희다.

정남희는 평양 공항에서 내려 기다리고 있던 김여정과 함께 곧장 이곳으로 온 것이다.

오후 3시 반, 아직 7월의 태양이 중천에 떠 있는 맑은 날씨.

저택 2층 베란다의 대나무 의자에 나란히 앉은 둘에게 시원한 강바람이 부딪쳤다.

"아이구, 시원해."

정남희가 바람에도 감탄했다.

"여기는 바람까지 특급이네."

"아이구, 사모님도."

김여정이 깔깔 웃었다.

정남희는 50세이지만 아직 40대로 보인다. 그러나 김여정과는 20년 차이가 난다.

그때 정남희가 고개를 돌려 김여정을 보았다.

"리스타랜드에 언제 가실 거죠?"

"올해에는 꼭 갈게요, 겨울에."

"그러세요."

정남희가 고개를 끄덕였다.

"바닷가 별장 하나 드릴게요."

"정말이세요?"

"아, 그럼요. 제가 약속할게요. 지은 지 얼마 안 되는 건물이 있어요."

"저는 뭘 드리면 되죠?"

"그럼 안 돼요. 내가 뭘 바라고 드리는 것 같아서."

정색한 정남희가 말을 이었다.

"이건 한국식 호의예요, 마음에서 우러난 선물. 이것을 뇌물이나 교환용 선물로 여기면 서글퍼져요."

그때 김여정이 고개를 끄덕였다.

"죄송해요."

"어휴, 사과하실 건 없는데."

"이민 자금 2500억 원 정도 말씀인데요."

고개만 든 정남희를 향해 김여정이 웃어 보였다. 일그러진 웃음이다.

"제가 썼어요."

어깨를 늘어뜨린 김여정이 말을 잇는다.

"동해안 원산 북방에 관광시설을 짓는 데 유용했어요. 차관이 늦게 나올 것 같아서요."

"저런."

손을 뻗친 정남희가 김여정의 손을 잡았다.

"그런 일이 있었어요? 난 몰랐는데."

"죄송해요."

"그러지 마세요. 그럼 방법이 있네요. 제가 리스타 금융 쪽에 이야기해서 다른 곳의 차관을 빨리 얻어드릴게요. 며칠 안 걸릴 거예요."

선수를 친 김여정도 선수지만 슬슬 유도해서 방법까지 제시한 정남희는 프로지.

"그런 일이 있을 때 김 부장이 나한테 상의해주시면 금세 일이 풀렸을 텐데요."

정남희가 정색하고 김여정을 보았다.

"우리 둘이 직통 라인을 만들어 놓는 것이 좋겠어요."

"핫라인요?"

김여정이 이를 드러내고 웃었다.

"우리도 핫라인을 만들까요?"

"우리 대통령하고 위원장님 핫라인은 별로 쓰시는 것 같지 않던데 우리는 자주 씁시다."

"저도 이곳에 혼자 있을 때 누구하고 수다 떨고 싶은 충동이 자주 일어나요."

"그런 사람 있어요, 수다 떠는 상대?"

"없어요."

"나도 그래요."

정남희가 한숨을 쉬었다.

"전화하면 좋아는 하겠지만 서로 부담이 될 테니까요."

"맞아요."

"아세요? 우리 바깥양반, 그러니까 대통령이 여자를 무지 밝혔다는 것."

"어머, 어머, 어머……."

눈을 동그랗게 뜬 김여정이 말을 잇지 못했고 정남희가 말을 이었다.

"그래서 일본 놈들이 대선전에 여자 문제로 음모를 꾸몄을 때 내가 얼마나 가슴을 졸였다고요. 그게 사실이면 어쩌나 하구요."

"어머, 어머, 어머."

"덕분에 그놈들의 음모인 것으로 밝혀졌지만 10년 감수했다구요."

"아휴, 마음고생 많으셨겠어요."

"요즘은 여자 밝히는 걸 뚝 끊으셨지만 그걸 보면 안쓰럽기도 해요."

"어머, 왜요?"

"예쁜 여자를 보면 저절로 머리가 돌아가는 게 남자거든요. 우리 대통령도 마찬가지인데 그걸 꾹꾹 참고 있는 것이 말이죠."

"사모님도 계신데 그럼 참아야죠."

"평양 오셨을 때 예쁜 여자 소개해주셔도 돼요."

"어머, 어머, 어머, 사모님."

"진심이에요."

"아유, 전 못 해요."

정색한 김여정이 고개까지 저었다.

"전 죽어도 그렇게는 못 해요."

"그건 우리 핫라인에서 다시 상의하기로 하죠."

"하하하."

김여정이 소리 내어 웃더니 문득 정색했다.

"미국이나 일본, 중국이 도청하지 않을까요?"

"그럼 전화로는 대충 말하고 이렇게 직접 만나야겠네."

"그래요, 사모님."

"참, 차관은 얼마나 해드릴까요?"

정남희가 자연스럽게 주제를 바꿨다.

역시 프로라니까.

그 시간이다.

청와대 비서실장 안학태가 실장실에서 국정상황실장 오대근을 만나고 있다.

둘은 이광의 최측근이다.

안학태야 수십 년 이광을 보좌해 온 분신이고 오대근은 수족 같은 존재가 되어있다. 선입견 없이 능력과 적성만으로 고용하는 이광에게 오대근은 국정 운영에 꼭 필요한 존재였다.

그래서 지금은 안학태와 오대근이 단짝이다. 엄밀하게 말하면 오대근이 안학태의 심복이다, 서열이 있으니까.

"이봐, 각하 집무실에 상황실 소속원이 자주 들락거리던데."

안학태가 눈을 가늘게 떴다.

"여직원 말야."

"아, 정민아 씨 말이시군요. 4급입니다."

"공무원이야?"

"예, 행시에 합격하고 상황실에 3년 근무했지요. 똑똑합니다."

"미인이던데."

"예, 그건 덤이지요."

"덤이라니?"

"보고자가 목소리까지 좋으면 금상첨화 아니겠습니까? 그런 말씀입니다."

"넌 말이 많아."

"쓸모없는 말은 거의 줄이고 있습니다."

"말 안 하는 게 가끔 필요해."

그때 오대근이 입을 다물었기 때문에 안학태가 째려보았다.

"그, 정아무개를 집무실로 집어넣는 이유를 듣자."

"예, 실장님."

어깨를 편 오대근이 똑바로 안학태를 보았다.

"대통령께서 정민아를 보시는 눈을 보고 제가 결정했습니다."

"대통령 눈을 봐?"

"예, 실장님."

"눈이 어때서?"

"꿈꾸시는 것 같은 눈이셨습니다."

"너 집에 가서 소설이나 써라."

"그것만으로 제가 그런 것이 아닙니다."

"또 뭐야?"

"대통령께서 저한테 말씀하셨습니다."

"뭐라고?"

"정민아 씨를 보면 가슴이 뛴다고 하셨습니다."

그 순간, 안학태가 어깨를 늘어뜨리면서 외면했다.

오대근이 말을 이었다.

"그 말씀을 듣고 바로 정민아 씨를 담당으로 임명한 겁니다. 꽃을 보고 기쁘신 것과 같지 않겠습니까?"

"꽃?"

"예, 옷을 갈아입고 다른 향수를 뿌리면 수시로 다른 꽃이 되는 겁니다."

"너, 나하고 농담 따먹기 하자는 거야?"

"아닙니다."

정색한 오대근이 고개까지 저었다.

"진심으로 말씀드리고 있습니다."

"정민아는 결혼했어?"

"서른둘인데 2년 전에 이혼했습니다. 결혼 생활 1년 반을 했고 아이는 없습니다."

"정민아가 집무실에 들락거린 지 얼마나 되었나?"

"한 달이 조금 안 되었습니다."

"무슨 일 없지?"

"없습니다."

오대근이 어깨를 펴더니 안학태를 정색하고 보았다.

"아십니까?"

"뭘 알아?"

"5일쯤 전에 사모님이 정민아를 부르셨습니다."

"정민아를?"

"예, 그리고 정민아가 사모님하고 두 시간이나 놀다가 왔습니다."

"놀아?"

"예, 내실에서 부르셨으니까요. 정민아한테 물어보았더니 세상 이야기 했다고 하더군요. 민심 이야기, 시장 물가 이야기, 영화 이야기까지 말입니다."

안학태의 눈이 가늘어졌고 눈동자가 흐려졌다.

안학태가 정남희를 어디 1, 2년 겪었나, 수십 년인데.

신장 자치구의 카슈가르, 오후 9시 반.

서북쪽 구릉 위의 농가 안.

이곳은 민가와 5백 미터쯤 떨어진 축산 농가다. 일자형 단층 주택 좌우에 창고와 축사가 세워진 구조로 규모는 크다.

주택 길이가 30미터 정도였고 차고는 30미터. 축사는 50미터 크기다. 양과 낙타, 말까지 수백 마리가 축사 안에 있기 때문에 가끔 울음소리가 난다.

"이놈들, 경계 초소도 안 세우고 고작 두 놈씩만 앞뒤 능선에 내보내다니."

잡초 사이에 엎드린 채명이 야간 투시경을 눈에 붙이고 말했다.

농가와의 거리는 420미터. 지금 본부 특공대 2개 소대 60명과 카슈가르 공안 순찰대 60명이 농가를 포위하고 있다.

채명은 우루무치의 신장 자치구 공안 본부에서 파견된 특공대장이다.

투시경에서 눈을 뗀 채명이 옆에 엎드린 부관 위소찬에게 말했다.

"습격 5분 전이다."

"습격 5분 전."

복창한 위소찬이 무전기에 대고 지시했다.

이곳은 고원 위의 황무지 복판이다. 자갈과 잡초가 무성한 황무지여서 가축을 방사하기에는 좋지만 사람 살기에는 부적당하다.

채명이 다시 투시경을 눈에 붙였다.

"안에 30명이 있어야 돼. 그 숫자를 못 채우면 낙타나 말이라도 죽여서 끌고 가야 돼."

목소리가 가볍다.

그것은 앞쪽 농가가 위구르 독립 투쟁의 반군 두목 격인 가르단의 본거지였기 때문이다.

가르단의 본거지에 대한 정보를 받은 공안 본부는 대전과(大戰果)를 기대하고 있다.

"3분 전."

부관 위소찬이 무전기에 대고 카운트를 했다.

"3분 전."

위소찬의 목소리가 무전기에서 울렸을 때 카슈가르 공안 순찰대장 황허춘이 옆에 엎드린 제1소대장에게 말했다.

"본부 특공대가 이번에 대공을 세우겠군, 개자식들."

"글쎄요. 두고 봐야지요."

1소대장이 축사를 응시하며 대답했다.

본부 특공대는 수송기를 타고 온 것이다. 우루무치에서 이곳까지는 1,200킬로가 넘는 거리다.

어제 수송기를 타고 카슈가르 근처 비행장에 도착한 특공대는 하루 정비, 정찰을 마치고 오늘 밤 이렇게 공격을 서둘고 있다.

황허춘이 보면 공을 빼앗길까 봐 안달이 난 것 같다. 더구나 특공대장 채명은 황허춘과 같은 상위 계급이고 나이는 5살이나 어리다. 이런 애송이의 지휘를 받고 있는 기분이 좋을 리가 없다.

"2분 전."

다시 위소찬의 목소리가 울렸다.

카슈가르 순찰대 2개 소대는 주택 축사와 창고 쪽을 맡고 있다. 가축을 맡고 있는 셈이다.

공격이 개시되면 창고와 축사 쪽으로 돌진해야 되는 것이다.

"개자식."

화가 난 황허춘이 중국산 AK-47을 고쳐 쥐었다.

낙타와 양을 향해 돌격이다. 본부 특공대 놈들은 농가 앞뒤로 치고 들어가 전적을 세우고.

그때 다시 카운트.

"1분 전."

"공격!"

지시는 채명이 내렸다.

그 순간, 4면을 포위한 120명의 공안이 농가를 향해 돌진했다.

채명도 손에 쥔 AK-47을 앞에 총 자세로 하고 나아갔다.

대원들이 채명의 앞으로 달려간다.

농가는 담장도 없다. 일자형 농가의 창문 3개는 불을 켜놓아서 좋은 목표가 되었다.

사방이 탁 트인 고원지대다. 잡초와 바위투성이의 땅이어서 가끔 파인 구덩이를 지나가야 했다.

거리가 200미터 정도로 가까워졌을 때 채명이 문득 고개를 들고 옆을 따르는 위소찬을 보았다.

"앞에 있던 감시병은 처리했나?"

위소찬이 고개를 들었다.

그러고 보니 50미터쯤 앞에 있어야 할 감시병을 사살했다는 보고가 없다.

앞서간 3개 팀이 처치했어야 한다.

위소찬이 무전기를 들었다.

"1팀, 감시병 처리했나?"

"없습니다."

1팀장의 목소리가 울렸다.

"숨은 것 같습니다."

옆에서 무전을 들은 채명이 눈을 치켜떴다.

400여 미터 거리에서 저격할 수도 있었지만 놔둔 것이다. 밀고 가면서 없애도록 한 것은 그만큼 무시했기 때문이다.

그때 채명이 소리쳤다.

"뛰어라! 바로 덮쳐라!"

그러고는 AK-47을 들고 밤하늘에 대고 쏘았다.

"타타타타탕!"

요란한 총성이 고원에 울려 퍼졌다.

그다음 순간, 함성과 함께 고원은 총성으로 뒤덮였다.

"타타타타타타타타."

농가의 70미터 거리로 다가간 1팀장 주반은 불이 켜진 창을 향해 AK-47을 쏘아 갈겼다.

총탄이 쏟아져 들어가자 안쪽에서 불길이 일렁거리기는 했지만 반응이 없다.

그 순간, 주반의 가슴이 무거워졌고 저절로 달리는 속도가 늦춰졌다.

예감이 이상한 것이다.

투시경으로 농가에서 2백 미터 지점의 바위틈에 쪼그리고 있던 감시병 2명을 보았던 것이다.

그런데 그놈들이 지금은 사라졌다.

그리고 이제 이쪽에서 총을 쏴대면서 공격을 해 가는데도 반응이 없다.

알고 있었는가?

그사이에 팀원들이 주반을 앞질러 내달렸다. 벌써 10여 명이 5, 6미터 앞을 달려가고 있다.

그때 주반이 소리쳤다.

"잠깐 멈춰라!"

그러나 달리는 대원들이 쏘아대는 총성에 주반의 목소리가 묻혔다.

"이봐! 정지!"

다시 주반이 목청껏 소리쳤을 때다.

"쿠왕!"

엄청난 폭음과 함께 주반의 몸이 뒤로 날아갔다.

폭풍에 날아간 것이다. 몸이 갈가리 찢어졌지만 아직 의식이 남아 있기 때문에 주반은 그것이 '크레모아'라는 것을 알았다.

"쿠왕!"

크레모아 폭음이 터지고 있다, 농가의 앞뒷면에서, 그리고 축사, 창고의 옆면에서도.

"쿠왕!"

"쿠왕!"

한꺼번에 터진 것이 아니다. 같은 거리에서 터지는 것도 아니다.

"쿠왕!"

앞에서 크레모아가 터졌다가 갑자기 뒤쪽에서도, 그러다가 옆에서도 폭발했다.

"쿠왕!"

"쿠왕!"

농가 정면을 공격하던 특공대장 채명은 앞쪽에서 크레모아가 터지자 멈칫했다가 금세 상황을 파악했다.

농가에서 150미터 거리다.

크레모아가 계속해서 폭발하자 채명은 몸을 돌렸다.

옆에 서 있던 부관 위소찬도 몸을 돌렸는데 지시를 요구하지도 않았다.

채명은 '후퇴'라는 말도 하지 않고 이제는 뒤로 내달렸다.

크레모아는 계속해서 터지고 있다.

사방에서, 그동안 10여 발이 터졌고 지금도 계속된다.

채명과 위소찬을 본 특공대원 대여섯 명이 뒤를 따라 도망친다.

그때다.

"쿠왕!"

크레모아 폭음이 터지면서 채명과 위소찬은 등판이 다 찢어졌다. 뒷머리까지 박살이 나서 앞을 날아갔다.

도망가다 죽은 명백한 증거를 남긴 셈이다.

황허춘은 살아남았다.

꾸물거렸기 때문인데 앞으로 내보냈던 순찰대원은 거의 전멸했다.

30분 후.

황허춘이 선임자가 되어서 생존 인원을 체크했다.

120명 중 70명 사망, 37명 중경상, 13명이 걸어 다니고 있다.

농가는 비었다.

놈들은 사방에다 수십 개의 크레모아를 장치해놓고 멀리서 터뜨렸다.

보고 터뜨린 것이라 어김없이 다 죽었다.

3장
계엄령

가르단이 숨을 죽이고 안택수를 보았다.

이곳은 하크난 시외버스 터미널 근처의 물담배 가게 안.

둘은 물담배는 입에 물지도 않고 마주 보고 앉아있다.

오전 8시 반, 이른 시간이어서 담배 가게 안에는 손님이 그들 둘뿐이다.

이윽고 가르단이 입을 열었다.

"전멸했단 말이오?"

"언론에는 보도되지 않겠지만 곧 소문이 퍼질 테니까 듣게 되시겠지."

"1백 명이 넘는 공안이 죽었다구?"

"그 이상이야."

안택수가 가르단을 노려보았다.

"당신이 그 농가에 있었다면 공안 대신 부하들하고 그곳에 누워있었겠지."

가르단이 잠자코 안택수를 노려보았다.

이틀 전까지만 해도 가르단은 그 농가를 본부로 삼고 부하 30여 명과 함께 거주하고 있었다. 그러다 안택수의 정보를 받고 그곳을 떠났는데 반신반의한 상태였다.

지난번에 최수만 일행과 만났을 때 마약 사업이라면 같이 해보자는 식으로 가볍게 상대했던 가르단이다.

그때 가르단이 정색하고 안택수를 보았다.

"형씨, 지난번에 아프간에서 오셨다고 했지?"

"그랬던가?"

안택수가 고개를 기울였다.

"당신이 묻지도 않았던 것 같은데?"

"국적이 어디요? 아프간이오?"

"투르크 쪽이야."

"그래서 당신들이 농가에서 공안 특공대를 싹쓸이했다는 거요?"

"그런 셈이지."

안택수의 얼굴에 웃음이 떠올랐다.

"당신들 대신으로 말요."

"……."

"이제 중국 정부는 카슈가르에서 공안 특공대 1백여 명이 위구르 반군 두목 가르단의 역습을 받아 전멸한 것으로 알겠지."

"이런, 망할."

"가르단은 이제 위구르인의 영웅이 되었고, 아이들은 '가르단' 노래를 부르겠지."

"이것 봐요."

"왜? 그게 싫은 거요?"

이맛살을 찌푸린 안택수가 가르단을 쏘아보았다.

"겁이 나시오?"

"아니, 그것보다도……."

어깨를 부풀렸던 가르단이 가게 안을 둘러보았다.

이곳, 하크난은 카슈가르에서 서쪽으로 20킬로쯤 떨어진 작은 마을이다.

가르단은 안택수의 정보를 받고 부하들과 함께 이곳으로 피신했던 것이다.

가르단이 안택수를 보았다.

“이 정보는 어떻게 얻은 겁니까?”

“글쎄, 우루무치 공안 본부에서 들었다니까 그러시네.”

안택수가 말을 이었다.

“이젠 내 말을 믿습니까?”

“그야……”

고개를 끄덕인 가르단이 다시 어깨를 내렸다.

“이제 공안이 눈에 불을 켜고 날 쫓아다니겠는데 야단났군.”

“그러니까 당분간 우리하고 손잡는 것이 이로울 거요.”

마침내 안택수가 정색하고 말했다.

“이젠 우리가 적이 아니라는 것은 밝혀졌으니까 말요.”

가르단을 만나고 돌아온 안택수가 최수만에게 보고했다.

“가르단은 우리가 중국 정부에 대항하는 반중국 세력이라는 것까지는 믿는 것 같습니다.”

“반중국 단체는 많으니까.”

최수만이 말을 이었다.

“하지타크가 공안에 정보를 주었다는 것을 밝히면 안 돼.”

“가르단은 전혀 상상도 못 하고 있습니다, 대좌 동지.”

“어쨌든 이번 공안 특공대의 전멸로 하지타크도 입장이 곤란해졌을 거다.”

최수만의 얼굴에 쓴웃음이 떠올랐다.

“이번 작전으로 위구르에서 반군에 대한 인기가 치솟게 될까?”

그러나 중국 정부의 보도 통제는 최수만의 예상을 뒤엎었다.

고원 농가에서 공안 특공대가 궤멸했다는 보도는 한 마디도 나오지 않은 것이다.

그러나 카슈가르에는 그날 아침부터 계엄령이 실시되었다.

사거리마다 초소가 설치되어 검문검색을 했고 구역별로 가택 수사까지 시작되었다.

최수만 일행이 카슈가르 아래쪽 우탄시로 거처를 옮긴 것이 다행이었다.

쿠지마의 연락이 왔을 때는 가르단을 만난 다음 날 오후다.

쿠지마는 안택수에게 연락한 것이다.

기다리고 있던 안택수와 최수만이 우탄시 교외의 안가에서 쿠지마를 만났다.

쿠지마는 36세, 위구르인으로 가르단의 간부급 부하다.

응접실 바닥의 거적 위에 마주 보고 앉았을 때 쿠지마가 말했다.

"가르단을 제거하기로 합의했습니다."

고개를 든 쿠지마가 최수만을 보았다.

"우리를 이끌어주십시오."

"기다리고 있었어."

정색한 최수만이 고개를 끄덕였다.

"간부들이 다 합의했나?"

"간부는 저까지 넷입니다. 모두 합의했고 부하들도 따를 겁니다."

쿠지마가 번들거리는 눈으로 최수만을 보았다.

"이번에 농가에서 공안 특공대를 몰살한 소문이 다 퍼졌습니다. 그 소문을 듣고 나서 머뭇거리던 간부 두 명도 마음을 바꿨습니다."

"그럼 빨리 결행하는 것이 낫다. 여기 있는 바스크하고 같이 가도록."

안택수는 바스크라는 가명을 쓰고 있다.

쿠지마가 생기 띤 눈으로 최수만을 보았다.

"이제야 제대로 반군 활동을 하게 되었습니다."

가르단을 금방 제거하지 않은 이유는 휘하의 반군 때문이다. 무조건 가르단만 제거하면 반군이 흩어져 버리게 되는 것이다. 그래서 최수만은 가르단 휘하 간부인 쿠지마를 회유하여 대역으로 삼을 계획이었다.

그리고 이제 기회가 왔다.

최수만 세력이 공안 특공대를 궤멸시킨 위용을 보인 것이다.

이제 가르단의 줄타기 반군 활동도 종말이 다가왔다.

"그건 내 책임이 아니지."

하지타크가 눈을 올려 뜨고 말했다.

"그 농가에 가르단 부대가 있었다는 증거가 나왔잖아?"

버럭 소리친 하지타크가 무자락을 보았다.

"그래서 공안 특공대가 몰살당한 것 아니냐?"

"그건 그렇습니다, 지도자 동지."

무자락이 시선을 내렸다.

"하지만 공안 쪽에서는 우리 쪽에서 정보가 샌 것이 아닌지 의심하고 있습니다."

"이런 병신들."

하지타크가 쓴웃음을 지었다.

"이젠 정보를 준 우리까지 의심한단 말이냐?"

"특공대장 이하 특공대 50여 명이 몰사했다는군요. 카슈가르 병력까지 합쳐서 100명이 넘는 사상자가 난 사건입니다."

"병신들. 하지만 위구르 공안국장이 파면되지는 않을 거야."

"그래서 핑곗거리를 찾으려고 혈안이 되어있는 것 같습니다."

"중국 정부 지도부는 알겠지?"

"보고는 되었겠지요. 보고를 숨겼다가는 사형을 당할 테니까요."

"하지만 공안국장을 처벌하지는 못할 거다. 그러면 소문이 퍼지게 되니까. 반정부 단체나 언론이 밖에서 터뜨리면 시진핑이 곤란해져."

"그렇습니다."

"그런데 도대체 어떻게 된 거야? 가르단이 그 정도 실력이 있단 말이냐?"

"그게 저도 의문입니다. 가르단의 전력으로 150명 가까운 공안 특공대와 순찰대를 몰살하다니요."

"가르단은 30명 정도를 데리고 다녔어. 내가 잘 알아. 그런데……."

"그 한족이라는 놈들이 도와준 것이 아닐까요?"

"가르단 그놈하고 연락이 되어야 말이지."

하지타크가 혀를 찼다.

가르단과 연락을 끊은 지가 1년 가깝게 되는 것이다.

응접실로 들어선 가르단이 안택수에게 대뜸 물었다.

"무슨 일이오?"

오후 8시 반.

안택수가 다시 정보가 있다면서 찾아온 것이다.

안택수는 오늘은 한철기와 둘이 왔지만 가르단 부하들은 반기는 분위기다.

모두 공안 특공대를 몰살한 것은 '안택수 일당'이라는 것을 아는 것이다. 그래서 은근히 존경하는 태도를 보이는 사내들도 있다.

이곳은 가르단의 임시 안가인 하크난시의 단층 주택이다. 하크난에도 위구르족이 90퍼센트 이상 살기 때문에 우루무치보다는 은신하기에 이롭다.

자리에 앉은 가르단이 안택수 옆에 앉은 쿠지마에게 시선을 주었다.

"경비병 배치는 끝났나?"

"예, 끝냈습니다."

고개를 끄덕인 가르단이 안택수를 보았다. 용건을 말하라는 시늉이다.

천장에 붙은 형광등 빛에 가르단의 검은 눈동자가 반짝였다.

그때 안택수가 입을 열었다.

"우리는 북남한 연합군이오."

"뭐요?"

고개를 기울인 가르단이 되물었다.

"북남 연합군?"

"그래요. 남쪽과 북쪽 한국의 연합군."

"당신이?"

"난 북한군 대위이고 총대장은 한국인으로 북한군 중장 계급이신 분이지."

"그래서?"

"우리는 위구르 반군을 지원해서 독립시킬 목적으로 이곳에 온 거요."

이제 가르단은 숨만 쉬었고 안택수가 말을 이었다.

"그런데 하지타크는 물론이고 당신도 자세가 돼먹지 않았어. 당신도 잘 알 거요."

"허, 그래서?"

"그래서 당신이 없어지는 것이 낫다고 결정했어, 가르단."

"내가?"

눈을 치켜뜬 가르단의 시선이 옆에 앉은 쿠지마에게로 옮겨졌다. 이어서 한철기를 스치고 지났다가 갑자기 소리쳤다.

"아하르! 자트만! 보차드!"

고래고래 소리친 가르단이 벌떡 일어섰다.

"이놈 잡아라!"

그때 안택수가 가슴에서 콜트를 꺼내더니 가르단의 가슴을 겨누었다.

소음기를 낀 콜트의 총신은 길다.

"병신."

이것은 한국말이다.

그 순간.

"퍽! 퍽!"

안택수가 앉은 채로 쏜 두 발의 총탄이 한 발은 가르단의 이마에, 또 한 발은 가슴에 맞았다.

가르단은 비명도 지르지 못하고 뒤로 반듯이 넘어졌다.

그래서 안택수와 쿠지마한테는 두 발이 마지막 경련을 일으키고 있는 것만 보였다.

그때 가르단의 외침을 듣고 부하들이 뛰어 들어왔다. 그리고 누워있는 가르단을 보았다.

그때 자리에서 일어선 쿠지마가 둘러선 부하들에게 말했다.

"거적으로 말아서 고원에다 묻어야겠다."

그러자 둘러선 부하들이 방바닥에 깔린 거적을 가르단의 몸에 덮어 굴렸다.

미리 대기시킨 것이다. 그때 간부 하나가 쿠지마에게 물었다.

"쿠지마, 오늘 밤 충성 서약을 다 받을 수 있겠어. 손님 있는 데서 끝내도록 하지."

쿠지마가 고개만 끄덕였다.

“대통령님, 영부인께서 평양에서 3일 더 체류하신다고 합니다.”

안학태가 말하자 이광이 얼굴을 펴고 웃었다.

“김 부장하고 일이 잘되는 모양이야. 어제 차관 결재가 났어.”

“예, 그런 것 같습니다.”

북한은 3억 불의 개발자금 차관을 받게 된 것이다.

리스타금융의 보증으로 ‘국제은행’이 지급하는 경우다.

오전 10시 반, 청와대 대통령 집무실 안.

안학태가 이광을 보았다.

“대통령님, 위구르에 파견한 이동욱의 거처가 기습을 받았습니다.”

이광의 얼굴이 굳어졌다.

‘위구르 작전’은 ‘남북한 연합’이 주관하고 있지만, 김정은이 직접 관리한다. 김정은이 수시로 보고를 받고 지시를 하기로 되어있다.

이광은 지휘 계통의 혼선을 피하려고 자문 역할을 맡았다. 그러나 작전 내용은 안학태가 빠짐없이 관리하는 중이다.

안학태가 말을 이었다.

“이동욱은 우루무치에 가 있었기 때문에 무사했지만, 남기옥과 대원 네 명, 위구르인 가정부 둘까지 7명이 사망했습니다.”

“……”

“남기옥은 이동욱의 처로 위장한 북한 측 자문관입니다. 위구르 작전팀에서 중요한 역할을 맡고 있었습니다.”

“내가 만난 적이 있나?”

“없으셨을 겁니다.”

“이동욱과 사이가 좋았나?”

“예, 부부처럼 지냈다고 합니다.”

그때 잠깐 침묵했던 이광의 눈이 흐려졌다.

"그놈, 여자를 여럿 잃었지?"

"예, 작전 중에 만난 사람들이어서요."

"여복이 없다고 봐야 하나?"

"이동욱이 그렇게 생각하는 것 같지는 않습니다."

"그게 무슨 말야?"

"그때마다 충격을 받고 상심한다면 어떻게 작전을 계속할 수 있겠습니까?"

"하긴, 그렇네."

이광의 표정이 어둡다.

잠깐의 정적이 지난 후에 이광이 고개를 들고 안학태를 보았다.

"나도 작전 중이야."

안학태는 눈만 껌벅였고 이광의 말이 이어졌다.

"청와대 작전 중이지."

"남기옥이는 명예롭게 전사했습니다. 김 위원장이 가족에게 보상했다는데요."

"알았다."

고개를 든 이광이 어깨를 늘어뜨렸다.

"정민아를 집무실로 왔다 갔다 안 하도록 하지. 네가 오 실장한테 전해."

"정민아한테 충격이 가지 않도록 조치하겠습니다."

"난 손도 안 잡았어."

"알고 있습니다."

"와이프도 나한테 정민아를 가끔 만나라고 했다구."

"그 말씀은 못 들은 것으로 하겠습니다. 필요도 없는 말씀이구요."

"넌 참 잔인한 놈이다."

"이만 물러가겠습니다."

자리에서 일어선 안학태를 향해 이광이 들고 있던 사인펜을 던졌다.

사인펜이 안학태의 가슴에 맞고 떨어졌다.

"뭐라고? 가르단이?"

버럭 소리친 수에타가 앞에 선 하카단을 보았다.

아크치의 안가 거실 안, 오전 9시.

수에타는 술에 취해서 지금 기어 나온 참이다.

하카단이 수에타를 보았다.

"예, 공안의 저격을 받아서 죽고 조직을 쿠지마가 맡게 되었습니다."

"음, 쿠지마 그 하찮은 놈이."

"가르단이 죽은 후에 바로 전 조직원의 충성 서약을 받았다는데요."

"가소롭다."

"이번에 공안 특공대를 몰살한 것은 쿠지마가 지휘했기 때문이라고 소문이 났습니다."

그러자 수에타는 숨을 들이켜더니 하카단을 쏘아본 채 얼른 대답하지 않았다.

그렇다면 쿠지마는 위구르족의 영웅으로 부상하게 될 것이다. 수에타는 쿠지마의 발가락 사이의 때만큼의 존재로 전락하게 된다.

거칠게 숨을 뱉은 수에타가 번들거리는 눈으로 하카단을 보았다.

"곧 쿠지마 그놈은 공안의 타깃이 될 거다."

하카단이 입을 다물었고 수에타가 잇새로 말을 이었다.

"내가 장담할 수 있어. 한 날, 아니 보름 안에 쿠지마 그놈은 죽어. 그렇지, 가르단처럼 말이다."

"……."

"병신 같은 놈. 지금 공안과 전쟁을 벌여서 어쩌겠다는 거야?"

"……."

"위구르족이 박해만 받게 될 뿐이야. 병신."

수에타가 더 듣기 싫다는 듯이 외면했기 때문에 하카단은 몸을 돌렸다.

수에타는 44세. 본래 하지타크의 기동대장이었다가 외곽으로 좌천된 인물이다.

하지타크는 독재자가 그렇듯이 2인자를 키우지 않았는데 간부들의 영향력이 커지거나 부하들의 신망을 받으면 가차 없이 제거하거나 외곽으로 보내 공안의 '밥'이 되도록 만들었다.

그래서 하지타크의 고문 무자락 같은 경우는 경호원도 없이 지내는 형편이다.

수에타가 서쪽 변경인 카슈가르 근처로 쫓겨난 지는 6년. 그동안 공안의 '밥'이 되지 않은 이유는 적당히 타협하고 지냈기 때문이다.

하지타크의 속셈을 아는 터라 쫓겨난 후부터 거의 결별 수준으로 '믿지 않고' 지낸 덕분으로 지금까지 살아남았다. 그것은 죽은 가르단도 마찬가지였다.

밖으로 나온 하카단이 창고 옆으로 꺾어졌을 때 모한이 따라왔다.

"뭐래?"

뒤쪽에서 모한이 묻자 하카단이 멈춰 서서 주위부터 둘러보았다.

"쿠지마도 곧 죽는다는구나. 쿠지마가 영웅 되는 것을 눈 뜨고 못 본다는 분위기였다."

창고 벽에 기대선 하카단이 길게 숨을 뱉었다.

"지금 카슈가르의 위구르인은 들떠있어. 이런 분위기는 처음이다."

"나도 들었어. 공안 특공대를 몰살한 쿠지마를 위구르 독립군 총사령관으로 임명하자는 말도 나온다는 거야."

"한족 특공대가 도왔다는 소문도 있어."

목소리를 낮춘 하카단이 말을 이었다.

"가르단 조직은 쿠지마가 지도자가 되면서 위구르의 지도자로 급부상했다. 우루무치에 있는 배신자 하지타크는 이제 신망을 잃었고, 이제……."

"우리가 문제지."

모한이 말을 이었다.

"형하고 나하고 사촌이라는 것도 비밀로 하고 살아가는 상황이니, 이거 차라리 쿠지마 휘하로 도망치는 게 낫지 않을까?"

얼결에 한 말이지만 둘은 서로의 얼굴을 본 채 잠시 입을 다물었다.

그렇다.

하지타크한테서 방출당한 수에타 또한 부하들의 배신을 경계했다.

이런 의심은 독재자일수록 더 강한 법이다. 또한, 자신감 결여, 불안감이 그것을 더 가중한다.

수에타도 항상 간부급 부하들을 경계했고 감시까지 붙였는데 경호원도 자신이 직접 배정했다. 그래서 간부급은 사방에 감시를 두고 움직이는 형편이다.

간부급인 하카단은 제 사촌인 모한도 사촌인 것을 숨기고 지내왔다.

이것도 비극이다.

방으로 들어선 무자락이 숨을 들이켰다.

안쪽 의자에 카샤르가 앉아있었기 때문이다.

카샤르의 옆에 낯선 사내가 앉아있다.

"무자락, 놀라지 마."

카샤르가 정색하고 말했지만 무자락이 부풀렸던 어깨를 늘어뜨렸다.

"내가 놀라지 않게 생겼소?"

"설마 내가 죽었다고 믿었던 건 아니지?"

오후 10시 반, 이곳은 우루무치 시내 서북쪽 주택가 안이다.

무자락이 선 채로 거실을 둘러보는 시늉을 했다.

"설마 내 가족에게 해를 끼친 건 아니겠지요?"

"그럴 리가."

카샤르가 쓴웃음을 지으며 앞쪽을 손으로 가리켰다.

"내가 안심시켜 놓았어. 그러니까 거기 앉아."

안채에는 무자락의 2번째 아내 사샤와 5살짜리 딸 아니샤가 살고 있다.

무자락은 한 달에 두 번쯤 이곳에 와서 자고 가는데 그것을 하지타크는 모른다. 무자락이 경호원도 모르게 이곳으로 밀행해 왔기 때문이다.

무자락이 앞쪽 양탄자 위에 앉았을 때 카샤르가 옆에 앉은 사내를 소개했다.

"한인이셔, 날 도와주는 분이지."

"난 박이오, 무자락 씨."

사내가 자신을 소개했다.

이동욱의 측근 박영철 중좌다. 박영철이 말을 이었다.

"우리가 카슈가르에서 공안 특공대를 몰살한 조직이기도 합니다."

"그렇다면."

긴장한 무자락의 시선을 받은 박영철이 고개를 끄덕였다.

"한국의 위구르 독립 지원단이라고 보시면 될 겁니다."

"한국의……."

"그렇죠. 코리아."

박영철의 얼굴에 웃음이 떠올랐다.

"한국이 중국 정부로부터 위구르를 독립시키려는 것이죠."

"아!"

무자락이 어깨를 늘어뜨렸을 때 카샤르가 말을 잇는다.

"무자락, 내가 우루무치 위구르 전사들을 이끌 작정이야."

카샤르의 두 눈이 번들거리고 있다.

"그 이유는 당신이 가장 잘 알겠지, 무자락."

"……."

"날 도와줄 것으로 믿고 여기 온 거야. 그분이 가르단을 치라고 공안에 정보를 준 것도 다 알고 있어."

이제 카샤르는 하지타크를 '그분'으로 고쳐 부르고 있다.

카샤르가 말을 잇는다.

"가르단은 마약 사업을 하는 따위로 반군을 이용했지만, 그분의 행태는 도를 넘었어. 그리고 그것을 위구르 동족들도 다 알고 있다구."

카샤르가 똑바로 무자락을 보았다.

"무자락, 당신에게 마지막 기회를 주는 거야. 난 당신이 받아들일 것을 예상하고 온 거야."

정민아는 대학 다닐 때도 퀸이었다.

미모인 데다가 몸매도 좋고 공부까지 잘해서 동급생은 물론이고 학교 전체에서도 유명했다. 여대를 다녔기 때문에 남학생들이 떼를 지어 정민아 구경을 올 정도였다. 심지어 탤런트 요청도 왔었고 방송국에서도 집요하게 쫓아다녔지만 경호원까지 고용해서 막았다.

그러다가 '떡' 하고 행시에 패스했으니 '평범한 남자'들은 다 떨어졌다.

그다음에 정민아는 미국 유학을 떠나 로스쿨을 졸업, 미국 변호사 자격증도 획득했다, 그사이에 미국 시민권도 획득하고.

정민아는 미국 시민인 것이다.

청와대 4급 직이 미국 시민인 것이 문제될 것은 없지.

앞쪽 자리에 앉은 정민아가 똑바로 안학태를 보았다.

짧은 머리, 계란형 얼굴, 피부는 꿀 색이다. 두 손을 가지런히 앞에 놓인 노트에 얹어 놓았다.

정민아는 직속상관인 오대근한테서 대통령 집무실로 '문서 배달 업무 중지' 지시를 받았을 것이다.

오대근이 어떻게 지시했을까?

그건 알 수 없다. 상황실장쯤 되었으면 알아서 했겠지. 그쯤 노련하게 처리 못한다면 자격도 없다.

그때 안학태가 헛기침을 했다.

안학태가 부른 이유는 따로 있다.

"오 실장한테서 이야기 들었지?"

"예, 실장님."

"그러고 보니 나도 실장이네."

그러나 정민아는 웃지 않았다. 여전히 시선만 준다.

안학태가 숨을 골랐다.

"사모님 만나니까 어때?"

"좋았어요."

정민아가 바로 대답했다.

"그리고 많이 가르쳐주셨어요."

"뭘?"

"살아가는 방법, 기쁜 일, 슬픈 일. 사모님 말씀을 들으면 모두 제 이야기 같아요."

"사모님은 리스타 부회장까지 오르신 분이지."

"대통령님은 리스타 회장이셨구요."

"대통령님이 일을 가르치셨지."

"한 번 결혼해서 실패했다는 말씀도 하셨어요."

"그것까지……."

"대통령님은 가정생활을 포기한 분이라는 말씀도 하셨어요."

안학태가 숨만 들이켰을 때 정민아가 말을 이었다.

"수많은 여자를 사랑하고 떠나보내셨을 것이라고도 하시더군요."

"……."

"그러면서도 일반 사람들의 수준에 맞도록 노력하는 바람에 상처만 더 받으실 것이라고."

"……."

"수라바야 위쪽 바다에 사모님과 아들들을 묻었다는 이야기도 하셨어요."

"……."

"아들 하나는 전(前) 사모님의 아들이었다는 이야기도……."

그때 안학태가 고개를 들었다.

"그 이야기도 하셨어?"

"예, 그 이야기 하면서 사모님하고 함께 울었어요."

어느새 정민아의 눈도 붉어져 있다. 어깨를 늘어뜨린 정민아가 외면하고 말했다.

"그런 대통령님께 위로를 못 드려서 죄송할 뿐이에요."

안학태가 숨을 골랐다. 외면하고 있었기 때문에 목이 아팠다.

그러나 갑자기 부끄러워지는 바람에 정민아 쪽으로 고개를 돌리지 못하겠다.

정민아를 보내고 10분쯤 되었을 때 오대근이 찾아왔다.

비서실장실에서 국정상황실장까지는 20미터 거리니까, 1분이면 왔다 갔다 할 수 있다.

“이야기 잘 끝나셨습니까?”

테이블 앞에 선 오대근이 물었을 때 안학태가 고개를 들었다.

눈이 흐려져 있다.

“왜 그러는데?”

“정민아 씨 말입니다.”

오대근이 바짝 다가섰다.

“실장님 만나고 돌아와서 바로 출장을 나가더군요. 뭐, 급한 출장도 아닌데 말입니다.”

“……”

“제가 너무 서툴게 처리한 것이 아닌지…….”

“됐어.”

손을 들어 말을 막은 안학태가 외면한 채 말했다.

“30년을 모셨어도 한 달 겪은 사람보다도 못한 인간이야, 내가.”

영문을 모르는 오대근이 눈썹을 좁혔을 때 안학태가 테이블이 내려앉을 만큼 한숨을 뱉었다.

“밥값도 못하는 나 같은 놈은 죽어야지.”

외출했다가 돌아온 정민아가 사직서를 제출했을 때는 오후 4시경이다.

사직서를 받은 오대근은 간이 떨어질 만큼 놀라서 경황없이 이유를 물었지만 정민아는 개인 사정이라고만 했다. 그러면서 웃기만 했기 때문에 오대근은 10분쯤 고민하다가 안학태에게 달려왔다.

글쎄, 국정상황실장실에서 오가는 데 1분도 안 걸린다니까? 오는 데 20초쯤 걸렸다.

오대근의 보고를 받은 안학태는 의외로 고개부터 끄덕였다.

"다행이야."

"예?"

두 번째 놀란 오대근이 와락 물었을 때 안학태가 고개를 들었다.

이제는 눈의 초점이 맞춰져 있다.

"날 만나고 사직서를 낸 거 말야."

"무슨 말씀이신지."

"내가 사연을 들었으니까."

오대근이 숨을 들이켜면서 입 밖으로 나오려던 말을 참았다.

안학태가 다시 흐려진 눈으로 오대근을 보았다.

자신을 만나지 않았어도 정민아는 사직서를 내었을 것이다. 그것이 다행이라는 말이었다. 만일 자신이 정민아를 부르지 않았다면 오대근이 책임을 지려고 했을 테니까.

"이봐, 오 실장."

"예, 실장님."

"정민아한테 가서 어디 옮기고 싶은 부서가 있나 물어봐."

시선만 주는 오대근에게 안학태가 말을 이었다.

"북한이라도 다 보내준다고 해."

말이 씨가 된다고 그랬다.

정민아를 부른 오대근이 굳은 얼굴로 이렇게 입을 떼었다.

"좋아. 이유를 말하지 않겠지만 어디, 옮기고 싶은 부서가 있으면 말해."

그러고는 덧붙였다.

"어디든 보내줄 테니까, 북한이라도."

안학태는 빈말로 그랬을 것이다 북한 보내준다는 의미는 세계에서 '최고'로 들어가기 어려운, 또는 '엉뚱한' 곳을 의미했다.

안학태는 그런 뜻으로 말했을 것이고 오대근도 얼핏 안학태의 말이 떠올랐기 때문에 그랬다.

그때다.

정민아가 고개를 들고 말했다.

"북한으로 보내주세요."

오대근이 미처 숨을 쉴 여유도 없이 정민아가 말을 잇는다, 그것도 열띤 표정으로.

"이번 위구르 작전의 한국 측 연락관으로 평양에서 근무하게 해주세요. 연락관을 보내기로 했지 않습니까?"

오후 7시 반, 아크치시 외곽의 양고기 식당 안.

이곳은 수에타의 단골 식당으로 이틀에 한 번은 들러 저녁을 먹는 곳이다.

식당은 허름하고 좁다. 테이블이 6개, 주방 쪽 음식 출납구에 통째로 구운 양을 매달아 놓았다.

식당 손님은 수에타와 경호대장 마문이 한 테이블에 앉았고 경호원 셋이 문쪽 테이블을 차지했다. 그렇게 5명뿐이다. 문밖에 경호원 둘이 지키고 있어서 밥 먹으러 오는 데 7명이 움직인 셈이다.

수에타의 직할대가 35명이었으니 신변 경호에 그만큼 공을 들이고 있다.

"마문, 만일 쿠지마가 없어지면 어떻게 될 것 같으냐?"

양고기를 삼킨 수에타가 묻자 마문이 고개를 들었다.

둘 앞에는 삶은 새끼 양 반 토막이 놓였고 쟁반 주위에 쌀밥이 쌓여 있다. 오른손으로 고기와 밥을 뭉쳐서 양념장에 찍어 먹는 중이다.

"조직이 사분오열되는 거죠."

물그릇에 손을 담그면서 마문이 말했다.

마문은 36세, 수에타의 외사촌이다.

수에타는 조직원들이 두 명 이상 모이는 것도 싫어했고 친척이 있으면 아예 경계했다.

하지만 제 주변은 친척으로 채웠다.

경비원 중 하나도 배다른 동생이다. 지금 본부에서 자금을 맡은 자하타는 사촌이고 조장 하르반은 처남이다. 직속 대원 중 7, 8명이 친척인 것이다.

그때 수에타가 말했다.

"지금 쿠지마가 어디에 있지?"

"말을 들으니까 하크난 외곽의 주택 3채를 사용하고 있답니다. 쿠지마 휘하의 대원과 통하는 우리 대원이 있어요."

"오, 그래?"

"둘이 사촌이랍니다."

"그럼 그렇지."

"어떻게 하시렵니까?"

그때 양고기를 입에 넣은 수에타가 씹어 삼키는 동안 마문을 보았다. 먹는 동안 생각하는 시늉이다.

이윽고 음식을 삼킨 수에타가 빈 입을 열었다.

"공안의 손을 빌리는 거지."

"옳지."

마문의 얼굴에 웃음이 떠올랐다.

"가장 편리한 방법이죠. 하지만 몰살하면 남는 게 없지 않습니까?"

"그게 문제다."

"공안이 다음 타깃으로 우리를 노리지 않겠습니까?"

"하지타크처럼 노골적으로 공안과 손잡고 다니다간 미래가 없어."

"맞습니다."

"그렇다고 쿠지마한테 가르단 세력을 맡길 수도 없고 말이다."

"우리가 쿠지마 휘하의 일부를 빼돌린 후에 나머지를 공안에 맡기면 되지 않을까요?"

"그런 복잡한 작전이 성공할 것 같으냐?"

수에타가 다시 고기를 입에 넣었기 때문에 마문도 입을 다물었다.

어려운 문제다.

식당 안으로 세 사내가 들어섰다.

그때다.

세 사내는 모두 후줄근한 양복 차림의 한인이었는데 식당 안의 시선을 받으면서 벌려 섰다.

"누구야?"

먼저 반응한 사내들은 경호원들이다. 문 쪽의 셋이 일제히 일어난 순간이다.

"퍽, 퍽, 퍽, 퍽."

수에타에게는 발사음부터 들렸다.

그 순간 경호원들이 쓰러졌고 마문과 수에타가 벌떡 일어섰을 때는 늦었다.

이쪽을 향하고 선 사내가 가슴에서 권총을 꺼내자마자 쏘았다.

"퍽, 퍽, 퍽, 퍽."

소음기를 끼었지만 발사음이 육중하게 울렸다.

각각 2발씩 머리와 가슴에 총탄을 맞은 수에타와 마문이 두 팔을 휘저으며 쓰러졌다.

그때는 경호원 셋이 의자와 함께 땅바닥에 쓰러진 상태다.

"공안의 기습을 받았어."

하르반이 가쁜 숨을 고르면서 자하타에게 말했다.

"식당 주인한테 그놈들이 공안 배지를 보이고는 사라졌다는 거야."

8시 10분, 이곳은 수에타의 본부 격인 저택 안.

둘은 어두운 마당에 마주 보고 서 있다. 불안해서 집 안으로 들어가지도 못하고 있는 것이다.

옆쪽 창고의 벽 옆에서도 서너 명이 모여서 있었는데 이 사건 때문이다.

수에타가 살아있었다면 저렇게 서너 명이 모여서 수군대지도 못했다. 당장 추궁을 받았을 것이다.

"이거, 여길 옮겨야겠는데."

하르반은 수에타의 처남으로 조장급이다. 수에타, 마문까지 피살된 지금 조직의 선임이 된다.

하르반이 수에타의 사촌인 자하타를 보았다.

"자하타, 어때?"

"옮겨야지, 공안이 이곳도 탐지했을지도 모르니까"

자하타가 동의했다.

"오늘 밤에 아크치를 떠나자."

"이거, 가르단에 이어서 수에타까지 당하는군."

몸을 돌리면서 하르반이 말했다.

둘 다 수에타의 친척이었지만 눈물 한 방울, 애도의 말 한마디 뱉지 않았다. 그저 놀람과 불안감만 표출했을 뿐이다.

"나크, 대원들을 이리 오라고 해!"

하르반이 소리쳤다.

"서둘러!"

오후 9시, 저택의 창고 앞.

하르반이 어둠 속에서 다시 소리쳤다.

"뭘 그렇게 꾸물거리는 거야!"

이제 떠날 준비는 다 되었다.

집 안에는 14명의 대원이 남아 있었는데 일단 서쪽의 우칸 마을로 피신할 예정이다.

그때 어둠 속에서 나크가 나타났다.

나크는 하르반의 처남이다. 하르반이 수에타의 처남이고 나크는 하르반의 처남인 것이다.

그때 하르반이 눈을 크게 떴다.

나크 뒤에 모한이 따라왔기 때문이다.

"모한, 넌 왜 여기 있어?"

모한은 하카단 조(組)다. 하카단 조는 옆집에서 거주하고 있는 것이다.

그때 모한 뒤에서 하카단이 나타났다.

"하르반, 말할 게 있어."

"뭔데?"

하르반이 나크, 모한, 하카단을 차례로 훑어보았다.

심상치 않은 분위기를 느낀 것이다.

하르반의 손이 허리춤의 권총 손잡이를 쥐었다.

"무슨 일이냐?"

그때 나크가 말했다.

“하르반, 우리는 수에타의 후계자로 하카단을 선출했어.”

“뭐야?”

“다 동의했어. 너하고 자하타만 남았어.”

“이 새끼들이 언제…….”

“대장은 한 시간이라도 없으면 안 돼.”

“나크, 네놈까지. 네놈은…….”

“그래. 네 처남이지. 네 아내의 오빠.”

나크의 시선이 권총 손잡이를 쥔 하르반의 손으로 옮겨졌다.

“하르반, 권총을 쥐고 어쩌려는 거야? 뽑아서 쏠 거냐?”

“아니, 이 미친놈이.”

“네놈이 내 여동생을 두고 딴 년하고 살면서 날 처남으로 믿고 있었단 말이냐?”

“이런.”

하르반이 마침내 허리춤에서 리볼버를 빼내었다.

그 순간.

“퍽! 퍽!”

두 발의 발사음이 울리더니 얼굴이 부서진 하르반이 뒤로 벌떡 쓰러졌다.

그때 뒤쪽에서 사내 하나가 나타났다.

나크의 동료인 카트만이다.

카트만이 손에 쥔 권총을 흔들면서 말했다.

“안에서 치트가 자하타를 없앴어. 이제 청소 끝났어.”

수에타 조직은 내부 반란으로 두목이 바뀌었다.

하카단이다.

물론 식당에서 수에타와 마문 등을 사살한 것은 공안 행세를 한 최수만의 특공대다.

그것을 계기로 2시간 만에 내부 쿠데타가 성공한 것이다.

수에타의 '친족 세력'은 의외로 허술했다. 수에타의 처남의 처남 나크가 적극적으로 반란 세력에 가담한 것을 봐도 그렇다.

친족인 것만을 믿고 함부로 대하면 원한이 더 깊어진다는 사실을 모르고 있었던 것 같다.

다음 날 오후 8시.

카슈가르 서북방 30킬로 지점의 호로산 마을. 북쪽 구릉 위의 농가에 하나둘씩 사내들이 모이더니 20여 명으로 늘어났다.

모두 무장한 차림. 농가의 창고에 모였을 때는 전사로 가득 찬 분위기다.

그때 웅성거리던 창고 안이 조용해진 것은 앞쪽으로 사내들이 들어섰기 때문이다.

셋이다. 허름한 양복에 위구르인처럼 머리에 터번을 감았지만 최수만, 안택수, 한철기다.

곧 셋이 앞쪽에 앉자 사내들이 누가 지시하지 않았어도 주위에 둘러앉았다.

창고 벽에 양초를 여러 개 켜놓았기 때문에 그림자만 흔들렸다.

그때 고개를 든 최수만이 사내들을 둘러보았다.

카슈가르 지역의 반군이 이제 모두 모인 셈이다.

가르단, 수에타가 피살되고 그 뒤를 쿠지마, 하카단이 최수만의 휘하에 든 것이다.

지금 둘은 수하 간부들을 이끌고 최수만과 첫 신고식을 하는 셈이다.

그때 최수만이 입을 열었다.

"이제 카슈가르의 '위구르 독립군'은 2개 조직이지만 통일되었어. 그리고 본연의 독립운동을 전개하게 될 거야."

최수만은 북한군 대좌다.

앞에 앉은 '잡동사니' '오합지졸'인 반군 간부들에게 위축당할 이유가 눈곱만큼도 없다. 오히려 고압적인 분위기를 낮추려고 노력하는 중이다.

"나는 타지키스탄, 키르기스스탄, 카자흐스탄 연합의 위구르 독립 지원군이야. 앞으로 우리가 당신들을 지원하겠다."

당장 '남북한 연합'이라고 할 수는 없다.

그래서 서쪽 국경의 3개 '스탄' 국가가 결성한 '독립 지원단' 행세를 하기로 한 것이다.

3개 스탄국은 '회랑'으로 연결된 아프가니스탄과 함께 회교도가 많은 데다 아래쪽 파키스탄도 회교국이다.

최수만이 말을 이었다.

"앞으로 무기는 물론 자금도 우리가 모두 지원한다. 그래서 마약 사업으로 두목이 사욕을 채우는 일도 없어야 될 것이다."

최수만의 영어는 유창했지만 알아듣지 못하는 간부들이 있었기 때문에 한철기가 위구르어로 통역을 해야만 했다.

회의를 마치고 간부들에게는 1인당 1만 불, 쿠지마와 하카단에게는 운용자금으로 미화 10만 불씩이 지급되었다. 그리고 무기와 새 거처도 물색하는 대로 구입해 줄 것을 약속했다.

조직 관리, 군사 훈련을 위해 쿠지마와 하카단은 자문관 2명씩을 흔쾌히 받아들였다.

그들이 본부와 연락책을 겸할 것이고 무엇보다도 그들의 위치를 확고하게 보장해줄 것이기 때문이다, 자문관이 있으면 쿠데타는 없을 테니까.

우루무치.

하지타크가 또 불쾌해서 가쁜 숨을 뱉고 있다.

가르단에 이어서 수에타까지 피살되고 새 보스가 등장했기 때문이다.

하카단? 이름만 겨우 들던 조무래기다.

"이번에도 공안이야?"

하지타크가 묻자 무자락이 고개를 끄덕였다.

"예, 공안 실력이 늘어난 것이 아니라 수에타도 오만해져서 방심했기 때문입니다."

"병신 같은 놈."

"카슈가르 사건도 잠잠해진 것 같습니다. 공안국장은 자리를 지킬 모양인데요."

"카슈가르 공안지부장이 소환된다고 했어."

"거긴 문책을 당해야겠지요."

"입을 막으려고 감찰관이 내려가 있어."

어제 하지타크는 공안국장 방태세와 비밀 회동을 한 것이다. 무자락도 끼지 못한 둘만의 독대다.

하지타크가 번들거리는 눈으로 무자락을 보았다.

"공안 정보부장이 카슈가르에서 준동하는 반군 세력이 외부 세력이라는 증거를 잡은 것 같다."

"……."

"남북한 테러단 같다는 거야. 그놈들이 창지를 거쳐 우루무치에도 잠입한 것으로 알고 있어."

"……."

"카샤르를 죽인 것도 그놈들일 것 같다는데."

고개를 든 하지타크가 무자락을 보았다.

"지난번 남한 대통령 선거 직전에 중국이 북한 정권을 전복시키려고 했지?"

"그랬지요. 남북한 전쟁을 일으키려고 했습니다."

"그 보복을 한다는 거야. 이번에는 남북한이 중국 정권을 전복시키려고 한다는군."

하지타크의 얼굴에 쓴웃음이 번졌다.

"그러려면 위구르에서 반란이 일어나 독립해나가면 중국 정권이 무너지지, 그렇지 않나?"

"그렇습니다. 그럼 아래쪽 티베트도 들고 일어날 테니까요. 일어나기도 전에 중국은 무너집니다."

"그만큼 우리가 중요한 거야."

어깨를 편 하지타크의 눈이 번들거렸다.

"우리가 말이다."

하지타크의 시선을 받은 무자락이 숨을 들이켰다.

지금 하지타크가 말한 '우리'는 바로 '하지타크'를 말한 것이다.

하지타크의 반군이다.

그때 하지타크가 말을 이었다.

"우리 가치가 상승하고 있어, 무자락."

무자락의 생각이 맞았다.

하지타크는 값을 올려 받을 생각뿐이다.

김여정이 앞에 선 정민아를 보았다.

시선이 마주쳤어도 정민아는 눈동자도 흔들리지 않는다.

오후 2시 반, 이곳은 김여정의 제12초대소 안. 며칠 전에는 정남희가 묵고 간 곳이다.

정민아는 오늘 평양에 도착했다.

그때 김여정이 웃음 띤 얼굴로 앞쪽 자리를 가리켰다.

"앉아요."

"감사합니다."

앞쪽 소파에 앉은 정민아가 단정하게 무릎 위로 두 손을 올려놓았다. 그래도 날씬한 다리가 드러났다.

김여정이 눈을 가늘게 떴다.

"미인이네요."

"감사합니다, 부장님."

정민아의 얼굴에 희미하게 웃음기가 떠올랐다.

다시 김여정이 말을 이었다.

"며칠 전에 여기서 영부인께서 묵으시고 가셨어요."

"아!"

"부인께서 정민아 씨를 만나보라고 하시더군요. 잘 부탁한다면서."

이런, 김여정한테까지 부탁했나.

김여정이 웃음 띤 얼굴로 정민아를 보았다.

"위구르 작전에 참가하고 싶으시다구?"

"네, 부장님."

"그 작전, 잘 알아요?"

"제가 국정상황실에서 위구르 작전을 맡았습니다."

"그렇구나."

"연락관 업무를 하던 남기옥 씨가 사망한 것도 압니다."

"그래요."

김여정의 눈빛이 깊어진 것 같다.

고개를 끄덕인 김여정이 입을 열었다.

"그 정도로 위험한 곳이에요."

"알고 있습니다."

"우리가 위구르 작전을 추진하는 이유는 잘 아시겠고."

김여정이 지그시 정민아를 보았다.

"지금 위구르에 파견된 남북한 대원은 전사예요. 그것도 알죠?"

"네, 부장님."

"목숨을 걸고 싸우고 있는 겁니다. 그럴 각오와 정신 자세가 되어있지 않으면 안 돼요."

김여정이 말을 이었다.

"그렇지 않다면 작전을 망치게 될 겁니다. 그리고……."

잠깐 숨을 돌리고 난 김여정의 눈이 흐려졌다. 뭔가를 생각하는 얼굴이 되었다.

"위구르 작전 지휘관인 이동욱 중장이 동의를 해야 돼요. 왜냐하면 이 중장의 측근에서 보좌해야 하는 임무여서."

"……."

"죽은 남기옥과 위장 부부 사이였다는 걸 잘 알아야 돼요. 그럴 각오까지 할 수 있겠어요?"

응접실은 넓고 장식품이 마치 중세의 유럽 왕궁 분위기다.

소박한 투피스 차림으로 앉아 있지만 김여정은 왕녀(王女)처럼 느껴졌다.

"당분간 아버님의 정보를 이용해서 기반을 굳히는 것이 낫습니다."

무자락이 앞에 있는 카샤르, 이동욱에게 말했다.

우루무치의 안가 응접실에서 셋이 둘러앉아 있다.

오후 10시 반, 주택가 복판이어서 주위는 조용하다.

무자락은 이제 두 번째로 이동욱, 카샤르를 만나고 있다.

'아버님'이라고 한 것은 하지타크다.

"아버님이 공안국장, 위구르 당서기, 성장 등 고위층과 자주 접촉하면서 얻어낸 정보로 '독립군'의 기반을 굳히는 것입니다. 지금 당장 아버님을 제거하면 전혀 도움이 안 됩니다."

그때 이동욱이 고개를 끄덕였다.

"맞는 말이야. 서둘 것 없어. 우리가 기반을 굳힐 때까지 이용하는 거야."

결정은 이동욱이 하는 것이다.

이동욱이 무자락에게 물었다.

"공안에서 카슈가르의 상황에 대한 반응은 어떤가?"

"어제 '아버님'이 공안국장을 만났는데 카슈가르 상황은 이야기하지 않았다고 합니다. 가르단, 수에타 시절에도 아버님과 연락이 두절된 상황이었으니까요."

"지난번 특공대가 전멸한 사건은 이제 잊었나?"

"예, 묻으려고 애를 쓰니까요."

"하지타크 휘하에서 포섭할 만한 간부들 명단을 작성해줘."

"예, 대장님."

무자락이 고분고분 대답했다.

"다음에 만날 때 드리겠습니다."

"그리고 지난번에 말했던 가족 피신 문제인데."

이동욱이 옆에 놓인 검은색 가방을 무자락 앞에 놓았다.

"안에 2만 불이 들어있어."

무자락은 가방에 시선만 주었고 이동욱이 말을 이었다.

"한꺼번에 큰돈을 갖고 나가면 위험해. 그러니까 가족이 이 돈으로 빠져나가는 건 문제가 없을 거야. 카자흐스탄에 도착하면 바로 10만 불을 더 주겠다."

"감사합니다."

가방을 당겨 쥔 무자락의 눈이 번들거렸다.

"당장 내일 출국시키겠습니다."

"그렇게 되면 당신이 마음 놓고 일할 수 있게 되겠지."

"목숨을 바치지요."

무자락이 이동욱과 카샤르를 번갈아 보면서 웃었다.

"위구르 독립운동에 말입니다. 이젠 마음 놓고 독립운동을 하는 것입니다. 고맙습니다."

이동욱은 고개만 끄덕였다.

무자락은 처자식과 처가 식구들까지 출국시키려는 것이다.

가족은 전장(戰場)에서 내보내고 마음 놓고 전쟁을 치를 작정이다.

우선 배신이 드러나면 하지타크가 가족부터 해코지를 할 테니까.

오전 10시 반.

이동욱이 안가에서 전화를 받는다.

전화는 놀랍게도 김여정이다.

긴장한 이동욱이 응답했을 때 김여정이 부드러운 억양으로 묻는다.

"마음고생이 많죠?"

"아닙니다."

대번에 뜻을 알아차린 이동욱이 말을 이었다.

“순식간에 절명했습니다. 병들어서 죽는 것보다 복을 받은 것입니다, 부장님.”

“그런가요?”

되물은 김여정의 목소리는 어느덧 젖어있다.

“이 중장은 그렇게 생각해요?”

“예, 부장님. 어차피 떠나는 인생인데 그렇게 가는 것이 낫습니다.”

“아직 할 일도 많고 좋은 시간도 더 가졌어야 할 텐데요.”

“남기옥은 그런 욕심을 갖지 않았을 것입니다. 열심히 산 것으로 족하다고 생각합니다.”

“안타깝지는 않아요?”

“안타깝습니다.”

이동욱이 바로 대답했기 때문에 김여정이 가만있었다. 목이 메었기 때문이다.

이윽고 김여정이 다시 입을 열었다.

“이 중장, 여기서 연락관 겸 정책담당자 역할로 사람을 하나 보내려는데 어떻게 생각해요?”

“부장님께서 결정해주시지요.”

“여자인데, 정책전문가라 도움이 될 것 같은데.”

“예, 알겠습니다.”

“괜찮다는 말인가요?”

“부장님이 결정하시면 됩니다.”

“알았어요.”

김여정이 송화구에 대고 길게 숨을 뱉고 나서 말했다.

“곧 보내지요.”

시진핑의 방한.

본래 한국 대통령 당선자는 먼저 중국을 방문하는 것이 관례였는데 이번은 다르다. 이광이 미국을 방문하고 나서 바쁜 국정을 이유로 중국 방문을 미뤘더니 시진핑이 온 것인데, 어쨌든 국빈 방문이다.

한·중 정상회담이다.

공항에 영접 나온 이광을 향해 시진핑이 웃음 띤 얼굴로 말했다.

"각하, 기다리다 지쳐서 온 겁니다."

"죄송합니다."

쓴웃음을 지은 이광이 말을 이었다.

"초보라서 아직 배울 것이 많습니다."

"잘만 하시던데요."

시진핑은 부인을 데려오지 않았고 이광도 혼자 나왔다.

서울 공항에서 간단한 환영식을 한 다음에 두 정상은 리무진 뒷좌석에 나란히 앉아 시내로 들어온다.

오후 3시 반.

시진핑은 숙소를 '중국 대사관'으로 결정했다.

창밖을 내다보던 시진핑이 고개를 돌려 이광에게 말했다.

"중·한 관계가 좋아지기를 바라고 있습니다. 그러기 위해서는 어떤 일도 할 것입니다."

앞쪽과는 칸막이가 되어 있기 때문에 둘은 밀담을 나눌 수가 있다.

시진핑이 불쑥 물었다.

"남북한이 곧 통일되겠지요?"

"그렇겠지요."

시진핑의 시선을 받은 이광이 빙그레 웃었다.

"당연한 일 아니겠습니까?"

"이젠 때가 된 셈이지요."

"오래 기다리셨습니다. 분단된 지 80년 가깝게 되었습니다."

"그렇군요."

고개를 끄덕인 시진핑의 표정이 은근해졌다.

"각하께선 4년 연임의 첫 대통령이시지 않습니까?"

"그렇게 되었습니다."

"난 곧 임기가 끝납니다."

이광은 시선만 주었다.

시진핑의 임기는 내년까지지만 아직 알 수 없다. 시진핑이 전인대(전국민 인민대표자회의)에서 '법'을 개정하면 '종신' 주석이 될 수도 있다. 그런 소문도 있는 것이다.

그때 시진핑이 다시 말을 이었다.

"옛적에 고구려는 동북3성을 지배했지 않습니까?"

"예?"

놀란 이광이 되물었다. 눈까지 크게 떠져 있다.

세상에, 시진핑 입에서 동북3성이 고구려의 영토라는 말이 나오다니.

요녕성, 길림성, 흑룡강성 3성이 물론 고구려 땅이었다, 아니 그보다 더 넓었다.

그런데 그동안 중국은 어떤 행태를 보였던가?

'동북공정'을 조직적으로 전개해서 고구려가 중국의 일부라고 주장해왔다.

그렇다면 북한 땅까지 중국령이었다는 말이나 같다.

그런데 고구려가 동북3성을 지배했다고?

이광의 시선을 받은 시진핑이 정색했다.

"대원(大元) 제국은 몽고인이 세웠지요."

"……."

"금국(金國)은 만주족, 청(淸)은 여진족이 세운 국가였습니다."

"……."

"만주족, 여진족은 고구려의 지배를 받던 부족이었구요."

"잘 아십니다."

"이제는 조선족이 대륙의 주인이 될 때도 되지 않았습니까?"

"뭐, 그렇게까지."

이광이 얼굴을 펴고 웃었다.

"그거, 돈 주고 사는 것도 아니고 투표로 결정하는 것도 아니지 않습니까?"

"방법이 있지요."

"남북한을 조선성으로 하고 조선성의 대표가 중국을 지배하는 방법은 곤란합니다, 주석님."

말을 마친 이광이 다시 웃었다.

"차라리 돈 주고 사는 방법이 더 가능성이 있습니다."

"조선족이 대륙을 통치하면 됩니다."

정색한 시진핑이 이광을 보았다.

"조선말을 쓰는 조선족이 말씀입니다."

"……."

"그러면 그 누구도 반발하지 못할 것입니다. 조선족은 이미 대륙의 인민이니까요. 대통령께서는 오해를 하셨습니다."

이광은 숨을 들이켰다.

이 짱깨는 무슨 복안을 갖고 왔단 말인가?

좌우간에 '통'은 엄청나게 크다. 과연 대륙의 주인답구나.

그러나 정상회담에서는 시진핑의 '조선족 통치' 건은 '싹' 빠졌다.

시진핑이 '둘만의' 비밀로 하자고 신신당부했기 때문이다.

이광으로서는 '날벼락' 같은 제의였지만 따지고 보면 전혀 손해날 '사업'이 아닌 것이다.

시진핑이 조선족 '누구'를 염두에 두고 그런 말을 하는지 알 수 없지만 이제는 둘만의 기회가 기다려졌다.

다음 날 오후의 둘만의 단독 회담.

통역관도 배제하고 리무진에서 둘이 대화했던 것처럼 둘만의 독대다.

장소는 청와대 대통령 집무실 안.

이광은 이야기를 아직 안학태한테도 안 했다.

둘이 되었을 때 시진핑이 커피 잔을 내려놓고 말했다.

"지금 북한에서 수백만 명이 아프리카로 이민을 떠나고 있지 않습니까?"

이광은 시선만 주었고 시진핑이 말을 이었다.

"어떻습니까? 길림성을 북한에 편입시켜드리는 것 말씀입니다."

이광이 숨을 들이켜다가 멈췄다. 하마터면 침이 숨구멍으로 들어가 기도가 막힐 뻔했다.

아슬아슬하게 재채기를 참았지만 얼굴이 붉어졌다. 놀라서 그랬다.

시진핑 머리에서 나온 생각은 아니다.

그러나 이 얼마나 파격적인 발상인가, 고구려 영토였던 길림성을 '뚝' 떼어서 북한에 편입시켜준다니.

그래서 그 '길림 북조선'이 중국의 일부가 되고 나서 대륙의 통치자가 거기에서 나온다는 발상. 그 통치자는 김정은이겠지.

그러고 나서 남북한이 자연스럽게 통일이 된다? 그러면 그 남쪽은?

머릿속에 난무했던 생각을 일단 덮은 이광이 시진핑을 보았다.

어디, 확인이나 해보자.

"길림성을 북한에 편입시킨다면 영토를 떼어서 북한령으로 만들어주신다는 겁니까?"

"그렇습니다. 길림성 안의 한족도 포함됩니다. 길림성이 북한령이 되는 거죠."

"그래서 길림성, 북한이 중국의 자치국이 되는 것이군요? 위구르 자치국처럼 말입니다."

"아닙니다."

정색한 시진핑이 손까지 저었다.

"그렇게 속 보이는 짓 안 합니다. 길림성은 북조선 영토지만 전인대에 참석할 권한까지 갖는 것이지요."

"……."

"왜냐하면 길림성에 한족들이 수천만이 있기 때문이죠."

"……."

"그러고 나서 전인대에서 길림성, 북한의 통치자가 중국의 통치자로 선출될 수도 있는 것입니다. 북한, 또는 남한의 독립성은 전혀 건드릴 수도 없습니다."

시진핑의 얼굴에 웃음이 떠올랐다.

"그러면 조선족의 대륙 정복 시대가 오지 않겠습니까?"

이게 무슨 일인가?

사기는 아니다. 하나를 버리고 또 하나를 얻는다는 것치고는 너무 스케일이 크다.

이게 중국식 도박인가? 세상에 이런 도박이 어디 있어?

이광은 숨을 골랐다.

"생각 좀 해보십시다."

"시간 여유는 있습니다."

시진핑이 목소리를 낮추고 말했다.

"고려해보시지요, 대통령 각하."

이건 '북한 핵' 따위는 문제도 아니다.

위구르 작전도 머릿속에서 지워진 상태다.

정민아는 미국 시민권자다. 그래서 베이징을 거쳐 우루무치까지 날아왔는데 관광객 행세를 했다. 이동욱과 남기옥이 파키스탄 페샤와르에서 카자흐스탄을 거쳐 밀입국한 것과는 다르다.

정민아가 우루무치 공항을 나오면서부터 인생이 달라진다.

정민아 앞으로 두 사내가 다가왔다.

한족 차림, 그러니까 중국인이다.

앞장선 사내가 정민아에게 물었다.

"정 선생이십니까?"

한국말. 그런데 정 선생이라니. 하지만 대답했다.

"네, 맞아요."

"저희들이 모시러 왔습니다."

사내가 정민아의 가방을 쥐면서 말했다.

"예, 대장님께서 저희를 보내셨지요."

오후 3시 반.

앞장선 사내의 뒤를 따라가면서 정민아가 확인했다.

"대장님이라고 했어요? 그게 누구죠?"

"이동욱 중장님이십니다. 우리는 대장님이라고 부르지요."

그때 건물을 나온 그들 앞으로 승합차 한 대가 다가와 멈춰 섰다.

그 시간에 이동욱은 뒤늦게 입수한 정민아의 신상명세를 읽고 있는 중이다.

신상명세를 가져온 것은 CIA 소속 보좌관인 폴 사이몬이다. 김여정한테서 정민아를 보낸다는 연락은 받았지만 신상은 말해주지 않았다.

고개를 든 이동욱이 폴을 보았다.

"폴, 이 여자가 자원했다는데 나 같은 용병 출신도 아니고 모험을 즐기는 성격인가?"

"청와대 출신인 데다 미국 시민권자, 한국에서 행정고시, 미국에서 변호사 자격증도 획득한 재원이오."

폴의 열띤 목소리가 이어졌다.

"자원을 했다지만 '위구르 독립 지원단'의 격이 대번에 솟아오른 셈이지요."

"애국심 때문에 자원한 것은 아닐 것 같고……."

"청와대에서 '위구르 작전'을 체크하는 업무를 맡았다고 하니까요."

"꺼림칙해."

마침내 이동욱이 흐려진 눈으로 폴을 보았다.

폴은 보좌관 직책이지만 CIA에서 파견한 인물이다. 다른 대원들과 다르게 신상 이야기를 나누는 관계다.

"남기옥은 대놓고 내 감시역 겸 연락책 임무를 받아서 위장 부부 사이로 잘 지냈는데 말야."

"정민아는 정책보좌관 역할로 남한 쪽에서 보낸 것으로 봐야죠."

"꼭 여자일 필요는 없는데."

"지난번에는 북한 측에서 남 부장을 보냈으니까 이번에는 한국이 정민아 씨를 보낸 것으로 생각하시면 될 겁니다."

폴이 가볍게 여기라는 분위기로 말했다.

"지금 정상회담 중인 시진핑이 이 사건을 알면 펄펄 뛰겠지요."

고개를 든 이동욱이 쓴웃음을 지었다.

"김 위원장하고 상의를 해 보지요."

마침내 두 번째 독대를 할 때 이광이 시진핑에게 말했다.

대통령 집무실 안.

두 정상은 오늘도 둘이서만 만나고 있다.

오후 4시 반, 사흘간의 방한 일정을 마친 시진핑은 오늘 오후 6시 반에 귀국할 예정이다.

귀국 전, 마지막 단독회담인 것이다.

청와대는 이번 단독회담이 양국의 우호증진에 관한 협의라고 설명했다.

이광이 말을 이었다.

"아무래도 내가 북한을 방문해서 직접 만나 상의해야 할 것 같습니다."

"그렇게 하셔야겠지요."

정색한 시진핑이 이광을 보았다.

"나는 이 작업을 상무위원들의 합의를 받고 말씀드린 것입니다. 상무위원들만 알고 있는 작업이지요."

"나도 총리와 비서실장을 포함한 다섯 명밖에 말하지 않았습니다."

이광의 얼굴에 쓴웃음이 떠올랐다.

"원체 예상 밖의 일이라 모두 깜짝 놀라더군요."

"협상은 먼저 내놓고 시작하는 법 아닙니까? 우리는 먼저 큰 것을 내놓고 대국을 바라는 것입니다. 그것이 조선과 한족의 대합병을 이루는 것이지요."

"조선이 아닙니다. 대한민국이죠."

"명칭은 상관없습니다. 한반도와 대륙이면 되니까요."

"북한에서 길림성뿐만 아니라 옛적 고구려 영토였던 요녕성, 흑룡강성까지 포함한 지역을 요구하면 어떻게 하시겠습니까?"

그 순간, 시진핑이 시선을 굳혔고 이광이 말을 이었다.

"그리고 그 3개 성과 북한을 '고구려성'으로 개칭, 외부에는 '고구려 인민 공화국'으로 등록한 후에 전인대에 참가하면 되지 않겠습니까?"

"그것은 대통령 각하의 복안이시지요?"

"예, 그때는 남한도 '고구려성'에 편입해야 될 것 같아서요."

"그렇게 되겠지요."

고개를 끄덕인 시진핑의 굳은 얼굴이 약간 펴졌다.

"검토해보지요."

"고구려성은 위구르나 티베트 자치주처럼 중국 정부의 통치를 받는 것이 아닙니다."

"알고 있습니다."

"구소련의 동구권 국가를 연방으로 거느린 것을 참조하겠지만, 중국군은 철수해야 합니다."

그때 숨을 들이켠 시진핑이 입을 열었다.

"참고하지요."

"그럼 김 위원장하고 상의하고 나서 다시 말씀드리지요."

시진핑의 시선을 받은 이광이 이제는 밝은 표정으로 웃었다.

"통 큰 양보에는 통 크게 보답할 것입니다."

이제 '핵' 이야기는 누구도 입 밖에 내지 않는다.

같은 식구끼리 갖고 있을 건데, 무슨 상관이야?

안가 응접실로 들어선 정민아를 이동욱이 자리에서 일어나 맞는다.

"어서 오세요."

이동욱이 손으로 앞쪽 소파를 가리켰다.

악수를 청하지는 않았기 때문에 정민아는 고개를 숙여 보이고는 소파에 앉았다.

오후 6시 40분.

승합차가 미행을 피하려고 한 시간 가깝게 빙빙 돌다가 왔기 때문에 늦었다.

이곳은 우루무치 서북방 고원의 농가 안, 이동욱의 본부다.

응접실 안에는 둘뿐이다. 이곳까지 안내한 사내들은 문밖에서 돌아갔고 폴도 자리를 피했다. '한국인끼리' 이야기를 해 보라는 눈치다.

그때 이동욱이 말했다.

"남쪽 카슈가르는 부대장 최수만 대좌가 반군을 재편성하고 있어요. 기반을 잡은 셈인데."

이동욱이 정색하고 정민아를 보았다.

"이곳도 하지타크의 자문관 무자락을 포섭한 상태요. 그래서 하지타크 주변의 중국 고위층 정보를 수집하고 하지타크의 아들 카샤르를 단련시키고 있는 상황이오."

현재 상황을 간단히 설명한 이동욱이 정민아를 보았다.

"이제 시작이오. 위구르 지역은 중국 국토의 5분의 1이나 되지만 위구르인은 1천만 남짓, 중국은 위구르 지역에 한족을 대거 이주시켜서 한족 인구가 2천만이 넘어요. 단기간에 되는 일이 아니오."

그때 정민아가 고개를 들었다.

"저는 정책보좌역으로 맡겨진 임무를 열심히 하겠습니다."

"숙소는 강 대위가 안내해줄 거요."

이동욱이 말을 이었다.

"곧 CIA 보좌역인 폴 사이먼이 숙소로 찾아갈 테니까, 상황을 듣도록."

"감사합니다."

자리에서 일어선 정민아가 잠깐 주춤대다가 말했다.

"제가 신경 쓰이게 해드렸는지 모르지만, 이 작전에 사명감을 느끼고 있습니다."

"경호원을 붙여줄 테니까 당분간은 시내도 둘러보도록. 한족 행세를 하는 것이 나을 거요."

이동욱이 그렇게 조언도 했다.

"거리를 두실 필요는 없지 않습니까."

이동욱의 말을 들은 폴이 물었다.

이동욱은 정민아의 숙소를 50미터나 떨어진 별채로 정한 것이다. 거기에다 따로 가정부와 요리사를 배치해서 식사도 다른 곳에서 하도록 했다.

그것을 폴은 거리를 둔다고 말한 것이다.

이동욱이 고개를 끄덕였다.

"맞는 말이야. 그렇지만 남기옥처럼 옆에 둘 수는 없지 않겠어?"

"저런 재원을 대장 옆으로 보낸 것은 관리 차원에서 도움이 될 겁니다."

"자원했다지만 믿을 수 없어."

"이번에는 한국에서 보냈어요. 순수하게 받아들여도 좋을 것 같은데요."

"나한테로 보내지는 여자는 정상이 아니야, 폴."

고개를 든 이동욱의 얼굴에 쓴웃음이 떠올라 있다.

"더구나 한국 여자는 말할 것도 없어."

"정민아 씨는 미국 국적입니다, 대장."

"그러면 더욱."

그때 고개를 끄덕인 폴이 자리에서 일어섰다.

"정민아 씨를 만나보고 오겠습니다."

이곳은 청와대.

대통령 집무실에 이광과 안학태, 국무총리 박상윤, 국정원장 양찬성, 그리고 국정상황실장 오대근과 정책실장 최영조까지 6명이 앉아있다.

이 6명이 시진핑이 제의한 '북한, 길림성 합병'을 알고 있는 한국 측 인사다. 보안 유지를 위해 이광은 관련 인원을 최소화한 것이다.

오후 7시 반, 6명은 식당에서 날라 온 도시락으로 저녁을 마친 참이다.

그때 이광이 입을 열었다.

"방북 신청을 했더니 김 위원장이 내일이라도 오라고 했지만, 사흘 후에 평양에 갈 거요."

준비할 시간도 필요한 것이다.

이광이 박상윤을 보았다.

"총리, 만일 김 위원장이 승낙한다면 한국은 국민투표를 해야겠지요?"

"당연히 해야 합니다."

박상윤이 커다랗게 고개를 끄덕였다. 상기된 얼굴이다.

"선전하고 광고할 필요도 없습니다. 공청회, 토론을 충분히 한 후에 국민투표를 해야 합니다."

그리고 북한이 받아들인다고 해도 부결되면 남한은 중국의 제의를 거부하는 것이다.

그때 박상윤이 말을 이었다.

"중국이 왜 이런 제의를 했는지부터 분석을 해야 할 것입니다. 그것은 남북한의 공조, 동맹, 통일에 엄청난 부담을 느끼고 있다는 증거입니다."

당연한 일이다. 그렇지 않았다면 남북한의 대치 상태를 적당히 방관하면서 전처럼 조정자 역할로 위상을 높이고 있을 것이다.

그때 국정원장 양찬성이 말했다.

"최악의 경우를 대비하여 차선책을 만들어 두는 것이 중요합니다."

이광이 고개를 끄덕였다.

사업가 출신인 이광이지만 윈윈(win-win)이란 존재하지 않는다고 믿어온 것이다.

어떻게 양쪽이 다 좋을 수가 있는가? 허상이다.

양쪽이 다 희생하는 구조는 가능하다. 그러나 그것은 경중의 차이가 있다.

윈윈은 듣기 좋은 말일 뿐이다. 더구나 국가 간 거래에서는 더욱 그렇다.

사업은 신의를 중요하게 여기지만 국가 간 거래는 천만의 말씀이다.

제 국민을 위해서 배신을 밥 먹듯이 해도 충신, 애국자로 칭송받는다. 거래 상대국 국민으로부터 받는 비난은 소가 닭의 비난을 듣는 꼴이다.

그런데 길림성을 북한에 떼어줘?

그래서 이광은 동북3성을 내놓으라고 했던 것이다.

그것은 김정은이 주장해야겠지.

다시 우루무치.

폴 사이몬은 42세, CIA 해외작전국 소속으로 중동에서만 13년을 근무해서 아랍인이 다 되었다. 아일랜드계 이민으로 미국에 정착했는데 검은 머리, 검은 눈동자, 피부는 볕에 탄 데다 수염까지 길러서 아랍인 용모다.

폴이 웃음 띤 얼굴로 정민아에게 말했다.

"여자라고는 가정부, 요리사밖에 없어서요. 말동무 필요하시면 저를 부르셔도 됩니다. 그러고 보니 제가 미국인이거든요."

별관의 거실 안, 정민아는 짐 정리를 막 끝내고 씻고 나온 참이다.

오후 9시, 늦은 시간이었지만 농가는 수선스럽다. 이제야 고원에 내놓았던 낙타와 양을 축사로 들여놓고 있기 때문이다.

농가의 안채와 별관, 창고까지 건물이 5동이나 있기 때문에 이동욱의 '본부 병력' 20여 명이 넉넉하게 은신할 수 있다.

앞쪽에 앉은 정민아가 따라 웃으면서 말했다.

"대장님이 좀 당황하셨을 것 같아요. 계속해서 측근으로 여자가 임명되어 오니까 말이죠."

"더구나 이렇게 미인이시니 말입니다."

"이번에 사고가 난 남기옥 씨가 미인이었다고 들었어요."

"누가 그럽니까?"

"북한의 김여정 부장."

"김 부장을 만났습니까?"

"네, 평양에서 발령을 받았거든요."

"그렇군요."

"모르셨나요? 난 한국 청와대에서 근무했었습니다."

"압니다."

"청와대에서 '위구르 작전' 담당이었다는 것도 아셨어요?"

"아니, 그것은 잘……."

"정책은 세우지 않았지만 보좌는 했죠. 지금도 보좌역으로 왔고요."

"그렇군요."

"미인계 수준으로 보시면 안 돼요."

"그럴 리가."

쓴웃음을 지은 폴이 고개를 들었다.

"그런데 자원하신 이유는 뭡니까? 남기옥 씨하고는 다르지 않습니까?"

"이상하세요?"

"예, 목숨이 위험한 이 험지에 잘나가시던 정민아 씨가 자원한 것이 조금."

폴이 말을 이었다.

"무슨 일 있었습니까?"

"난 개척 정신이 강한 성격입니다."

정민아가 정색하고 폴을 보았다.

"그래서 '위구르 작전'에 자원했다고 보시면 돼요."

폴은 고개를 끄덕였다.

그것이 이상하지는 않다. 따진다면 남녀 차별을 하는 것이 된다.

무슨 미인계? 한국에서? 왜?

남기옥에 대한 선입견 때문에 정민아를 오해했던 것 같다.

별관에 혼자 남았을 때 정민아는 길게 숨을 뱉었다.

폴은 위로해주려고 왔다가 이쪽 상처만 건드리고 간 셈이다.

위구르까지 날아온 이유는 애국심 따위는 눈곱만큼도 없다. 위구르 땅이 대한민국 영토도 아니고 이 땅은 냄새도 싫다.

오직 청와대에서 멀리 떨어지고 싶었기 때문에 택한 곳이 이곳이다.

청와대에서 '방출된' 이유가 납득이 안 된다.

내가 대통령에게 '연정'을 품고 있었다면 받아들이겠다.

그런데 대통령 주변을 깨끗이 '청소'한답시고 애먼 사람을 좌천시켜?

그래서 자진해서 이곳으로 날아온 것인데, 이곳에서도 머리를 맞대어 공론이라니.

우루무치는 한족이 90퍼센트를 차지하고 있었기 때문에 정민아는 한족 차림으로 시내에 나갔다.

백화점에 가서 쇼핑을 하고 식당에서 저녁까지 먹고 돌아왔는데 윤성이 동행했다. 물론 뒤를 경호원 셋이 따랐다. VIP인 것이다. 이동욱 다음 서열이다.

그날 오후 8시가 되었을 때 정민아가 본관으로 찾아왔다.

이동욱은 저녁을 마치고 폴, 박영철, 강기철과 함께 차를 마시던 중이다.

"드릴 말씀이 있어서요."

앞쪽에 앉은 정민아가 이동욱을 보았다.

"아직 본부와 직접 통신을 못 하기 때문에 시내에 나간 길에 연락했습니다."

모두 긴장했고 통신을 맡은 폴은 당황했다.

그때 정민아가 말을 이었다.

"한중 정상회담에 이어서 곧 남북한 정상회담이 개최된다고 합니다. 그래서 그동안은 활동을 자제하라는 지시를 받았습니다."

정민아한테 지시를 한 것은 국정상황실장 오대근이다. 오대근은 비서실장 안학태의 지시를 받았을 것이다.

남북한의 '위구르 작전' 실무 총책은 안학태와 김여정이다. 각각 이광과 김정은의 분신들이다.

그때 이동욱이 물었다.

"어디서 연락을 했나?"

"백화점에서 베이징으로 했습니다. 베이징에 전달자가 있었거든요."

이동욱의 시선이 폴에게로 옮겨졌다.

지금까지 폴이 연락 책임자였기 때문이다.

"폴, 연락이 겹치지 않도록 당신이 중재를 해야겠어."

"알겠습니다."

대답한 폴이 쓴웃음을 지었다.

"아무래도 이것은 남북한 사이의 문제인 것 같은데요. 그래서 그런 것 같습니다."

"그런가?"

"이번 경우는 정책보좌관이 별도 지시를 받아온 것 같습니다."

"그렇다면 나한테 이야기하고 나갔어야지."

이동욱이 정민아를 향해 말했다.

"서울에 연락하고 지시를 받아 오겠다고 말야."

질책이다.

이동욱의 시선을 받은 정민아의 얼굴이 굳어졌다. 둘러앉은 사람들은 제각기 외면했다.

그때 정민아가 입을 열었다.

"멀리 떨어져 있는 데다 가볍게 생각했습니다. 앞으로 주의하겠습니다."

"하긴, 그러네."

이동욱이 쓴웃음을 지었지만 분위기는 풀리지 않았다.

그러고는 몇 분 후에 모두 자리에서 일어섰을 때 정민아는 남았다.

말할 것이 있는 눈치다.

응접실에 둘이 남았을 때 정민아가 정색하고 말했다.

"이번 한중 정상회담에서 시진핑이 큰 거래를 제의했다는군요."

이동욱은 시선만 주었고 정민아가 말을 이었다.

"그 제의 때문에 대통령께서 김 위원장을 만나러 가신다고 해요."

"어떤 제의라는 거야?"

"중국과의 합병인 것 같아요."

"중국과 합병? 어디하고?"

"북한."

"미쳤군, 시진핑이. 무슨 음모거나."

"내용이 그럴듯한 것 같습니다. 길림성을 북한과 합병시키고 독립시킨다는 제의인데 구소련의 동구권 연방과 비슷한 형태로 나가자는 제의였답니다."

"……."

"그래서 대통령께서는 김 위원장하고 상의하겠지만 그럴 바에는 요녕성, 흑룡강성까지 같이 포함시키자고 김 위원장에게 조언을 주신다는 겁니다."

정민아가 정색하고 이동욱을 보았다.

"그 이야기를 폴 사이먼을 통해 전할 수는 없죠, 그렇지 않습니까?"

"그렇지."

이동욱이 정색하고 고개를 끄덕였다.

"정 보좌관이 가깝게 있었다면 나한테 간단하게 말하고 갈 수도 있었는데 너무 떨어졌군."

"별관에다 인터폰을 설치하죠."

"어쨌든 간부들 앞에서 보좌관 군기를 잡은 셈이니까 잘된 거야."

이동욱이 말을 이었다.

"당신이 청와대 출신이라 그런지 간부들이 어려워하는 분위기였거든."

"그런가요?"

"전에 내 옆에 있었던 남 부장하고는 다른 입장이니까."

"다른 입장이라니요?"

"남 부장하고는 위장 부부 사이였지만 실제로도 부부처럼 지냈거든."

"그건 알고 있습니다."

"북한에서는 그것이 자연스러운 배치였는데 한국은 턱도 없는 일이지."

이동욱의 얼굴에 쓴웃음이 떠올랐다.

"그러다가 남 부장은 희생되었고 말야."

"그럼 이제 조금 조정이 된 셈인가요?"

"처음엔 삐걱거리긴 했지만 슬슬 맞춰 가야지 어쩌겠어?"

이동욱이 말을 이었다.

"내 보좌관 역할이나 확실하게 해. 위계질서 지키고 말야. 그러면 돼."

이것이 결론이다. 더 바랄 것도 없다는 말이다.

사흘 후의 평양, 순안공항에 마중 나온 김정은이 이광과 함께 리무진을 타고 시내로 가는 중이다. 이광의 요청으로 공항의 의전도 대폭 생략했기 때문에 전용기에서 내린 지 얼마 되지 않는다.

이광이 고개를 돌려 김정은을 보았다.

차 뒷좌석에는 이광과 김정은 둘이 탔다. 칸막이가 쳐진 앞좌석에는 운전사와 김정은의 경호실장이 탔다.

"위원장님, 시진핑이 와서 이런 제의를 했습니다."

그러자 와락 긴장한 김정은에게 이광이 제의 내용을 말해주었다.

"길림성을 북한에 편입시키고 '북조선'을 중국 연방국으로 만들자는 것이지요. 그래서 구소련의 소련 연방처럼 공존하자는 제의였습니다."

"허, 그 짱깨가 무슨 꿍꿍이일까요?"

호기심과 의혹이 뒤섞인 표정의 김정은이 물었다. 얼굴까지 상기되었다.

"그래서 우리 북조선을 먹자는 것이지요?"

"우리 남한이 있는데 그게 쉽게 되겠습니까?"

"그랬다가 뒤통수 맞지요. 그래서 가만히 계셨습니까?"

"그래서 요녕성, 흑룡강성까지 포함한 동북3성을 내놓으라고 했습니다. 그렇게 북한 측에 전하겠다구요."

"옳지. 그럼 해볼 만하지요."

동북3성의 면적은 남북한의 4배가 넘고 인구도 1억이 넘는 것이다.

김정은의 두 눈이 번들거렸다.

"그랬더니 뭐라고 합니까?"

"김 위원장님하고 상의해보라고 하더군요. 그것까지 예상한 것 같았습니다."

"이것들이 무슨 속셈일까요?"

"보나마나 남북한의 흡수지요."

이광의 얼굴에 쓴웃음이 떠올랐다.

"북한을 동북3성과 함께 흡수하면 남한은 저절로 따라갈 테니까요."

고개를 든 이광이 김정은을 보았다.

"어떻게 생각하십니까?"

"상의해 보십시다."

어깨를 부풀렸다가 내린 김정은이 이광을 보았다.

"꿍꿍이가 있다고 해도 이런 제의를 그냥 넘기기에는 아깝습니다."

그렇다. 그래서 이렇게 왔지 않은가?

4장
아시아 연방

오전 11시.

부통령 강윤호는 청와대 국정상황실장 오대근과 함께 백악관의 오벌룸에 들어가 있다.

어제 오후에 이광은 평양에 도착했다. 강윤호는 먼저 떠났지만 지금 부시를 만나는 것이다.

오벌룸에는 부시와 국무장관 마이클 존슨, 안보보좌관 선튼까지 셋이 둘러앉아 있다.

강윤호가 부시와 독대를 요구했지만 부시는 콧방귀를 뀌고 나서 이렇게 구성된 것이다. 대통령 이광이라면 모를까 부통령 강윤호하고는 말이 안 된다.

부시가 넌지시 강윤호를 보았다. 눈을 내리뜨고 턱을 올린 모습이 그렇다.

"지금 미스터 리는 평양에 가 있지요?"

"예, 각하."

"대통령, 부통령이 거의 동시에 나오셨군. 이거 보통 일이 아닌데."

"그렇습니다, 각하."

"시진핑이 한국에 다녀간 후로 무슨 일이 있는 모양이군."

"관계가 있습니다, 각하."

의전상 통역이 양쪽에 배석하고 있지만 강윤호, 오대근이 영어를 잘했기 때문에 직접 대화하고 있다.

그때 강윤호가 어깨를 펴고 부시를 보았다.

“시진핑이 이번에 제의를 하고 갔습니다. 그것 때문에 우리 대통령께서 북한 김 위원장하고 협상하려고 가신 겁니다.”

부시는 시선만 주었고 강윤호가 말을 이었다.

“시진핑이 중국의 길림성을 북한 측에 합병시키는 조건으로 북한을 ‘중국 연방’에 편입시키자는 제의를 했습니다.”

“오 마이 갓.”

탄성부터 뱉은 부시가 마이클과 선튼을 번갈아 보았다.

“이것 봐, 내가 그랬지? 중국이 소련 흉내를 낼 것이라고 말야. 얘들한테는 구 소련 연방(USSR)이 롤 모델이라니까.”

마이클과 선튼은 대답하지 않았고 강윤호의 목소리가 방을 울렸다.

“그래서 저희 대통령께서는 동북3성을 편입시키는 조건으로 북한과 상의해 보겠다고 하신 겁니다. 그래서 그 일로 북한에 가셨지요.”

“지저스.”

다시 탄성을 뱉은 부시가 마이클을 보았다.

“마이클, 동북3성이 어디야?”

“여기 있습니다.”

그때 오대근이 말하고는 준비해 온 지도를 꺼내 탁자 위에 펼쳤다.

동북3성에는 붉은 선이 그려져 있다.

“세상에, 이런 일이.”

눈을 치켜뜬 부시가 지도와 마이클을, 다시 지도를 보고 선튼까지 보았다. 그러더니 강윤호에게 물었다.

“이곳을 다 북한에 편입시킨다고?”

"그건 우리 대통령께서 시진핑한테 요구하신 겁니다. 동북3성을 다 준다면 김 위원장한테 말해보겠다고요."

"받아야지."

"두 분이 그걸 상의하러 가신 겁니다."

"준다면 무조건 받아야 돼."

그때 마이클이 고개를 절레절레 흔들었다.

"동서고금 역사에도 유례가 없는 일입니다, 각하."

"글쎄, 음모야 있겠지. 그걸 누가 모르나?"

부시가 혀를 차더니 마이클을 흘겨보기까지 했다.

"그 음모가 겁나서 이런 제의를 넘겨? 두고두고 후회할 거야. 후세의 웃음거리가 될 거라고."

"그것을 노리고 그런 제의를 했을지도 모릅니다, 각하."

"마이클, 당신 포커 안 좋아하지?"

"예, 별로."

"그러니까 나하고 말이 안 통해."

"무슨 말씀입니까?"

그때 선튼이 나섰다.

"부통령님, 이제 이 대통령님의 전갈을 들읍시다. 이 상황을 설명하고 우리 대통령께 무슨 말씀을 전하시든가요."

그때 강윤호가 숨을 골랐다.

부시하고 마이클이 '토닥거리는' 통에 다음 말을 잊고 있었다.

"대통령께서는 동맹국인 미국의 의견을 듣고 싶다고 하셨습니다. 다만, 이 문제를 결정할 때까지 '극비사항'으로 부탁하셨습니다."

"당연히."

어깨를 편 부시가 바로 말을 받았다.

이제는 두 눈을 크게 뜨고 턱이 안으로 들어갔다. 진중한 표정이다.

"당연히 동맹국의 부탁을 지켜야지요. 내가 약속할 수 있습니다."

그러고는 덧붙였다.

"관계자 몇 명만 알도록 하고, 우리도 대책을 상의해보지요. 그동안 부통령께서는 여기서 푹 쉬시지요."

표현도 정중했다.

"우리는 중국보다 한반도의 위협이 더 큽니다."

아소 부총리가 가토 총리에게 말했다.

총리 관저의 집무실 안.

소파에는 외교 장관 다무라까지 셋이 둘러앉아 있다.

"아마 역사상 한반도의 위협이 가장 큰 시기가 지금이 될 겁니다."

가토와 다무라는 눈만 껌벅였는데 그 말에 동감한다는 시늉이다.

아소는 한반도 전문가다. 더구나 셋 중 가장 연장자이고 부총리가 된 지 10년이 넘는다. 그만큼 한국 정권을 지근거리에서 관찰해 온 것이다.

그때 가토가 말했다.

"이번에 중국을 중심으로 남북한, 미국이 분주하게 움직이고 있지 않습니까? 한국 언론에서도 '북한 핵' 문제라고 흘리지만 수상합니다. 일본만 소외되는 느낌이 들어요."

가토의 시선이 다무라에게 옮겨졌다.

"한국 부통령은 부시 대통령한테 경제 협력 문제로 방미했다지만 경제 회의는 하지도 않았어, 그렇지?"

"예, 강윤호는 어제 부시를 만나고 오늘은 선튼하고 CIA 부장 매크레인을 만났습니다."

다무라가 말을 이었다.

"그리고 철저하게 보안을 강화해 정보가 전혀 새어 나오지 않습니다."

"중국을 견제하는 작업이라면 우리한테 말할 텐데 말이야."

아소가 거들었다.

"설마, 미·중·남북한이 짜고 우리를 건드리려는 건 아니겠지?"

"이광이 대통령이 되고 나서 일·한 정상회담에 대한 계획도 세우지 않았습니다."

다무라가 거들었지만 이제 가토와 아소가 입을 다물었다.

일본은 이광의 대통령 당선을 막으려고 정보를 조작, 퍼뜨린 전과가 있는 것이다. 그것이 북한의 폭로로 들통이 나는 바람에 개망신을 당했고 양국 관계가 악화되었다.

중국은 북한군을 선제공격시켜 남북한의 국지전을 유도했다가 실패했지만, 시진핑의 방한으로 분위기가 변하는 것 같다.

그때 아소가 가토를 보았다.

"총리, 일·한 정상회담을 요구하고 방한 일정을 잡는 것이 어떻소?"

가토가 눈썹을 모았을 때 아소는 말을 이었다.

"방한 계획을 발표하는 거요. 적극적으로 나서 봅시다."

정민아가 카샤르에게 흥미를 느낀 것은 그가 적극적으로 위구르 독립운동에 집중하고 있었기 때문이다.

폴한테서 그 이야기를 들은 정민아는 당장 카샤르를 만났다.

정민아도 적극적인 성격인 데다 카샤르가 포로 신분으로 지척에 있었기 때문이다.

별관으로 불려온 카샤르가 정민아를 보더니 빙그레 웃었다.

"오랜만에 미인을 보게 되니까 정신이 번쩍 드는군그래."

유창한 영어다.

정민아도 따라 웃었다.

"인질 상태에서도 유머를 잃지 않은 걸 보면 대단한 성품이야."

소파에 앉은 카샤르가 고개를 끄덕였다.

"내가 본래 낙천적이지."

"위구르인들은 그래서 아직도 국가를 가져보지 못한 건가?"

"무슨 말이야? 당신은 역사 공부도 하지 않았어?"

카샤르가 버럭 화를 내었다. 눈을 치켜뜬 카샤르가 말을 이었다.

"옛적 당 제국 시대에 위구르 제국이 번성했어. 비록 인구가 적었지만 끊임없이 독립 투쟁을 했고 지금도 위구르족은 각 마을 단위로 뭉쳐 민족성을 지켜나가고 있다구."

"그런가?"

정민아가 눈을 가늘게 뜨더니 말을 받는다.

"야쿱 벡이 대군을 일으켰다가 청군에게 패배한 것이 1876년인가?"

카샤르가 시선만 주었을 때 정민아의 말이 이어졌다.

"청이 위구르 땅에 신장성을 설치한 것이 1884년이었지?"

"그렇게 잘 알면서도 위구르족을 멸시하는 거야?"

카샤르의 화가 조금 풀렸다. 정민아가 무조건 비난한 것이 아닌 것이다.

"우리도 당신들 한국 민족과 비슷해. 철저하게 민족의 혈통을 지켜가고 있는 거야. 언젠가 독립될 날을 기다리면서 말야."

"방탕했던 하지타크 아들한테서 이런 말을 듣게 될 줄이야."

"맞아. 당신들이 날 잡지 않았다면 나 혼자서는 어려웠을 거야."

카샤르가 고개를 끄덕였다.

"나는 지금도 방탕한 생활을 하고 있을 거야."

"알면 됐어, 카샤르."

"당신은 정책보좌관이라면서?"

"현지에서 독립운동 정책을 수립하는 책임자야."

"그렇군."

"물론 대장의 지휘를 받고."

"난 지난번에 피살된 대장 측근의 후임인 줄 알았는데."

"대장의 여자는 아냐."

"그런가?"

눈을 가늘게 뜬 카샤르가 정민아를 보았다.

"강조하는 걸 보니까 그럴 가능성도 있는 것 같군."

"뭐라구, 이 어린 자식이?"

"보좌관, 당신 나이가 몇이야?"

"넌 28살이지? 난 32살이다. 너보다 4살이나 위야."

"난 연상의 여자가 좋아, 보좌관."

"미친놈."

마침내 정민아가 이를 드러내고 웃었다.

"좋아, 카샤르. 이것으로 상견례를 끝내자."

"반가웠어, 보좌관."

따라 웃은 카샤르가 한쪽 눈을 감았다가 떴다.

"당신은 내가 모스크바 유학 시절에 만난 여자보다 더 지적이고 더 섹시해, 보좌관."

자리에서 일어선 카샤르가 말을 이었다.

"역사학 조교였지, 나보다 연상이었고."

"닥쳐, 카샤르."

정민아가 손을 들어 나가라는 시늉을 했다.

"앞으로 나하고 자주 만나기로 하자. 우린 서로 도움이 될 것 같다."

초대소 안.

이광이 투숙한 제3초대소에 김정은이 찾아와 있다.

응접실에 둘러앉은 인사는 모두 6명.

김정은 측은 김여정, 당비서국 비서가 된 고성욱이고 한국 측은 이광, 오대근, 최영조다. 이광은 이번에 청와대 측근들만 동석시켰다.

양국 지도자는 최측근 인사들만으로 시진핑의 제의를 논의하려는 것이다.

그때 김정은이 먼저 입을 열었다.

"동북3성을 북조선에 떼어주면 우리가 '고구려'로 국호를 개조, 중국의 연방국에 가입하는 것이 순서겠지요."

김정은의 얼굴은 상기되어 있다.

"하지만 '고구려'에 중국군이 주둔한다든지 내정 간섭은 일절 사양하고 독립국의 위치는 보장되어야 합니다."

이광이 고개만 끄덕였고 김정은이 말을 이었다.

"고구려가 연방국으로 중국 연방에 가입하고 전인대에 대의원을 파견, 중국 연방의 정치에 참여한다는 것, 그것도 받아들여야겠지요."

김정은의 얼굴에 쓴웃음이 떠올라 있다.

"이것이 함정 같습니다. 그렇지 않습니까?"

"우리 생각도 그래요."

이광이 말을 이었다.

"여기서 빨려 들어갈 수가 있어요. 동북3성의 인구는 1억, 공산당원의 숫자만 1천만이 넘습니다. 아마 '고구려'국이 될 때까지 2천만이 될지도 모릅니다."

그렇게 되면 대의원을 장악, '고구려' 자체를 허물어 버릴 수도 있다.

그때 김여정이 입을 열었다.

"중국은 우리 북한의 지도부를 무너뜨릴 계획인지도 모릅니다. 동북3성의 지도부를 북한에서 다 장악할 수 없으리라고 믿는 것 같습니다."

김여정의 얼굴에 쓴웃음이 떠올랐다.

"고구려 내부에서 중국계 공산당원이 권력을 장악하면 북한이 흡수되어 버릴 테니까요."

이광이 고개를 끄덕였다.

한국 측에서도 가장 우려했던 점이다.

2,500만 북한 주민이 똘똘 뭉친다 해도 중과부적이다. 더구나 공산당원의 조직력은 막강하다. 거기에다 북한 주민들이 중국과 합병되면 휩쓸려갈 가능성도 있다.

그때 이광이 입을 열었다.

"우선 중국의 제의를 긍정적으로 받아들입시다."

김정은의 시선을 받은 이광이 말을 이었다.

"합병하기 전에 대비를 하자는 겁니다."

"그래야지요."

김정은이 고개를 끄덕였다.

"급할 것 없습니다. 준비를 해야지요. 동감입니다."

"그리고."

이광이 정색하고 김정은을 보았다.

"위구르 작전에 집중해서 신장 자치구가 흔들릴 때 중국 정부의 입장도 달라질 겁니다. 양동 작전이죠."

그때 김여정이 커다랗게 고개를 끄덕였다.

"우리도 그 계획이 나왔습니다. 일단 위구르 작전을 적극 추진하면서 동북3성 합병 안을 중국 정부와 계속해서 논의하는 것입니다."

이제 위구르가 동북3성 진입의 '히든카드'가 되었다.

적극적인 자세에서는 가능성이 많이 보이는 법이지.

김정은이 이광을 보았다.

"그럼 정리해보실까요?"

중국 정부도 지금 이광과 김정은의 만남에 촉각을 곤두세우고 있을 것이다.

그 결과를 알려줘야 한다.

같은 시간. 미국에서도 비슷한 의견이 나왔다.

사람 뇌 용량은 다 비슷하고 한계가 있는 법이지.

백악관, 오벌룸 안.

부시가 앞에 앉은 선튼, 마이클, 매크레인을 둘러보았다.

지금 한국 부통령 강윤호는 사흘째 워싱턴에서 머물고 있다.

"그렇다면 북한이 서둘러서 중국 제의를 접수할 필요가 없다는 말이군."

"예, 각하."

CIA 부장 매크레인이 먼저 대답했다.

"그거, 덥석 삼켰다가 오히려 통째로 먹힐 가능성이 많습니다."

CIA 내부에서 검토한 결과다.

그러자 국무장관 마이클이 거들었다.

"지금 이광이 김정은과 만나고 있지만 아마 그쪽도 같은 결론을 냈을 겁니다. 정상적인 국가라면 말씀이죠."

"김정은이 받아들이자고 주장하지 않을까?"

"이광이 말리겠지요."

안보보좌관 선튼이 대답했다.

"잘못하다간 한국까지 휩쓸리게 되니까요."

"그것, 참."

부시의 시선이 벽에 걸린 중국 지도를 보았다.

CIA에서 가져온 지도인데 동북3성과 위구르 지역에 붉은 선이 그어져 있다.

그때 부시의 시선이 위구르 쪽으로 옮겨졌다. 부시가 물었다.

"동북3성은 그렇다고 치고 위구르 작전은 계속 추진하겠지?"

"예, 그럴 겁니다."

매크레인이 바로 대답했다.

"청와대에서 이동욱 옆으로 정책보좌관까지 보냈으니까요. 지금 기반이 잡혀가고 있습니다."

멀리 떨어져 있어도 생각은 비슷하다.

"14명인가?"

이동욱이 묻자 무자락이 고개를 끄덕였다.

"예, 이 중에서 6명은 하지타크에 대해서 불만을 품은 간부들이고 나머지는 돈으로 매수가 될 놈들입니다."

이동욱이 14명의 명단 중에서 붉은 동그라미를 친 6명을 보았다.

14명은 모두 간부급 부하다.

무자락이 다시 서류 한 장을 옆에 놓았다.

"18명 명단이 또 있습니다. 이 중에서 8명이 하지타크의 심복이고 나머지 7명은 중국 공안과 내통하는 놈들입니다. 하지타크도 알고 있지만 놔두고 있습니다. 자신이 중국 정부와 협조하는 사이니까요."

"그럼 이것이 간부급 전원인가?"

"예, 우루무치와 서북방 전역의 '위구르 독립군' 간부 전원입니다."

무자락이 이동욱을 보았다.

"32명이죠."

그때 서류를 들여다본 카샤르가 고개를 끄덕였다.

"다 들어있군요."

응접실에는 이동욱과 정민아, 박영철, 강기철, 폴과 카샤르까지 둘러앉아 있다.

무자락이 '위구르 독립군' 간부급의 신상 자료를 가져온 것이다.

그때 이동욱이 입을 열었다.

"먼저 하지타크에게 불만을 품은 6명을 포섭하기로 하지."

이동욱의 시선이 무자락에게 옮겨졌다.

"믿을 만한 간부부터 하나씩 포섭한 후에 매수할 놈은 매수하는 거야."

정민아가 앞쪽 탁자에 놓인 서류를 보면서 심호흡을 했다.

'위구르 독립군'은 4개로 나뉘어 있다.

독립군, 부패자, 반역자1, 반역자2다.

반역자1은 하지타크 무리를 말하고 반역자2는 중국과 내통자다.

이렇게 사분오열된 조직에서 독립을 쟁취한다니 저절로 한숨이 나왔다.

신장 자치구의 공안본부 정보부가 우루무치의 분위기를 감지하지 못하겠는가? 수천 명의 정보원을 풀어놓은 공안 정보부다.

우루무치를 중심으로 '외부 원군'이 활동하고 있다는 정보는 창지 사건 때부터 퍼져나갔다.

오후 5시 반.

정보부장 보광진이 정보과장 하윤의 보고를 받는다.

정보부장실 안이다.

“부장님, 하지타크 씨 조직이 흔들리는 것 같습니다. 내부에서 불만이 많고 주민들의 여론도 나쁩니다.”

하윤이 말하자 보광진이 쓴웃음부터 지었다.

“당연한 일 아니냐? 그런 놈을 누가 존경하고 따르겠어?”

“심각한 상태 같습니다.”

“아무리 심각해도 그놈들은 대안이 없어. 아래쪽의 쿠지마, 하카단이 이곳까지 기어올 수도 없고.”

“그런데 좋지 않은 정보가 있습니다.”

“저쪽이 좋지 않으면 우리가 좋은 거야. 쉽게 생각해.”

“반군을 지원하는 세력이 있다는 겁니다.”

“카자흐스탄?”

“아닙니다.”

하윤이 정색하고 보광진을 보았다.

“한국 같습니다.”

“한국?”

놀란 보광진이 상반신을 세웠다.

“증거는?”

“우루무치에 한국계 사내들이 출몰한다는 정보원들의 보고가 많습니다.”

“관광객 아냐?”

“정보원들이 관광객, 요원을 구별 못 하겠습니까?”

“그렇군.”

"지난번 창지 사건에서도 신원 미상자는 동양계였습니다."

보광진의 눈빛이 흐려졌다.

멀리 떨어져 있어도 중국 정부에서 지난번 한국 대선 때 이광을 낙마시키려고 남북 간 국지전을 기도했다는 것쯤은 아는 것이다. 이번에 시진핑이 갑자기 한국 대통령 이광을 만난 것도 그것을 수습할 작정이었다는 것도 안다.

그만큼 양국 간에 갈등의 골이 깊은 상황이다.

그때 하윤이 말했다.

"하지타크 주변에서 흘러나온 정보가 있습니다."

보광진이 시선만 주었고 하윤의 말이 이어졌다.

"고문 무자락이 은밀히 간부들을 포섭한다는 겁니다."

"무자락이?"

"요즘 무자락의 인기가 간부들 사이에서 높아지고 있다는데요."

"그놈이 지도자가 될라나?"

"카샤르까지 실종되었는데 그럴 가능성이 있지 않겠습니까?"

"그러고 보니 무자락이 카샤르를 제거했다는 소문도 있었어."

"지금 하지타크는 남쪽 부하들과는 단절된 상태고 이곳에서도 간판만 반군 지도자일 뿐입니다."

"물이 너무 오래 고여 있었어."

보광진의 이맛살이 찌푸려졌다.

허수아비 지도자를 끼고 돌아야 실속이 없기 때문이다.

만일 사고가 나면 이쪽까지 뒤집어쓰게 된다.

이윽고 고개를 든 보광진이 말했다.

"한국 놈들의 증거를 찾아."

"예, 국장 동지."

"그리고 무자락한테 내가 만나자고 연락해, 비밀리에 말야."

무자락과는 잘 아는 사이다.

일본 총리 가토가 방한한 것은 시진핑이 다녀간 15일 후다.

주변 강대국인 중국과 일본의 집권자가 15일 간격으로 한국을 방문한 셈이다. 물론 정식 절차를 통한 국빈 방문으로 한·일 정상회담이다.

이광은 가토를 정중하게 영접했고 서울공항에서 '예포'를 발사시키기도 했다.

시진핑이 왔을 때도 예포는 쏘지 않았기 때문에 '현장중계'를 한 일본 방송들은 '법석'을 떨면서 소개했다. 특별 대우인 것이다.

가토와 함께 시내로 들어오는 차 안에서 이광이 말했다.

"잘 오셨습니다. 이번에 한일 관계는 재정립해야 될 것 같습니다."

"동감입니다."

가토가 정색한 얼굴로 고개를 끄덕였다.

"저도 그럴 각오로 방한한 것입니다."

8월이다. 어느덧 이광이 취임한 지 5개월째가 되어가고 있다.

이광이 말을 받았다.

"남북한이 통일되어도 일본에 위협이 되지 않을 겁니다. 그 보장을 해드리지요."

가토의 시선을 받은 이광이 말을 이었다.

"이제는 패권 경쟁 시대는 지났습니다. 미국은 물론 중국도 패권국이 될 수는 없습니다."

고개를 든 가토가 숨을 들이켜더니 이윽고 외면했다. 묻고 싶은 것을 참는 표정이다.

그때 이광의 얼굴에 웃음이 떠올랐다.

그러나 말을 잇지는 않는다.

한일 간 국교 정상화 등 현안에 대한 회의와 만찬까지 방한 첫날의 일정은 꽉 차 있다.

그리고 이틀째 되는 날 오후 4시.

마침내 이광과 가토가 청와대 대통령 집무실에서 단독 회담을 가졌다.

비공개, 비밀 회담이나 같다.

배석자는 각각 통역관 포함해서 2명.

이광은 비서실장 안학태를 대동했고 가토는 비서실장 사카모토를 데려왔다.

그만큼 양국 지도자가 신중하게 대처한다는 표시가 될 것이다, 비서실장은 곧 정상들의 대역이나 마찬가지 존재니까.

먼저 입을 연 사람이 이광이다.

"일본은 내가 한국의 지도자가 된 것을 적극적으로 막았습니다. 그것은 내가 주도한 남북한 연합, 공존이 위협이 된다고 믿었기 때문이지요."

통역이 끝나기를 기다린 이광이 말을 이었다.

"그것은 대세를 거스르는 행동이었고 양국의 동맹국인 미국은 물론이고 중국, 러시아 등으로부터도 공감을 얻지 못한 행동이었습니다."

그때 가토가 정색한 얼굴로 말했다.

"대통령 각하, 그것은 일본국의 정책이 아니었습니다. 전 비서실장 오무라의 과잉 충성이 빚어낸 사건이었습니다. 일본국이 한국과 평화공존을 원하고 있는 것은 조금도 변하지 않았습니다."

통역이 진땀을 흘리면서 말을 마쳤을 때 가토가 말을 이었다.

"그러나 그 사건에 대해서는 제가 일본국을 대표해서 각하께 정중하게 사과를 드립니다. 잘못한 일입니다."

그러더니 가토가 자리에서 일어섰다.

사카모토도 일어섰고 통역까지 셋이 나란히 서더니 일제히 허리를 꺾어 절을 했다.

이광이 자리에서 일어났고 이쪽도 셋이 서서 답례를 했다.

다시 모두 자리에 앉았을 때 이광이 가토를 보았다.

"좋습니다. 이젠 사과를 받고 그 일을 잊기로 하겠습니다."

"감사합니다."

고개를 숙여 보인 가토가 깊어진 눈으로 이광을 보았다.

"양국의 우호 증진, 그리고 미래를 위해서 대통령께 적극 협조하겠습니다."

가토의 두 눈이 번들거리고 있다.

수천 년간 이어온 한일 관계다.

옛적, 양국의 왕들끼리 이런 일이 있었던가? 이런 분위기는?

이곳은 먼 동쪽 땅 신장성 우루무치.

남쪽 주택가의 단층집 응접실에서 신장 자치구 공안 정보부장 보광진이 무자락과 대치하고 있다. 배석자는 정보과장 하윤. 셋은 탁자를 중심으로 양탄자 위에 둘러앉았다.

"이봐, 무자락. 내가 당신 상전 하지타크는 자주 만났지만 당신은 오랜만이네."

먼저 보광진이 입을 열었다.

"그동안 많이 늙은 것 같은데, 무자락."

"내 나이가 이제 53이오."

"하지타크하고 나이가 같군."

보광진이 고개를 끄덕였다. 여전히 깔보는 표정이다.

"나이도 같으니 하지타크 대신으로 독립군을 이끌어도 되겠어."

"무슨 말이오?"

"요즘 하지타크를 몰아내려는 공작을 꾸미고 있는 것 같아서 말야."

그때 무자락이 풀썩 웃었다.

"또 한족들의 이간질이 시작되는군."

"요즘 간부들 포섭 자금은 어디서 만드는 거야?"

"내가 당신들을 1, 2년 겪은 것 같소? 당신 전임을 셋이나 겪었어. 당신이 네 번째 정보부장이야."

"이놈의 말투 좀 봐."

보광진이 놀란 표정으로 하윤을 보았다.

"반군 주제에 막 대드는 것 좀 봐."

그때 하윤이 무자락을 나무랐다.

"이봐, 무자락. 분수를 알도록 해."

"난 당신들이 하지타크 님한테서 봉투 받는 것도 아는 사람이야."

무자락이 말하자 둘은 서로의 얼굴을 보았다.

입만 딱 벌린 둘을 향해 무자락이 말을 이었다.

"내가 당신들하고 한 몸으로 생각했더니 이젠 나하고 보스하고 사이를 이간질하는군. 잘 해봐."

"이봐, 무자락."

하윤이 눈을 치켜떴을 때 무자락이 누르듯이 말했다.

"간부들 불만이 들끓는 것 같아서 내가 무마시키는 것도 의심한단 말인가? 그래, 카샤르까지 실종된 상황에 나도 사라지기로 하지."

무자락이 둘을 번갈아 보았다.

"도대체 무슨 수작을 하는지 알 수가 없지만, 날 제거하려면 죽여야 할 거야. 잡아들였다가는 다 털어놓을 테니까."

"네가 협박하는 거냐?"

보광진이 버럭 소리쳤을 때 무자락이 고개를 끄덕였다.

"나도 이제는 중앙에 연줄이 있다구. 공안과 내통한 지 15년이야. 당신들하고 놀고 있는 줄 알았나?"

눈만 치켜뜬 둘을 향해 무자락이 쓴웃음을 지었다.

"우리 반군 특기가 뭔데? 인연을 넓히는 것 아닌가? 오늘 당신 만나러 올 적에도 연락하고 온 거야."

"벌통을 건드렸는데."

돌아오는 차 안에서 보광진이 하윤에게 말했다. 얼굴이 누렇게 굳어 있다.

"저 빌어먹을 놈이 누구하고 선이 닿아있던가?"

"작년에 당 군사위 위원한테서 격려를 받았다고 합니다."

"그게 누군데?"

"밝히지 않았습니다."

그리고 알려고도 하지 않았다. 알았다가 '다치는' 경우가 있는 것이다.

어깨를 늘어뜨린 보광진이 한숨을 쉬었다.

"이거, 살모사 새끼를 키운 거 아냐?"

"놔두는 게 나을 것 같은데요"

하윤이 정색한 얼굴로 보광진을 보았다.

무자락을 얕잡아 본 것이다. 무자락의 얼굴과 성격을 무시했다가 당했다.

만일 무자락이 폭로하면 다 죽는다.

하지타크에게 건너간 '회유 자금' 중 일부가 다시 공안 고위층에게 넘겨진다는 것이 밝혀지면 감옥에 가는 정도가 아니다. 총살이다.

그때 보광진이 말했다.

"하긴, 하지타크가 너무 오래 썩었지. 무자락이 그럴 만도 해."

하윤은 대답하지 않았다.

썩은 것은 이쪽도 같기 때문에 그런 건가?

오늘은 이동욱, 카샤르, 정민아 셋이 모였다.

안가의 응접실, 오후 6시. 이동욱이 둘을 부른 것이다.

이동욱이 입을 열었다.

"공안에서 무자락을 의심하는 모양이야. 무자락이 보광진과 하윤을 만났다가 조금 전에 헤어졌어."

무자락이 연락을 한 것이다.

"놈들에게 해볼 테면 해보자는 식으로 대들었다는데 놈들보다 하지타크가 알면 가만두지 않을 거야."

그때 카샤르가 말했다.

"이제 시기가 되지 않았습니까?"

"무슨 시기 말이냐?"

이동욱이 묻자 카샤르는 심호흡부터 했다.

"바꿔야 합니다."

순간 이동욱이 입을 다물었고 카샤르가 말을 이었다.

"무자락을 대리인으로 내세우는 거죠. 아마 공안도 크게 반대하지는 않을 것 같습니다. 서로 약점을 쥐고 있는 사이니까, 오히려 관리하기가 좋겠지요."

"……."

"간부들도 크게 반발하지 않을 겁니다, 이미 포섭한 자들도 있을 테니까요."

그때 이동욱이 고개를 들고 카샤르를 보았다.

"하지타크는 어떻게 처리하는 것이 낫겠나?"

순간 응접실이 무거운 분위기로 덮였다. 정민아도 외면하고 있다.

그때 카샤르가 고개를 들었다.

"안가에 구금시켜 생활하게 할 수는 없겠습니까?"

"대저택에 살다가 그게 가능할까?"

"적응할 수 있을 겁니다."

이동욱이 고개를 끄덕였다.

"네 말대로 하겠다."

"감사합니다."

"무자락이 등장하고 넌 배후에서 기반을 굳히는 거다. 신임을 쌓아야 돼."

"알고 있습니다."

이동욱의 눈빛이 강해졌다.

"우리는 너한테 엄청난 투자를 하고 있다는 것을 명심해야 돼."

"압니다."

"그리고 넌 위구르 독립에 대해서 확고한 신념도 품고 있어야 하고."

"그건 확실합니다."

"목숨을 버릴 각오도 있어야 한단 말이다."

"예, 보스."

고개를 든 카샤르가 이동욱을 보았다. 물기를 품은 눈이 번들거리고 있다.

"아버지까지 내놓고 나선 상황입니다. 이제 뭘 주저하고 겁내겠습니까?"

이동욱은 카샤르 입에서 '아버지'란 말을 처음 듣는다.

카샤르를 내보내고 둘이 남았을 때 이동욱이 정민아한테 물었다.

"카샤르의 조건은 어때?"

"아직 감성에 흔들리는 경향이 있지만 지도자 자질은 있습니다."

정민아가 바로 대답했다.

이동욱은 정민아에게 카샤르 교육(?)을 맡긴 것이다.

정민아가 말을 이었다.

"역사관이 있고 현실적입니다. 지금은 아버지를 이해하는 단계가 되었습니다."

"그런 것 같군."

"방탕했던 지난날을 반성하고 있는 것 같습니다."

"곧 무자락을 불러서 작전을 세워야 할 테니까 보좌관도 참석하도록."

이동욱이 말을 이었다.

"앞으로 당신 역할이 가장 중요해."

이광과 가토의 두 번째 정상 독대.

이번에도 양측 비서실장, 통역만 대동했다.

오전 11시, 대통령 집무실 안.

이광이 인삼차 잔을 내려놓고 말했다.

"시 주석이 지난번 연방제를 제의했어요."

긴장한 가토가 찻잔을 내려놓는다는 것이 접시 옆에다 놓아버렸다. 다행히 엎질러지지 않았고 아무도 눈치채지 못했다. 이광이 말하는 동안 가토와 사카모토는 숨소리도 내지 않았다.

이윽고 이광이 말을 마쳤을 때 가토가 심호흡부터 했다.

"그래서 북한에 다녀오셨군요."

"그렇습니다."

"김 위원장과 상의하신 결과를 여쭤 봐도 되겠습니까?"

"당분간 긍정적으로 검토하는 것으로 결정했습니다. 그렇게 통보도 했구요."

"그렇군요."

가토가 고개를 숙였다.

"말씀해주셔서 고맙습니다."

"어차피 알려질 일입니다. 동북3성 주민들이 당의 소유물도 아니니까요. 선거로 주민 동의를 얻어야 할 것이고 북한도 마찬가지입니다."

"그렇겠지요."

"한국도 국민 의사를 물을 겁니다. 북한이 이제는 타국도 아니니까요."

"한국 국민이 반대하면 연방 가입도 안 되는 겁니까?"

"그렇게 될 겁니다. 남북한은 이제 공동 운명체이니까요."

"잘 알겠습니다. 그리고."

다시 심호흡을 한 가토가 앉은 채로 고개를 숙였다.

"감사합니다, 대통령 각하."

"그런데 일본이 연방제를 주도하는 것이 어떻겠습니까?"

"예? 무슨 말씀인지?"

놀란 가토가 물었고 사카모토는 입 안의 침을 삼키다가 기도로 넘어가서 재채기를 했다.

이광이 지그시 가토를 보았다.

"그러면 '아시아 연방'이 되겠지요."

"……."

"중국은 소련 연방처럼 한반도를 끌어들여 '전인대'에 참석시키려고 중국 대륙을 미끼로 내놓았지만 한반도와 일본은 중국까지 포함한 아시아대륙을 '아시아 연방'으로 구성하자는 겁니다."

"……."

"그것을 일본이 제의해보시지요. 한반도의 남북한은 기꺼이 참여할 용기가 있습니다."

"……."

"그 여세로 중국에 참여를 권하는 겁니다. 그럼 중국 연방을 제의한 중국 당국은 거부할 명분이 없을 겁니다."

그리고 이광이 얼굴을 펴고 웃었다.

"아시아 연방의 초대 대통령으로 총리 각하를 추천해드리겠습니다."

"아니, 저는……."

손까지 저은 가토가 상체를 세우고는 숨까지 골랐다. 정신이 없었기 때문이겠지.

이광을 응시했지만 아직 눈이 흐리다.

시진핑의 '중국 연방' 제의의 충격이 아직 가시지도 않았는데 '아시아 연방'이라니. 그것도 일본 주도로.

이걸 거부한다면 일본 국민들은 폭동을 일으키지나 않을까?

오만 가지 상념이 난무하고 있다.

"이럴 수가."

아소 다로 부총리의 첫 말이 그랬다.

입을 쩍 벌린 아소의 작은 눈이 치켜떠졌는데 흐리다.

한마디로 표현하면 경악한 얼굴이다.

아소는 방금 가토로부터 이광이 제의한 아시아 연방 이야기를 들은 것이다.

오전 9시. 가토는 어젯밤에 귀국했다.

그러고는 아침에 총리 관저로 아소를 불러 아시아 연방 이야기를 해준 것이다.

총리실에는 비서실장 사카모토까지 셋이 앉아있다.

이윽고 다시 아소가 입을 떼었다.

"과연 이광의 통이 크구만."

"나도 놀랐습니다."

"시진핑의 '중국 연방'을 케이오시켰어."

"스케일이 더 커요."

"게임이 안 돼."

고개를 절레절레 흔든 아소가 눈의 초점을 잡고 가토를 보았다.

"그래서 총리를 아시아 연방 초대 대통령으로 밀어준다고 했단 말요?"

"그렇다다."

"총리 임기가 내년에 끝나는데 연임하실 계획이오?"

"그건 왜 묻습니까?"

"연방 대통령 하려면 연임해야 될 텐데."

"그럼 부총리가 당권 도전해 보시려고?"

"가만 보니까 총리는 나를 경쟁자로 보고 있구만."

"이야기가 그렇게 진행되지 않습니까?"

"역시 연방 대통령에 마음이 있군."

"자, 망령 그만 부리고 의견을 들읍시다. 어떻게 생각하시오?"

가토도 성깔이 있는 위인이라 정색하고 아소를 보았다.

그때 아소가 길게 숨을 뱉고 나서 입을 열었다.

"이광이 키를 쥐었어, 총리."

"내 생각도 그렇습니다."

10년 연상인 아소를 흘겨보면서 가토가 쓴웃음을 지었다.

"아시아 연방을 거부하면 한국은 부담 없이 중국 연방에 가입하게 되겠지요. 그리고 아시아 연방에서 일본과 한국이 주동 국가가 되면 중국은 엄청난 딜레마에 빠질 테니까요."

"중국 연방, 아시아 연방 둘 다 거부하면 우리는 왕따가 되겠지."

둘이 잠시 입을 다물었을 때, 지금까지 듣고만 있던 사카모토가 조심스럽게 입을 열었다.

"이 대통령은 당분간 기밀 유지를 부탁했습니다."

그러자 가토가 고개를 끄덕였다.

"우리가 소문을 낸다고 득 될 일이 없습니다, 부총리. 불신만 받을 뿐이오."

이광이 장안평의 순댓국식당에 들어섰을 때는 오후 8시 15분이다.

골목 안의 식당이었는데 10평쯤 되는 홀에는 손님이 절반 정도 차 있었다. 테이블 6개에 3개가 찬 상태다.

이광과 상황실장 오대근, 경호실장 정성원 셋이 들어서니 식당 안이 순식간에 조용해졌다. 모두 이광을 알아본 것이다.

3개 테이블의 손님은 모두 8명. 셋, 셋, 둘이 앉았고 모두 30, 40대의 남자. 후줄근한 차림새에 소주를 마시고 있다.

놀란 주인 여자가 주춤대며 다가왔는데 50대쯤이다.

다가선 여자가 뭐라고 묻지도 않았기 때문에 정성원이 먼저 말했다.

"식사하러 왔는데, 되죠?"

"예, 근디."

여자가 숨을 고르더니 겨우 물었다.

"대통령 아니세요?"

"그렇습니다."

대답을 이광이 했다.

식당 안은 아까부터 숨소리도 나지 않았기 때문에 이광의 목소리가 주방까지 들렸다.

"지나가다 순댓국이 먹고 싶어서요. 괜찮겠지요?"

"아, 그러믄요."

대답은 그렇게 했지만 여자의 얼굴은 펴지지 않았다.

이광이 주문했다.

"순댓국 3개, 그리고 소주 한 병요."

여자가 주춤대면서 몸을 돌렸을 때 이광이 옆 좌석의 사내들을 보았다.

"제가 드시는 데 방해한 것은 아닌가요? 놀라신 것 같은데 죄송합니다."

"아닙니다."

그중 하나가 붉어진 얼굴로 대답했다.

"이렇게 뵙게 되어서 영광입니다."

"감사합니다."

그때 그 옆쪽 테이블의 40대가 이광에게 소리쳤다.

이제 조금 긴장이 풀린 것 같다.

"제가 이번에 대통령님 찍었습니다!"

"감사합니다."

이광이 앉은 채로 인사했을 때 그 옆 테이블의 사내도 소리쳤다.

"제가 당원입니다! 대통령님!"

"아이구, 이런."

자리에서 일어선 이광이 세 테이블을 향해 절을 하고 나서 말했다.

"그대로 술 드시지요. 제가 분위기 깬 것 같아서 죄송합니다."

그때 따라 일어선 정성원이 테이블을 둘러보았다. 그러고는 고개만 끄덕여 보였는데 그것이 손님들을 진정시킨 것 같다. 모두 고개가 돌려졌다.

이곳은 지나다가 들른 것이다.

잠실에서 행사를 하고 나서 청와대로 돌아오는 길에 이광이 갑자기 차를 세우라고 하고는 앞장서서 골목을 헤매다가 이곳으로 들어왔다.

'경호실'로서는 대경실색. 경호실장이 나서서 만류했지만 이광이 고집을 부렸다.

그러나 이런 일은 있을 수가 없다.

경호실장이 직을 걸고 막아야 했지만 이광의 고집을 꺾을 수가 없었다.

지금 순댓국식당 밖에는 경호원 수십 명이 진을 치고 있어서 통행인이 뚝 끊겼다.

그것을 식당 안에서는 모르고 있다.

그때 주인 여자가 쟁반에 밑반찬 몇 개와 소주를 가져왔다. 소주도 여러 종류인데 묻지도 않고 내려놓는다.

그때 이광이 여자에게 말했다.

"잠깐 여기 앉으시죠."

그러자 여자가 옆 테이블의 의자를 당기더니 순순히 옆에 놓고 앉는다.

이제는 여자의 눈동자도 흔들리지 않는다.

이광이 힐끗 주방에 시선을 주고 나서 물었다.

"주방에서 일하시는 분이 남편 되세요?"

"예, 남편하고 딸이."

주방에는 중년 남자하고 젊은 여자 하나가 일하고 있다. 식당 종업원 셋이 가족인 셈이다.

이광이 다시 여자를 보았다.

여자의 그늘진 얼굴은 아직도 그대로다.

"민생 시찰 나간다고 해도 다 미리 준비를 시키고 각본까지 짜고 진행하는 바람에 마치 드라마 찍는 것이나 같아요. 그거 알고 계시지요?"

이광이 말하는 동안 식당 안이 조용해진 것은 모두 들었기 때문이다.

여자가 숨만 쉬었고 이광의 목소리가 식당을 울렸다.

"그래서 오늘은 내가 차에서 뛰어내리다시피 해서 여길 온 겁니다. 그저 각본 없는 이야기를 들어보려구요."

이광이 여자를 보았다.

"어떠세요? 살 만하십니까?"

"……."

"나라 돌아가는 꼬라지가 희망이 보입니까? 기다리면 뭐가 좀 될 것 같은가요?"

"……."

"그냥 생각나는 대로 말씀해주세요."

그때 여자가 말했다.

"먹고 살기 힘들어요."

"그러시겠죠."

"요즘은 손님이 좀 오는데 이쪽은 목이 안 좋아서 장사가 잘 안 돼요."

"그렇습니까?"

"하지만 손님들 이야기를 들으면 나라 분위기가 많이 좋아졌어요."

"어떻게요?"

"글쎄요. 뭐가 잘될 것 같다는……."

그때 옆 테이블에서 듣던 사내 하나가 참지 못한 듯 나섰다.

"좀 우리한테도 신경을 써 주셨으면 합니다, 대통령님. 서민들한테요."

옆에 앉은 오대근이 놀란 듯 숨을 들이켰지만 사내가 작심한 듯 말을 이었다.

"아직 한국에도 못사는 사람, 집 없는 사람, 밥 굶는 사람, 돈 없어서 병원도 못 가는 사람이 많습니다. 그러니까 우선 한국부터 돌보고 북한 걱정 해줘야 하는 게 아닙니까?"

사내의 목소리가 식당을 울렸다.

이광이 고개를 끄덕이자 술기운에 붉어졌던 사내의 얼굴이 이제는 하얗게 굳어졌다.

"너무 폼만 잡으시는 것 같단 말입니다. 다른 건 다 좋은데……."

그때 앞쪽 테이블의 사내 하나가 벌떡 일어섰다.

"무슨 개소리야? 이보다 더 잘 할 수가 어디 있어? 입 뚫렸다고 막 쏟아내면 되는 거야?"

그때 정성원이 일어서더니 두 손을 들고 막았다. 어깨를 부풀리고 있어서 위압적이다.

마침 주인 남자가 쟁반에 순댓국을 담아들고 왔기 때문에 이광이 웃으면서 말했다.

"아이구, 이제 밥 먹어야겠습니다. 여러분, 모두 고맙습니다."

다시 조용해졌다.

돌아오는 차 안에서 이광이 앞에 앉은 경호실장 정성원에게 말했다.

"정 실장, 앞으로는 이런 일 없을 테니까 이해해줘."

정성원이 대답하지 않았기 때문에 이광은 상반신을 앞쪽으로 기울였다.

"오늘 저녁, 식당에서 시민들과 만난 것이 나한테 어떤 조언이나 여론 조사보다 유익했다면 정 실장이 봐주겠나?"

그때 정성원이 몸을 돌려 이광을 보았다.

"저는 내일 아침에 사직서를 내겠습니다."

"그럴 것 같아서 하는 말이야."

3성 장군 출신의 정성원은 강골이다.

정성원의 시선을 받은 이광이 말을 이었다.

"내가 약속할 테니까 이번은 그냥 봐주게. 그쯤은 융통성이 있어야지."

"죄송합니다. 경호실의 규율을 세우기 위해서 저는 내일 사직하겠습니다."

그러더니 정성원의 눈빛이 강해졌다.

"하지만 대통령님에 대한 제 존경심은 조금도 변하지 않았습니다."

"한두 사람의 의견만 듣고 상황을 볼 수는 없어요."

이광의 말을 들은 정남희가 충고했다.

"아마 그런 말을 한 당사자도 자신의 주관이 작용되었다는 걸 알 테니까."

밤 11시 반, 둘은 침대에 누워 식당에서의 이야기를 하는 중이다.

"당신의 돌출 행동 덕분에 멀쩡한 경호실장만 사직하게 된 거죠."

정남희의 얼굴에 쓴웃음이 번졌다.

"그것으로 대통령의 돌출 행동은 확실하게 억제시킨 소득은 있겠네."

"희망이야."

이광이 흐려진 눈으로 앞쪽 벽을 응시하면서 말했다.

"국민들이 국가에 대해서는 희망을 연상하도록 정치를 해야 돼."

정남희가 몸을 돌려 이광을 바라보고 누웠지만 입을 열지는 않았다.

"설령 자신의 생활은 힘들더라도 국가를 떠올리면 아, 잘되는구나, 하고……."

"……."

"나나 내 주변은 좋지 않은데 대통령이란 작자는 외국에 나가서 선심이나 쓰는 것처럼 느껴지면 안 돼. 잘못한 거야."

"글쎄, 그것이……."

마침내 정남희가 입을 열었다가 이광의 손바닥에 막혔다.

정남희가 입을 막은 이광의 손바닥을 입술로 애무했다.

이광이 말을 잇는다.

"대외 활동은 국가의 위상을 세우는 일에 주력하겠어. 다른 활동은 선전을 빼고 실적 위주로 진행할 거야."

이광이 이제는 정남희의 얼굴을 손으로 애무했다.

"내가 오늘 느낀 건 어떤 여론 조사, 어떤 회의보다 유익했어."

"뭐라고?"

놀란 시진핑이 주석실 비서 호주방을 노려보았다.

"아시아 연방?"

"예, 주석 동지."

숨을 들이켠 호주방이 시진핑을 보았다.

오전 11시.

천안문 근처의 인민대회당 주석실에서 호주방이 시진핑 앞에 서 있다.

"가토 총리가 비밀로 하라는 지시를 내렸지만 이미 일본 정계에 소문이 퍼진 상황입니다."

"아시아 연방을 이광이 제의했다구?"

"예, 이번 가토 총리의 방한 때……."

"이광이……."

시진핑의 눈동자에 초점이 멀어졌다. 입이 조금 벌어져 있었는데 격분한 표정이다.

그때 호주방이 말을 이었다.

"아시아 연방의 초대 대통령으로 일본 총리를 추천했다고 합니다."

"……."

"자민당에서는 적극적으로 환영하는 분위기입니다. 1백 년 전, 일본 제국시대의 '대동아 연방'과 딱 맞는 체제라는 것입니다."

"……."

"그렇게 된다면 태국, 베트남, 캄보디아, 미얀마는 말할 것도 없고 필리핀, 대만, 호주까지 싹쓸이 됩니다."

시진핑의 입에서 신음이 터졌다.

이윽고 눈의 초점을 잡은 시진핑이 호주방을 노려보았다.

"이광, 이놈이……."

원흉은 이광이다.

신장 자치구에서의 생활이 두 달 지났을 때 정민아는 위구르어도 일상생활에 불편이 없을 정도로 사용하게 되었다. 중국어는 유창한 데다 우루무치 시내에 나갔을 때 한족 행세를 한다.

우루무치는 한족이 80퍼센트 이상을 차지하고 있기 때문이다.

11시 반.

정민아가 우루무치 시내의 국제 호텔 커피숍으로 들어서자 안쪽에 앉아있던 사내가 일어섰다. 조선족 이길성이다.

이길성은 우루무치에 입성한 한족에 포함된다. 10년쯤 전에 길림성 장춘에서 우루무치로 옮겨 온 이길성은 이제 성공한 사업가다. 우루무치에서 운송회사를 설립해서 트럭 15대를 운용하고 있다.

이길성에게 눈인사만 한 정민아가 자리에 앉더니 주위를 둘러보았다.

손님 대부분이 한족이다. 위구루인은 두어 명뿐이다.

그때 이길성이 탁자 위에 서류봉투 1개를 놓았다.

정민아가 부탁한 신장성 안의 조선족 명단이다.

이길성은 정민아의 정보원이 되어있는 것이다. 물론 북한 측과 선이 닿아 있었기 때문에 가능했다.

그때다.

옆쪽 자리에 앉아있던 사내 둘이 일어서더니 다가왔다.

놀란 정민아가 눈만 치켜떴을 때 사내 하나가 손을 뻗어 어깨를 눌렀다.

"보좌관이 체포되었습니다."

이동욱에게 폴이 보고했다.

오전 11시 50분, 방금 폴의 전화를 받은 것이다.

"시내에 정보원을 만나러 갔다가 공안에 체포된 겁니다."

정민아는 경호원 셋을 대동했지만 그중 둘도 체포되었다. 커피숍에는 공안이 10여 명이나 깔려 있었다고 한다. 구사일생으로 도망친 경호원 하나가 연락을 한 것이다.

폴이 당황한 표정으로 이동욱을 보았다.

"아마 우루무치 공안 본부로 압송되었을 것입니다."

"정보원이 배신한 건가?"

"그랬을 가능성이 많습니다."

이동욱의 시선이 옆에 선 박영철에게 옮겨졌다.

박영철이 지휘부의 부대장이다.

"정보원 가족을 모두 인질로 잡아."

"예, 중장 동지."

박영철이 서둘러 몸을 돌렸다.

공안은 단숨에 '위구르 작전부'에 치명상을 입혔다.

정민아는 작전부 대장 보좌관이며 서열로는 2인자다. 더구나 정책을 총괄하고 있는 터라 '머리'를 빼앗긴 꼴이다.

그때 폴이 이동욱에게 물었다.

"놈들은 정민아 씨 정체를 알고 체포한 겁니다. 먼저 안가부터 옮겨야 되지 않겠습니까?"

이동욱이 고개를 끄덕였다.

'위구르 작전'이 송두리째 드러나게 되었다.

"입을 꾹 다물고 있습니다."

하윤이 말하자 보광진은 쓴웃음을 지었다.

신장성 공안본부 정보부장실 안, 오후 2시.

정민아를 체포한 지 1시간이 지났다.

하윤이 말을 이었다.

"미국 여권을 소지하고 있지만 한국에서 온 겁니다. 이길성은 그 여자가 '위구르 독립군 지원단'의 고위층이라고 했습니다."

보광진이 탁자 위에 놓인 여권을 집었다.

USA 여권에는 '미나 정'이라고 찍혀 있다.

그때 문에서 노크 소리가 들리더니 정보부원 하나가 들어섰다.

"부장님, 베이징 정보국입니다."

"정보국?"

이맛살을 찌푸린 보광진이 물었다.

"누구야?"

"정보국이라고만 합니다. 부장님을 찾는데요."

"누구냐고 물어봐야지!"

소리를 질렀지만 허세다.

베이징 정보국이라면 무조건 받아야 한다. 우루무치 공안 정보국은 베이징 정보국의 직접 통제를 받고 있기 때문이다.

보광진이 손짓을 하자 곧 전화가 연결되었다.

"아, 정보부장 보광진입니다."

어깨를 편 보광진이 응답했다.

대개 이쪽 부장에게 연락을 해오는 정보국 담당은 과장급이다.

그때 수화구에서 목소리가 울렸다.

"나 정보국장이야."

"예? 누구라구요?"

잘못 들었는지 미심쩍은 보광진이 되물었을 때다.

"당신, 정보국장이 누군지 몰라?"

"예?"

"이런, 내가 이름을 밝혀야 되겠어?"

"아니, 저는……."

보광진의 얼굴이 하얗게 굳어졌다.

그렇다면 해방군 정보국장 겸 군사위 상임위원을 겸하고 있는 장평이란 말인가?

그때 수화구에서 목소리가 울렸다.

"당신 술 먹었어?"

"아닙니다."

"그럼 내가 누군지 몰라?"

"예, 장평 동지 아니십니까?"

"바쁜데 말 길게 시키는군, 당신이."

"죄송합니다, 국장 동지."

이미 보광진의 얼굴은 땀으로 범벅이 되어있다.

하북성 공안 정보국장은 베이징 정보국에 호출되어 72시간을 심문받고 나서 교화소로 보내졌다. 노동자들의 데모를 방관했다는 이유다.

그때 장평이 말했다.

"당신 자리에 앉아서 통화를 하나?"

"아닙니다."

벌떡 일어선 보광진이 전화기를 귀에 바짝 붙였다.

조금 전까지는 앞에 서 있던 하윤과 정보부원은 슬그머니 밖으로 나가 보이지 않는다.

그때 장평이 말했다.

"당신, 지금 미국 국적 여자를 체포했지?"

"예? 예, 국장님."

흐려졌던 보광진의 눈에 초점이 잡혔다.

그때 장평이 말했다.

"미국 대사관에서 항의가 왔어. 미국 시민을 체포하고 연락도 하지 않았다면서? 제정신이야?"

"보고드리려고 했는데요. 그 여자는 '위구르 반군'과 관계가 있습니다."

"위구르 반군?"

"예, 국장 동지."

"미국 시민이?"

"그 여자는 한국계로 조선족과 접촉해서 위구르 지역 정보를 모았습니다. 저희들의 함정 수사에 걸린 것이지요."

"요원을 보낼 테니까 그 여자를 인계해."

"정보국에서 데려가실 겁니까?"

"미국 측은 우리가 상대할 테니까, 무슨 말인지 알겠나?"

"예, 알겠습니다."

"신장성에 시선이 집중되면 좋을 일이 하나도 없어. 이해가 가나?"

"예, 국장 동지."

"요원 보낼 테니까 기다려."

그러고는 통화가 끝났다.

핸드폰을 귀에서 뗀 이길성이 박재봉을 보았다.

"학교는 2시에 끝났어. 끝나고 나서 친구들하고 집 근처 사거리에서 헤어졌어."

오후 4시 반, 운송회사 사무실 안.

이길성이 일그러진 얼굴로 말을 이었다.

"이게 도대체, 마누라는 시장에서 돌아오지 않고 아들놈은 학교 끝나고 어디로 갔단 말인가?"

오후 4시 반.

하윤이 서둘러 방으로 들어서자 보광진은 이맛살부터 찌푸렸다.

예감이 수상했기 때문이다.

"하지타크가 실종되었습니다."

다가오면서 하윤이 말했을 때 심장이 덜컥 내려앉은 느낌이 든 보광진이 시선만 주었다.

앞에 선 하윤이 숨을 고르고 나서 말했다.

"저택 앞 호숫가를 산책하다가 사라졌다고 합니다."

"저택 앞에서?"

"호숫가의 산책로에서……."

"빠져 죽었나?"

"숲속 길입니다."

"거긴 경비도 없나?"

"호수 쪽이라 공간이 많았던 것 같습니다."

"언제?"

"오후 3시쯤입니다."

하윤이 번들거리는 눈으로 보광진을 보았다.

"무자락이 연락을 해왔습니다."

"무자락이……."

"지금 무자락이 저택에서 기다리고 있습니다."

"……."

"우리 지시를 기다리고 있는 겁니다."

보광진이 폐에 담겼던 숨을 길게 뱉었다.

안도감이다. 자연스럽게 하지타크 대역이 머릿속에 박혔기 때문이지.

베이징에서 정보국 요원 셋이 도착했을 때는 그로부터 30분쯤 후다.

보광진이 무자락과 만날 약속을 해놓고 출발하기 직전이었다.

정보국 요원 셋은 인수증까지 가져왔기 때문에 보광진과 인사만 마치고는 바로 미나 정을 압송하고 공항으로 출발했다. 정보국 전용기까지 타고 왔다는 것이다.

정보국 요원들이 우루무치 공안 본부에 머문 시간은 20분도 되지 않았다.

오후 6시 반.

보광진은 신장성 공안국장 방태세까지 모시고 하지타크의 별장에 도착했다.

어둠이 덮이고 있는 호숫가 별장에는 불이 환하게 켜져 있다.

이제는 반군 대장인 하지타크의 본부에 공안 지도부가 대거 몰려온 셈이다.

지금까지는 은밀하게 접촉했다가 이제 대놓고 찾아온 것이다.

"요즘 카샤르도 실종된 상태라 하지타크 님이 가끔 심란해하셨지요."

응접실에 둘이 앉았을 때 무자락이 방태세와 보광진을 번갈아 보면서 말했다.

"그래서 혹시 하고 호수도 살펴보았지만 투신한 흔적은 없었습니다."

"그럼 납치인가?"

"그런 것 같습니다."

고개를 든 무자락이 방태세를 보았다.

"반군 내부에서도 하지타크 님을 배신자라고 욕하는 놈들이 있습니다. 그놈들의 소행일지도 모릅니다."

그때 방태세와 보광진의 시선이 마주쳤다.

하지타크가 실종된 지금 서둘러 반군의 수뇌부를 정리해야 된다. 그렇지 않으면 머리를 잃은 반군이 산산조각으로 흩어져 제각기 반군 활동을 하게 되는 것이다.

호송차에서 내린 인솔자가 화영에게 말했다.

공항의 전용기 탑승장 안이다.

"수고했어요."

"무슨 말씀을."

겸손하게 대답한 화영이 인솔자인 용진에게 서류를 내밀었다.

"인수장에 서명해주시지요."

고개를 끄덕인 용진이 미나 정을 인수했다는 서류에 다시 한 번 서명했다.

그러자 화영의 부하 둘이 미나 정의 팔을 양쪽에서 부축하고 다가왔다.

미나 정은 팔에 수갑을 찼지만 태연한 표정이다. 옷차림도 오전에 체포되었을 때와 같다.

체포된 지 7시간이 되었다.

이제 미나 정은 용진의 부하 둘에게 인계되어 양쪽 팔이 잡혔다.

서명을 받은 화영이 고개를 숙여 보이고는 부하들과 함께 호송차에 올랐다.

용진은 미나 정을 끌고 입국장 안으로 들어선다.

"무자락, 당신이 반군 지도자를 맡도록 해."

방태세가 말했을 때 무자락이 고개를 들었다.

놀란 표정이다.

"내가 말입니까? 자신 없습니다."

무자락이 고개를 저었다.

"지도자가 실종된 지 몇 시간이나 지났다고 그럽니까? 더 찾아보십시다."

"어디 여자 집에라도 갔단 말야?"

방태세가 짜증을 냈다.

"한 시간이라도 반군 대장 자리를 비우면 안 돼. 반군이 흩어져서 너도나도 분란을 일으키면 망하는 거야! 10년 전 사건을 잊었어?"

그때도 하지타크가 관절 수술을 하느라고 3일간 자리를 비웠을 때다.

하지타크가 죽었다는 소문이 나면서 반군이 분열되었다.

일부는 지방으로 내려갔고 일부는 도시로 흩어져 공안과 총격전을 벌인 것이다.

그 사고로 공안 1백여 명이 사살되고 반군은 2백 명이 죽었다.

하지타크가 나타남으로써 폭동은 그쳤지만 그 사건이 지금도 공안에는 교본처럼 기억되고 있는 것이다.

방태세가 자르듯 말했다.

"우리가 적극 협조할 테니까 당신이 지도자가 돼!"

"자, 이쪽으로."

터미널 비상구 문을 연 요원이 말하자 정민아를 좌우에서 부축한 두 사내가 서둘러 그쪽으로 발을 떼었다.

비상구를 나왔을 때 앞에 앰뷸런스가 서 있는 것이 보였다.

앞장서 다가간 사내가 앰뷸런스 뒷문을 열었다.

"서둘러."

그때 정민아를 양쪽에서 번쩍 든 사내들이 앰뷸런스에 태웠다.

지휘관은 앞쪽으로 돌아갔고 정민아는 두 사내와 함께 환자 이송 칸에 탔다.

문이 닫히자 앰뷸런스는 곧 출발했다.

"뭐? 아시아 연방?"

되물은 부시가 안보보좌관 선튼을 보았다.

백악관 오벌룸 안에는 둘뿐이다.

방금 선튼은 이광이 가토에게 '아시아 연방'을 제의했다는 보고를 한 참이다.

선튼은 CIA로부터 일본 정계에 퍼진 가토의 방한 중 이광과의 밀담 소문을 전한 것이다.

"선 오브 비치."

부시가 어깨를 부풀리면서 욕을 했다. 그러나 얼굴에는 쓴웃음이 번져 있다.

"이광, 그 자식은 사람 놀라게 하는 재주가 있어. 잠시도 가만있지를 않아."

"예, 작은 호수 속에서 날뛰는 상어 같은 느낌이 듭니다."

"나, 참."

그 와중에서도 부시가 선튼을 흘겨보았다.

"선튼, 당신 하버드 박사지?"

"예, 역사 교수를 지냈지요."

"그런데 표현력이 그따위란 말인가?"

"뭐가 어떻다고 그러십니까?"

"호수에 상어가 산단 말이야?"

"아니, 그것은……."

"공부 좀 해."

그때 선튼이 숨을 들이켜면서 얼굴이 붉어졌다.

그러나 대통령이기 전에 부시의 기질이 강했기 때문에 선튼이 어깨를 늘어뜨렸다.

다시 부시가 물었다.

"아시아 연방은 어떻게 구성한다는 거야?"

"한국, 일본, 동남아 국가 전체, 대만, 호주, 뉴질랜드까지 포함되겠습니다."

"아이구, 중국을 완전히 포위한 상태가 되겠구만."

"예, 인도도 끼워달라고 난리를 피울 것입니다."

"지저스."

"옛적 2차 대전 직전의 일본이 주창하던 '대동아공영권'과 흡사하기 때문에 일본 자민당에서는 만장일치로 받아들일 것 같습니다."

"맞아."

"아시아 연방의 첫 연방 대통령으로 일본 총리를 추대하겠다고까지 했다는군요."

"이광이?"

"예, 각하."

눈을 좁혀 뜬 부시가 선튼을 보았다.

"선튼, 그럼 어떻게 되는 거야?"

"태평양은 아시아 연방에 빼앗깁니다."

"말도 안 되는 소리 말라고 해."

"중국은 고립되어서 자멸하거나 아시아 연방에 흡수된 상태에서 주도권을 빼앗기겠지요. 수십 개의 연방국 중 하나로 될 테니까요."

"굿."

"위구르, 티벳, 동북3성이 자연스럽게 분리되어 연방국이 될 것입니다."

"나이스."

어느새 태평양을 빼앗긴다는 말에 흥분했던 부시의 눈이 번들거렸다.

심호흡을 한 부시가 선튼을 보았다.

"태평양은 우리가 갖는 차원에서 아시아 연방을 지원하는 방법이 없을까?"

"제가 경솔했습니다."

정민아가 고개를 숙인 채 사과했다.

안가의 응접실 안.

안가는 우루무치에서 서쪽으로 20킬로 거리의 농가로 옮겨졌다. 골짜기에 박힌 농가다.

"이길성한테 신중하게 접근하지 못했습니다."

응접실에는 둘뿐이다. 이동욱이 둘만 있도록 한 것이다.

이동욱이 잠자코 시선만 주었다.

서둘러 북한 김여정에게 연락했고 대리인이 장평에게 부탁하는 데는 20분밖에 걸리지 않았다. 정보국장 장평은 '목숨을 건' 모험을 한 것이다.

신장성 공안국에 보낸 정보국 요원 셋은 모두 장평의 심복이다. 다만 전용기를 타고 온 시늉을 했을 뿐, 가져온 서류도 모두 진품이다. 앰뷸런스로 정민아를 싣고 와서 이동욱에게 인계해주고 돌아간 것이다.

그러나 정민아의 경호원들은 지금도 위구르 공안 당국에 구금되어 있다. 훈련받은 북한군 출신 요원이지만 공안의 심문에 오래 견딜지 알 수 없는 상황이다.

그때 이동욱이 입을 열었다.

"이번 기회에 신장성 공안 지휘부도 교체시켜야 되겠어."

정민아는 숨을 죽였고 이동욱의 말이 이어졌다.

"장평의 정체가 탄로될 가능성이 있어. 정 보좌관이 베이징으로 실려 갔다는 기록이 이쪽에는 남아있는 상황이니까."

"……."

"그래서 지휘부를 혼란시키려고 하지타크를 납치했지만 그것으로는 부족해."

고개를 든 정민아가 이동욱의 번들거리는 눈을 보았다.

"제가 조직에 익숙하지 않은 데다 분위기에도 적응하지 못했습니다. 대장께선 저한테 하급자 대우를 해주시지요."

"군대식으로 말인가?"

"여기 조직은 군대식입니다. 대장님은 북한군 중장이시구요."

정민아가 말을 이었다.

"저도 이곳에서 목숨을 바치겠습니다. 부하로 대해주세요."

"좋아."

이동욱이 고개를 끄덕였다.

"그런 각오라면 부하로 인정해주지. 지금까지는 파견된 보좌관이었지만 이 순간부터는 부하야."

"예, 대장님."

"오늘 밤에 공안 정보국장 저택을 기습할 계획이야."

이동욱이 정색하고 말을 이었다.

"곧 네가 베이징에 들어갔는지를 확인할 텐데 서둘러야 돼."

정민아가 숨을 들이켰다.

말의 내용보다 이동욱이 당장 '너'라고 한 것에 감동했기 때문이다.

이제야 소외감이 줄어든 것 같다.

보광진은 옆에 누운 아내가 어깨를 흔드는 바람에 잠에서 깨었다.

"뭐야?"

짜증스럽게 물으면서 눈을 떴던 보광진이 다시 눈을 감았다가 떴다.

앞에 사내들이 서 있다.

정신이 번쩍 든 보광진이 상반신을 일으킨 순간이다.

뒷머리에 강한 타격을 받은 보광진은 눈앞에 수백 개의 별이 반짝이는 것을 보면서 의식이 끊어졌다.

보광진은 뒷머리가 빠개진 것 같은 통증을 느끼면서 다시 눈을 떴다.

"으음!"

보광진의 입에서 신음이 터졌다.

자신의 몸이 의자에 묶여있는 것이다. 그리고 이곳은 자신의 저택 지하실이다. 그리고 앞에는 사내들이 서 있었는데 모두 넷이다.

한족. 말쑥한 양복 차림. 그러나 제각기 무기를 휴대하고 있다. 그중 둘은 AK-47을 쥐었다.

반군이 아니다. 반군은 위구르족이라 금방 표시가 난다.

그때 사내들이 보광진을 보더니 그중 하나가 철문을 열고 밖으로 나갔다. 밖에도 동료가 있는 것 같다.

"누구냐?"

보광진이 낮게 물었지만 사내들은 못 들은 것처럼 딴전을 피웠다.

그 순간, 보광진의 머릿속에 섬광처럼 스치는 생각. 보광진의 안색이 창백해졌다.

반군을 지원하려고 온 한족, 남북한 특공대라는 정보도 있었다.

물론 증거는 아직 확보하지 못했지만 창지 사건부터 의혹이 번지고 있었지 않은가?

그때 철문이 열리더니 사내들이 들어섰다.

나중에 들어선 사내한테서 위압감이 풍겨 나오고 있다. 대장 같다.

그때 사내 하나가 보광진 앞에 의자를 갖다 놓았고 사내가 앉는다. 보광진과 마주 보고 앉은 것이다.

보광진이 심호흡을 했다.

이곳은 보광진의 저택이다. 우루무치 고급 주택가인 북서쪽 숲속에 세워진 2층 저택으로 저택 안에는 경비원 셋을 고용하고 있다.

그때 앞에 앉은 사내가 중국어로 말했다.

"경비원은 모두 처치했어. 집 안에는 네 처와 하인 둘만 살아남아 있다."

보광진이 눈만 치켜떴을 때 사내가 말을 이었다.

"자, 보광진. 네 외아들은 지금 영국에서 유학 중이니까 결정이 어렵지는 않겠다. 미리 말해두는데 네가 여기서 죽는다고 해도 넌 애국자로 인정받지 못한다는 거야."

이동욱이 말을 이었다.

"네가 하지타크와 결탁해서 공금을 나눠 쓴 것, 그 더러운 증거를 내가 다 확보하고 있다면 어떻게 할 것이냐?"

보광진의 시선을 받은 이동욱이 쓴웃음을 지었다.

"넌 이미 역적이고 배신자다. 돌이킬 수 없는 상황이야. 미심쩍으면 내가 그 증거를 보여주지."

고개를 든 이동욱이 눈짓을 하자 부하 하나가 밖으로 나가더니 사내 하나를 앞세우고 들어섰다.

그 순간, 보광진의 입이 딱 벌어졌다.

무자락이 들어선 것이다.

실종된 하지타크 대신 보광진이 반군 지도자로 내세운 것이 바로 어제 오후다.

그때 보광진의 시선을 받은 무자락이 쓴웃음을 지었다.

"저런, 보 부장. 왜 그런 고생을 하시오. 얼른 묶인 걸 풀고 다시 시작합시다."

이동욱 옆에 선 무자락의 열띤 목소리가 이어졌다.

"당신 앞날은 더 풍성하게 펼쳐질 거요. 내가 보장하지요."

그때 이동욱이 고개를 끄덕였다.

"보 부장, 우리는 너를 신장성 공안국장으로 영전시켜줄 수도 있어."

"당신은 누구요?"

마침내 보광진이 물었다.

어깨를 늘어뜨린 보광진이 길게 숨을 뱉고 나서 몸을 흔들었다.

"묶인 것부터 풀어주시오. 이런 상황에서 내가 무슨 고집을 부리겠소?"

오전 3시가 되었을 때 지하실 문이 열렸다.

그 순간, 보광진은 심장이 위장으로 떨어지는 느낌을 받는다.

오후에 베이징으로 보냈던 USA 여권 소지자 미나 정이 들어섰기 때문이다.

보광진의 시선을 받은 정민아가 쓴웃음을 짓더니 옆쪽 의자에 앉았다.

"보 부장, 이렇게 다시 만나서 반가워요."

"아니, 당신은……."

맥없는 목소리로 보광진이 입을 열었을 때 이동욱이 설명했다.

"보광진이 협조한다는 말을 듣고 인사하러 온 거야."

"그렇다면……."

"베이징 정보국장의 연락이 가짜라는 생각이 드나?"

숨만 쉬는 보광진을 향해 이동욱이 말을 이었다.

"출근하면 알게 될 거야."

그러고는 이동욱이 보광진의 어깨를 손바닥으로 두드리면서 일어섰다.

"자, 이제 응접실로 올라가서 이야기하지."

다음 날 아침.

변한 것은 경비원 셋이 이동욱이 골라 보낸 요원 셋으로 바뀌었을 뿐이다.

보광진을 모시러 온 공안 정보부장 차를 타고 출근했고 업무를 보았다.

그리고 오전 10시 정각이 되었을 때 '베이징 정보국'의 전화를 받았다.

이번에는 정보과장 하윤이 전화기를 들고 달려 들어왔다.

"정보국장 동지입니다."

이렇게 매일 정보국장 전화가 오는 것은 큰 사고가 터졌거나, 곧 대(大)영전을 하거나 둘 중 하나다.

이번에는 보광진이 일어서서 전화기를 귀에 붙였다.

"예, 신장성 공안 정보부장 보광진입니다."

"응, 보 부장. 나 장평이야."

"예, 정보국장 동지."

"동무 이야기 들었어."

장평이 대뜸 말했기 때문에 보광진은 숨을 들이켰다.

"예, 정보국장 동지."

"무슨 일 있으면 나한테 바로 연락해."

"예, 알겠습니다."

"그럼 수고해, 동무."

"예, 건강하십시오."

어깨를 편 보광진이 전화기를 앞에 서 있는 하윤에게 넘겨주었다.

스피커로 하지 않았어도 하윤은 장평의 말도 다 들었을 것이다.

이것으로 하윤은 앞으로 보광진을 전보다 10배쯤 더 존경하게 된다.

그리고 보광진은 이제 완전히 반군이 된 것이다.

하지타크는 우루무치 서북방 70킬로 지점의 외딴 농가에 감금되어 있었는데 의외로 잘 적응하는 편이었다.

운동 삼아서 매일 호숫가를 걷던 하지타크를 납치한 것은 박영철이 보낸 특공팀이다.

산책로의 숲에 숨어 있다가 하지타크를 마취 총으로 쏴서 기절시킨 후에 무자락이 비워놓은 옆쪽 통로로 빠져나간 것이다.

농가에 감금된 지 5일째가 되는 날 오후 4시경.

마당에서 산책이 허용되었기 때문에 빈 축사를 구경하고 서 있던 하지타크가 인기척에 몸을 돌렸다.

그 순간, 하지타크가 낮은 신음을 뱉었다.

실종되었던 아들 카샤르가 서 있었기 때문이다.

"아니, 너……."

"아버지."

카샤르가 불렀으나 갑자기 목이 메어서 입만 벌리고 있다.

눈이 흐려졌고 얼굴은 상기되었다.

뒤쪽에 있던 경비병들은 어느새 사라져 보이지 않는다.

"너 어떻게, 아니 여기 웬일이냐?"

다가선 하지타크가 묻자 카샤르의 눈에서 마침내 눈물이 떨어졌다.

"아버지."

"난 네가 죽은 줄 알고……."

"아버지."

"어디 도망쳐 있었던 거냐?"

그렇게 물었던 하지타크가 문득 주위를 둘러보았다.

경비병들이 보이지 않는 것을 그때 깨달았다.

"아니, 그럼……."

"이 사람들하고 같이 있었습니다."

카샤르의 입에서 말이 터졌다. 손등으로 눈물을 닦은 카샤르가 말을 이었다.

"아버지, 전 지금 독립운동을 합니다."

이제는 하지타크가 시선만 주었고 카샤르가 말을 이었다.

"제가 아버지 뒤를 이어서 위구르를 독립시킬 겁니다."

"……."

"남북한 지원단이 도와주기로 했어요."

"남북한 지원단이냐?"

"예, 아버지."

"그 사람들이 널 데려간 거냐?"

"예, 납치되었다가 저를 인정해준 겁니다."

그때 다가온 하지타크가 카샤르의 손을 잡았다.

"카샤르."

이제는 하지타크의 눈이 흐려졌다.

백악관과 청와대의 핫라인은 본래 설치되지 않았다.

그런데 어제 미국대사가 외교 장관을 만나더니 24시간 만에 핫라인이 설치되었다.

물론 전화선만 연결하면 5분 만에 설치되는 구조다.

하지만 양국 정상 간의 핫라인은 간단하지 않다. 절차가 까다롭다.

만나서 공식 합의하고 그것을 언론에 발표하는 절차를 거치면 최소한 15일은 걸린다.

한국과 북한은 핫라인 설치에 55년이 걸렸다가 단절되기도 했다. 오늘, 핫라인 설치 하루 만에 부시가 이광에게 전화를 했다, 이광이 영어를 하니까 통역도 필요 없이 둘이 '다이렉트'로. 부시가 원했기 때문에 이광이 오케이 한 것이다.

"헬로."

부시가 먼저 소리치듯 말했다.

서울 시간 오전 9시 정각, 워싱턴은 오후 7시다.

이광과 부시는 각각 청와대 집무실과 백악관 오벌룸에 앉아 전화기를 스피커 상태로 했다.

주위에는 측근, 담당 장관들이 둘러앉았는데 양측 모두 긴장하고 있다.

다른 점이 있다면 부시는 질문 내용을 적은 4×6 백지를 들고 있는 반면 이광은 맨손이다. 대신 주위의 측근들이 서류를 쥐고 있다.

그때 이광이 대답했다.

"헬로, 미스터 프레지던트."

그러자 부시가 짧게 웃었다.

"리, 이번에 가토를 불러놓고 또 홈런을 때렸더구만."

"아이구, 들으셨군요, 조지."

"도대체 어쩔 작정이오? 중국 연방이오, 아니면 아시아 연방이오?"

"글쎄요."

"아시아 연방은 당신이 제의했잖소? 그러니까 밀고 나갈 거요?"

"그렇지 않아도 상의드리려고 했는데 어떻게 생각하십니까?"

"글쎄, 연타석 홈런이라니까. 중국 동북3성을 포함한 거, 뭐냐? 고구리 연방."

"고구려요, 조지."

"이름이 어렵군, 고구리."

"계속하세요."

"거기에다 아시아 연방이라니. 시진핑이 이 통화를 들을 텐데, 혈압이 오르겠어."

"그럴 리가 있습니까?"

"도청을 말하는 거요?"

"혈압 말입니다."

"그럼 당뇨인가?"

"조지, 어쨌든 일본 측에서 소문을 내버렸으니 어떻게 생각합니까?"

"소문을 낼 줄 알았겠지, 여우 같으니."

그때 옆에 앉은 선튼이 부시 앞에 서류를 불쑥 내민 제스처를 했는데 '말을 다른 데로 돌리지 마라'는 표시다.

부시가 말을 이었다.

"아시아 연방으로 밀고 나가요, 리. 대신 우리도 가입합시다."

이광이 듣기만 했고 부시의 목소리가 굳어졌다. 이제는 얼굴도 굳어 있다.

"우리가 가입하는 조건으로 지지합니다. 그렇게 되면 적극 지지하겠소. 그리고……."

그러더니 또 오버했다.

"아시아 연방의 초대 대통령으로 당신을 밀어드리지, 리."

"뭐라구? 아시아 연방?"

시진핑의 이맛살이 찌푸려졌다.

목소리를 높인 시진핑이 앞에 선 주석실 비서 호주방을 보았다.

오전 11시, 베이징 천안문 근처의 인민대회당 안. 주석실에는 둘뿐이다.

방금 호주방은 일일 주요 안건 보고를 한 참이다. 그중 일본 정계에서 떠도는 '아시아 연방' 소문을 이야기한 것이다.

호주방이 말을 이었다.

"지난번 한·일 정상회담 때 논의가 되었다고 합니다. 한국 측이 제의했다는데요. 가토 총리가 듣고 와서 소문이 퍼진 것입니다."

"아시아 연방이라, 어디서 많이 듣던 소리인데……."

"2차 대전 전(前) 일본이 주장했던 '대동아공영'론과 비슷합니다."

"그것을 한국이 제의했다구?"

"예, 이 대통령이 제의했다는 겁니다."

"이 교활한 인간이……."

"언론 보도만 안 되었을 뿐이지 일본 정계에 소문이 퍼져 있습니다."

"이광, 이놈."

시진핑이 쓴웃음을 지었다.

"이놈이 '중국 연방'에다 '아시아 연방' 양쪽에 다리를 걸치고 있군."

"어제 이광과 부시가 핫라인으로 통화했는데 부시가 전화를 걸었습니다. 한·미·일 3국이 바쁘게 움직이고 있습니다."

고개를 끄덕인 시진핑이 지시했다.

"정보국장을 불러."

정보 책임자로부터 더 자세한 보고를 받으려는 것이다.

5장
고구려성

청와대, 대통령 집무실 안.

오늘은 부통령 강윤호와 총리 박상윤, 비서실장 안학태까지 넷이 둘러앉아 있다.

국무회의는 총리 주관으로 진행되고 있지만 그 결과를 보고하려고 청와대에 온 것이다.

박상윤이 보고를 마쳤을 때 이광이 입을 열었다.

"이제 일본에서 번져나간 '아시아 연방'론이 아시아대륙을 뒤덮을 겁니다."

이광이 웃음 띤 얼굴로 말을 이었다.

"중국은 이것이 음모라고 생각하겠지만 이게 바로 공론이오. 나는 공론으로 이끌려는 의도로 가토 총리한테 제의한 겁니다."

박상윤이 고개를 끄덕였다.

요즘 같은 시기에 비밀 유지는 어렵다. 더욱이 국가 대사(大事)에 대한 것은 불가능하다.

그것을 독재 체제와 폐쇄적 정권은 가능하다고 믿는 것이다.

그때 강윤호가 말했다.

"중국도 곧 '아시아 연방'에 대해서 알게 될 텐데 대비를 해야 될 것 같습니다."

"그래야지요."

"만일 동북3성을 다 내놓을 테니 중국 연방에 들어오라고 한다면 어떻게 합니까?"

"먼저 북한의 국민투표가 있어야지요."

이광이 바로 대답했다.

"북한이 당사자가 될 테니까요. 그러고 나서 한국도 국민투표를 실시할 겁니다."

"양측이 모두 찬성해야 중국 연방에 가입하는 것이군요."

"그렇습니다. 그래도 한국은 그대로 남습니다. 북한만 동북3성을 병합한 고구려성이 되는 것이지요."

그러자 강윤호가 빙그레 웃었다.

"우리한테는 손해 보는 장사가 아닙니다."

박상윤이 따라 웃었지만 이광은 여전히 정색했다.

그때 박상윤이 말을 받았다.

"동북3성을 북한에 포함시켜준다면 남북한 주민 모두 고구려성 탄생을 찬성하지 않겠습니까?"

"저도 찬성할 겁니다."

강윤호가 말했을 때 이광이 다시 고개를 끄덕였다. 그러나 정색한 얼굴로 입을 열었다.

"일본이 아시아 연방을 적극 추천하게 되면 어떻게 하는 것이 낫겠습니까?"

이광이 강윤호와 박상윤을 차례로 보았다.

"일본과 중국이 경쟁적으로 아시아 연방, 중국 연방을 추진하게 될 경우에 말입니다."

둘의 얼굴에 제각기 쓴웃음이 떠올랐다.

'아시아 연방'은 이광이 '중국 연방'을 견제하기 위해서 내놓은 히든카드로 믿고 있다. 그런데 중국과 일본이 동시에 2개의 연방을 추진하게 되면 남북한은 어떤 선택을 해야 될 것인가?

그때 강윤호가 먼저 대답했다.

"그야 북한은 중국 연방, 한국은 아시아 연방 아닙니까? 그래서 안팎에서 중국을 압박하는 것이지요."

박상윤이 말을 받는다.

"아시아 연방의 종주국이 일본이겠습니까? 대한민국이죠. 대통령님께서 기가 막힌 전술을 펼치신 것입니다."

둘의 열띤 반응을 들은 이광이 심호흡을 하고 나서 말했다.

"난 술책을 부린 것이 아닙니다. 정공법으로 중국과 일본을 대한 것이 이런 상황이 된 것이지요."

둘의 시선을 받은 이광이 고개를 저었다.

"중국과 일본이 그대로 넘어갈 상태가 아닙니다. 두 강대국은 엄청난 인적, 물적 자원이 있습니다."

"……."

"음모나 계략에 넘어갈 국가가 아니죠. 내가 제의한 동북3성, 아시아 연방도 정공법으로 대처한 것입니다. 그래야 양국 국민도 동의할 테니까요."

그렇다. 국가는 '국민'으로 구성되어 있는 것이다. 국민이 '동의'해야 한다.

이광이 길게 숨을 뱉었다.

"아직도 갈 길이 멉니다."

회의를 마치고 이광과 안학태 둘이 남았을 때다.

안학태가 입을 열었다.

"한국 국민은 '아시아 연방'에 찬성할 것입니다. 모두 부통령과 총리처럼 생각할 테니까요."

그리고 북한 주민들도 마찬가지로 '중국 연방' 가입에 적극적으로 동의할 것이다.

그런데 최악의 경우가 있다.

'고구려성'이 중국 연방에 흡수되어 버리고 한국은 '아시아 연방'의 일본에 동화되어 버리는 상황이다. 두 강대국은 각각 한국을 지배해 본 경험이 있는 것이다.

중국과 일본이 연합해서 남북한을 나눠 갖는 경우를 생각해내지 못하겠는가?

제갈공명, 공자를 생산해낸 중국, 그 중국까지 지배하고 미국에 도전했던 일본인 것이다.

이광의 분신인 안학태가 길게 숨을 뱉었다.

"저로서는 총리, 부통령이 대통령님께 심복하고 있는 것이 우선 안심이 됩니다."

안학태 식의 위로다.

"신장성에는 해방군 3개 사단 4만 명이 주둔하고 있습니다."

보광진이 서류봉투를 이동욱에게 건네주며 말했다.

"대테러 병력 5천 명이 포함되어 있지요. 신장성을 무력으로 점령한다는 것은 불가능합니다, 순식간에 대군(大軍)이 공수되어 올 테니까요."

이동욱이 봉투를 받아 옆에 앉은 정민아에게 넘겨주었다.

안가의 응접실 안, 오후 8시. 보광진이 오늘 3번째 안가를 방문한 셈이다.

고개를 든 보광진이 이동욱을 보았다.

"공안국장 방태세는 지금까지 하지타크와 상부상조하는 관계였는데 이제는 무자락이 반군의 지도자가 되자 더 좋아하고 있습니다. 하지타크보다 더 만만하게 생각하기 때문이죠."

보광진의 얼굴에 웃음이 떠올랐다.

응접실에는 무자락과 카샤르까지 둘러앉아 있기 때문이다.

"제 생각입니다만 방태세는 그대로 두고 이용하는 것이 낫습니다. 제가 진급을 해서 공안국장이 되면 오히려 실무에서 멀어지게 되니까요."

이동욱이 고개를 끄덕였다.

공안국장 휘하에는 4명의 부장이 있다. 정보부장 보광진은 그중 서열 3위인 것이다. 베이징의 장평이 손을 쓴다고 해도 1, 2위의 부장들도 배경이 만만치 않다.

그때 정민아가 옆에 놓인 가방을 보광진 앞에 놓았다.

비자금이다. 가방 안에는 미화로 50만 불이 들어있는 것이다.

정민아가 아무 말 안 했고 보광진도 잠자코 가방을 들어 옆에 놓았다.

매수 자금이다.

보광진의 약점을 쥐고 있다고 해도 자금이 있어야 운용이 된다. 기계에 기름칠을 하는 것이나 같은 이치다. '명분이 없으면 실리'라도 채워주도록 해야만 한다.

정민아가 한마디 했다.

"정보과장 하윤은 이미 우리하고 연결되어 있어요. 그러니까 털어놓고 이야기해도 됩니다."

"짐작하고 있었습니다."

보광진의 얼굴에 쓴웃음이 떠올랐다.

"그자도 알고 있는 것 같습니다."

"그 군자금에서 10만 불만 떼어주세요. 자금 지출을 일원화시키려고 합니다."

"알겠습니다."

보광진이 고개를 끄덕였다.

"그렇게 해서 체제가 잡혀야지요."

내통자 간 서열인가?

"지금 대통령께선 '중국 연방'과 '아시아 연방' 2개로 양(兩) 대국과 협상을 하고 계십니다."

응접실에 둘이 남았을 때 정민아가 이동욱에게 말했다.

오후 10시 반.

이곳은 새 안가여서 정민아는 저택 안채의 끝 쪽 방을 사용하고 있다. 단층 저택이지만 넓어서 방이 10여 개나 된다.

우루무치 남서쪽의 축산 농가 안이다. 이곳 주인은 낙타와 양 수천 마리를 사육하는 대목장주다.

정민아가 말을 이었다.

"우리는 그동안에 신장성을 중국에서 떼어내는 기반을 굳혀야 합니다. 그래야 대통령님의 구상에 도움이 될 겁니다."

"그 구상이 뭐야?"

불쑥 이동욱이 묻자 정민아가 대답했다.

"아시아의 맹주지요."

"대통령님의 의지를 직접 들었나?"

"아닙니다."

정색한 정민아가 말을 이었다.

"신장성의 독립을 도우라는 지시밖에 못 들었습니다. 신장성의 독립이 그 시발점이 될 테니까요."

"북한과 한국은 각각 중국 연방, 아시아 연방에 가입할 것 같나?"

"제 생각으로는 미국이 적극 후원할 것 같습니다."

"미국이?"

"미국이 '아시아 연방'에 긴장했을 테니까요. 그래서 제안국인 한국의 대통령 각하를 동반자로 만들려고 노력할 것입니다."

정민아가 반짝이는 눈으로 이동욱을 보았다.

"그리고 가능하면 미국도 '아시아 연방'에 가입하려고 할 것입니다. '태평양동맹'처럼 말입니다."

"……."

"'태평양동맹'은 중국을 견제하기 위한 것이었지만 한국이 적극적이지 않아서 느슨한 상태가 되어 있지요. 하지만 '아시아 연방'은 다릅니다."

그때 이동욱이 길게 숨을 뱉었다. 그러고는 정색하고 정민아를 보았다.

"보좌관, 네가 있어 다행이야. 내 머리로는 생각지도 못한 이야기다."

이제는 정민아가 정색했고 이동욱이 말을 이었다.

"알고 있지, 내가 용병 출신이라는 것? 내 뇌세포는 단순해서 몇 수 앞은 보이지 않아."

"……."

"아프리카에서 몇 개 정권은 전복시켜 보았지만 그것도 이 상황에 비교하면 단순했어. 네가 없다면 난 세상 돌아가는 물정도 모르고 이곳에서 뒹굴 뻔했어."

"대장님."

"중장이야, 인민군."

"중장님."

숨을 고른 정민아의 얼굴이 갑자기 붉어졌다.

"지금까지 제가 이곳에서 도움이 될 만한 일을 한 건 하나도 없습니다."

"그래?"

"너무 과분하게 저를 평가하고 계세요. 그것은……."

"잠깐."

손을 들어 말을 막은 이동욱이 정색했다.

"앞으로 내 작전회의에도 빠짐없이 참석하도록 해. 가능한 한 내 옆에서 상황을 함께 판단하자는 말이야."

"알겠습니다."

"전(前) 보좌관은 내 와이프 역할까지 하느라고 방심했던 것 같아. 그래서 당했을지도 몰라."

자리에서 일어선 이동욱이 말을 이었다.

"넌, 내 사부고 브레인이야. 앞으로 그런 일은 없을 거다."

담배를 입에 문 김정은이 비스듬한 시선으로 김여정을 보았다.

김여정이 김정은의 브레인인 것이다.

대동강 변의 제1초대소 2층 베란다에서 둘이 마주 보고 앉아있다.

오후 4시 반. 김정은이 입을 열었다.

"동북3성이 우리한테 넘겨지는 것이 아니라 북조선이 동북3성에 흡수될 가능성도 있다는 말이냐?"

"네. 그쪽 인구가 1억 가깝게 돼요. 공산당원만 1천만입니다."

김여정이 말을 이었다.

"우린 그 사분의 일인 2천5백만인 데다 조직력, 경제력까지 열세란 말입니다. 지도자 동지가 고구려성 성장 겸 총서기가 된다고 해도 하부 조직이 움직이지 않으면 허수아비가 되지 않겠어요?"

이런 말을 대놓고 할 수 있는 사람은 북한에서 김여정뿐이다.

김정은이 담배 연기를 길게 뿜었고 김여정은 계속했다.

"아직 군사 문제 논의는 안 했지만 고구려성의 군사력에 대한 조정이 있을 겁니다. 중국의 각 성(省)과 균형을 맞추자는 등 하면서 우리 북조선 군을 대폭 감축시키려고 하겠지요."

"웃기지 말라고 그래. 우리 조선 인민군을 한 명도 감축 안 한다. 그리고."

김정은이 목소리를 낮췄다.

"핵무기 절반은 남조선에 넘기고 '고구려성'에 합의할 테니까."

"그건 조심해야 할 텐데요."

역시 목소리를 낮춘 김여정이 김정은을 보았다.

"이 대통령하고 이야기하셨어요?"

"이야기할 것도 없지. 내가 넘겨주는 거야. 이 대통령은 사양 안 할 거다."

"물론 그렇겠죠. 하지만 중국은 물론이고 미국, 일본까지 반대할 텐데요."

"너, 모르고 있어?"

불쑥 김정은이 물었기 때문에 김여정은 긴장했다.

얼굴을 굳힌 김여정이 묻는다.

"뭘요?"

"핵은 우리 한민족의 생명줄이야."

담배를 비벼 끈 김정은이 김여정을 노려보았다.

"북남은 그 생명줄을 나눠 갖고 '중국 연방' '아시아 연방'에서 주도권을 잡아야 돼."

"……"

"중국 연방에서 핵을 가진 연방국은 중국과 고구려성뿐이야. 그리고 '아시아 연방'에서는 남조선이다."

김정은이 이를 드러내고 웃었다.

"물론 미국도 끼어들었지만 말이다."

김여정은 숨을 들이켰다.

과연 지도자는 다르다.

아프리카 이민 사업은 순조롭게 진행되고 있었지만 이민단 사업본부가 위치한 카이로에서 문제가 발생했다.

한국인 이민의 납치 사건이 계속해서 3건이나 일어난 것이다.

알·카에다 잔당들의 소행이다. 그래서 '아프리카 연방' 측에서 카이로에 기동대를 파견했지만 오히려 기습을 받아 10여 명의 사상자를 내었다.

기동대장 전호상까지 사살된 것이다.

이곳은 카이로의 나일강 변에 위치한 힐튼 호텔. 객실 안에서 '리스타 연합' 사장 해밀턴이 '리스타 이집트' 법인 사장 유병만에게 말했다.

"이동욱이 아프리카를 떠난 후에 아프리카 연방에서 사고가 그치지를 않아. 이번 카이로 사건뿐만이 아냐."

유병만은 듣기만 했고 해밀턴의 말이 이어졌다.

"이동욱이 아프리카에 있을 때는 이런 일이 일어나지도 않았고 있을 수도 없었어. 알·카에다의 전성기였을 때에도 말야."

"방심한 것 같습니다."

유병만이 겨우 말했다.

"이번 기동대장도 경호원 2명을 데리고 식당에 들어갔다가 당했습니다."

그리고 알·카에다는 기동대 숙소를 기습, 대원 7명을 사살, 6명에게 중경상을 입힌 것이다.

그 일로 해밀턴이 카이로로 날아왔다. 해밀턴이 옆에 앉은 압바스에게 말했다.

"지금 한국은 이 대통령의 주도하에 새로운 세상으로 나아가는 중이야. 그리고 아프리카 연방이 그 기반이 될 것이고. 압바스, 네 책임이 막중하다."

"알고 있습니다."

양복 차림에 콧수염도 없는 말끔한 얼굴의 압바스는 파키스탄 출신이다. 영국에서 대학을 나온 후에 영국 특공대 장교로 근무하다가 리스타에 입사한지 8년. 해밀턴이 신임하는 아랍통이다. 이번에 해밀턴이 압바스를 '리스타 아프리카 연합'의 사장으로 임명한 것이다.

이민이 투입된 아프리카 23개국의 치안을 유지하는 것이 압바스의 임무다.

압바스가 말을 이었다.

"먼저 이집트에 남아있는 알·카에다 잔당부터 소탕하겠습니다."

압바스가 지휘하는 리스타 연합 기동군은 모두 6백여 명, 30개 팀으로 이루어졌다.

이번에 카이로에 오면서 압바스는 5개 팀, 1백여 명을 인솔하고 온 것이다.

지난주에 당한 전호상 팀에 대한 보복을 해야 한다.

그래야 리스타 위신이 서는 것이다.

이곳은 신장성 우루무치.

강기철이 이동욱에게 보고했다.

"아프간 쪽 회랑을 통해서 지금도 수니파 회교도들이 입국하고 있습니다."

중국과 국경선을 맞댄 좁은 회랑이다. 그러나 길이가 50킬로 정도였으니 짧은 거리는 아니다.

그쪽 회랑을 통해 아프간 군(軍) 출신의 무장 병력, 알·카에다의 잔당, 탈레반 이탈자까지 신장성으로 들어오는 것이다.

신장성이 먹고 사는 것이 아프간보다 나은 점도 있지만 회교계 주민들을 받아들이기 때문이다. 반기지는 않지만 너그럽게 받아준다. 그것만으로도 아프간에서 시달린 그들에게는 감지덕지다.

강기철은 본래 리스타 연합 출신의 용병, 전(前) 한국군 특전사 대위 출신이다. 이동욱의 부관, 경호실장 역할을 하고 있다.

“중장님, 국경을 넘어온 탈레반 출신 장교 하나가 최수만 대좌한테 투항했는데 정보가 있다고 합니다.”

강기철이 말을 이었다.

“직접 보고드리는 것이 낫겠다고 하는데요. 이쪽으로 데려오라고 할까요?”

최수만은 남쪽 국경 근처의 카슈가르에서 기반을 굳혀가고 있다. 그곳의 위구르 반군 지휘관 둘을 제거하고 새 인물로 교체시킨 것이다.

그때 고개를 든 이동욱이 말했다.

“내가 카슈가르에 가는 것이 낫겠어.”

이동욱의 시선이 옆에 앉은 정민아에게로 옮겨졌다.

“보좌관도 준비해.”

“예, 중장님.”

중장은 김정은이 이동욱을 인민군 중장으로 임명했기 때문에 그렇게 부른다. 이동욱 휘하 병력 대부분이 인민군 특수 부대 소속이었기 때문이기도 하다.

카슈가르는 아프간 통로하고도 가깝다. 그리고 위구르계 주민이 90퍼센트 정도여서 우루무치하고는 반대다. 위구르계 주민이 많으면 독립군의 활동도 자유로워지는 것이다.

응접실에 둘이 남았을 때 정민아가 이동욱을 보았다.

“한족 부부 행세를 하는 것이 낫겠습니다.”

이동욱의 시선을 받은 정민아가 눈도 깜빡이지 않고 말했다.

"열차를 예약하겠습니다."

우루무치에서 카슈가르까지다. 장거리 여행인 것이다.

이동욱이 고개를 끄덕였다.

우루무치는 공안 정보부장 보광진을 포섭한 데다 새 지도자인 무자락의 기반이 굳어지는 상황이다. 하지타크는 아직도 구금되어 있지만 요즘 자주 카샤르를 만나 새 면모를 보여주고 있다. 잠깐 떠나 있어도 마음이 놓이는 상황이다.

한국에서도 북한과 동북3성이 합쳐진 '고구려성'과 일본, 한국을 중심국으로 하는 '아시아 연방'에 대한 공론이 일어났다.

매일 언론이 보도를 했고 수십 개의 찬·반 단체가 일어나 시위를 했다.

아직 정부는 찬·반 입장 표명을 안 했지만 여론 조사 기관에서는 수시로 조사 결과를 발표했다.

결과는 찬성이 압도적이었다. 항상 80퍼센트 이상이 나왔고 어떤 때는 90퍼센트가 넘는 경우도 있었다.

청와대 대통령 집무실 안.

이광이 안학태, 상황실장 오대근에게 말했다.

"김 위원장이 다음 달부터 핵탄두를 넘겨준다고 했으니까 각별히 조심하도록."

"예, 대통령님."

정색한 오대근이 이광을 보았다.

오대근이 '핵 반입' 연락관인 것이다.

청와대 내부에서도 아는 사람은 이렇게 셋뿐이다.

오대근은 국정원장 양찬성, 국방 장관 김용진과 셋이 '핵 반입' 팀을 결성해서 이광에게 직보를 한다. 핵 반입 팀장은 김용진이다.

오대근이 말을 이었다.

"핵탄두 저장소를 3곳 더 준비하고 있습니다. 그렇게 되면 저장소는 7개가 됩니다, 대통령님."

"대단해."

쓴웃음을 지은 이광이 고개까지 저었다.

"우리한테 절반을 나눠주는 것이 220기라면 지금까지 북한이 핵탄두를 440기나 만들었단 말인가?"

오대근은 눈만 껌벅였지만 안학태가 말을 받았다.

"그걸로 지구를 멸망시킬 수 있는 분량입니다."

"이제 우리가 지구 절반을 무너뜨릴 분량을 나눠 갖게 되었단 말이지?"

"저는 달갑지 않습니다."

"이 사람이 순진해 빠졌군."

이광이 혀를 차더니 오대근을 보았다.

"앞으로 비서실장한테는 보고하지 마. 이 사람 핵 이야기 할 때마다 꿈자리가 사나울 테니까."

"예, 대통령님."

둘이 정색하고 말을 주고받는 바람에 안학태가 심호흡을 했다.

이제 한국은 다음 달부터 핵보유국이 되는 것이다. 무려 220기 핵탄두를 보유하는 핵 강국이다.

고개를 든 오대근이 이광을 보았다.

"핵은 밀반입을 하겠지만 곧 미, 일, 중이 알게 될 것입니다."

"당연하지."

이광이 고개를 끄덕였다.

그리고 끝까지 비밀을 지키거나 없다고 오리발을 내밀 생각도 없다. 없어도 있는 체하는 세상인데 있는데 없다고 하다니.

핵의 용도는 공격보다 억제력이다. 있는 줄 알아야 강력한 억제력이 발휘되는 것이다.

언젠가는 '핵 보유'를 공표할 예정이다.

오후 8시 반.

김기용이 현관으로 들어서자 윤정숙이 서둘러 다가왔다.

주방에서 그대로 왔기 때문에 손에 국자를 쥐고 있다.

주방에서 현관까지 7, 8미터밖에 안 되는 35평형 아파트다.

"이 시간까지 저녁도 안 드시고 무슨 일이래요?"

걱정 반, 짜증 반이 섞인 말투로 윤정숙이 물었다.

"아빠, 오셨어요?"

건넛방에 있던 딸 김선아가 나와 인사를 했다.

24세, 올해 대학을 졸업했지만 아직 취업 준비 중이다.

"어, 공부하다 나왔어?"

"아뇨."

김선아가 배시시 웃었다.

양복 재킷을 벗은 김기용이 소파에 앉았을 때 윤정숙이 물었다.

"벗고 씻어요. 그동안 상 차릴게. 당신이 오신다고 해서 선아도 밥 안 먹었어요."

"그보다 당신, 거기 앉아."

김기용이 눈으로 옆쪽 소파를 가리켰다.

"할 이야기가 있어. 선아도 거기 앉아라."

"무슨 일이래요?"

금세 얼굴이 굳어진 윤정숙이 아직도 국자를 쥔 채 소파에 앉았다. 어머니를 닮아서 소심한 성격의 선아도 조심스럽게 윤정숙 옆에 앉는다.

김기용은 55세, 육군 소장으로 미사일부대 사령관이다. 그러나 계급 정년에 걸려 석 달 후면 예편될 예정이었다.

오늘은 철원에 있는 부대에서 국방부로 업무 출장을 온 길에 상계동의 집에 들른 것이다.

그때 윤정숙이 먼저 입을 열었다.

"여보, 걱정 말아요. 연금으로 얼마든지 살아갈 수 있어요."

숨을 고른 윤정숙이 말을 이었다.

"이 아파트 한 채 가진 것만 해도 우린 얼마든지 살아요. 남부럽지 않아요."

거짓말이다. 김기용의 육사 동기 중 대장으로 진급한 놈도 있다.

중장은 10여 명이나 된다.

대령까지 동기 중 선두 주자였던 김기용이 미사일 부대장이 되고 나서 '직위'에 걸려 진급이 늦었다. 미사일 병과의 진급률이 일반 보병보다 평균 3년이 늦었기 때문이다.

준장도 간신히 되었고 미사일 부대 사령관은 소장으로 끝난다.

진급이 늦어진 준장들이 4명이나 되고 대령은 10명도 넘는다.

지금 김기용은 사령관을 3년째 맡고 있는 것이다.

김기용이 고개를 들었다. 두 눈이 번들거리고 있다.

"오늘 장관하고 총장을 만났어."

좁은 거실에는 숨소리도 들리지 않았다.

윤정숙은 아예 외면했고 선아는 제 발끝만 본다.

한 달쯤 전, 집에 들른 김기용이 반주로 소주를 마시다가 예편하고 나서 개인

택시를 해봐야겠다고 말했었다. 윤정숙은 고개만 끄덕였지만 다음 날 김기용이 부대로 돌아가고 나서 하루 종일 울었던 것이다. 그것을 김선아는 안다.

그때 김기용이 말을 이었다.

"내가 내일 중장으로 진급해."

윤정숙이 고개를 들었지만 말이 머릿속에 제대로 박히지 않은 것 같다.

선아는 듣긴 했지만 숨을 죽이고 있다.

김기용이 말을 이었다.

"나 혼자 진급이야. 미사일 부대 사령관을 중장으로 승진시키는 것이지."

"……."

"내일 오후 2시에 장관하고 총장하고 같이 청와대에 들어가."

"……."

"대통령께 진급 신고를 하는 거지. 대통령이 내 어깨에 별 3개짜리 견장을 달아주실 거야."

"아이구, 하느님."

그때 윤정숙이 와락 외치더니 눈물을 쏟았다. 국자를 내동댕이친 윤정숙이 두 손으로 얼굴을 감싸고 흐느껴 울기 시작했다. 선아가 윤정숙의 어깨를 당겨 안더니 얼굴을 등에 붙이고 따라 운다. 선아도 마음고생을 했겠지.

김기용은 숨을 골랐다.

내일 중장이 되고 나서 미사일 부대를 대폭 증강시킬 것이라는 말을 할 필요는 없지. 계급 정년, 직위 정년에 밀렸던 미사일 부대 준장, 대령 중령들도 곧 무더기로 진급이 될 것이라는 것도.

김기용의 두 눈이 번들거렸다.

김기용 자신이 한국군의 핵무기 관리 책임자라는 것도 말할 필요는 없는 것이다.

이제 미사일 사령부는 '대장급'이 지휘하게 된다. 그 자리는 바로 김기용의 자리다.

열차는 길다.

강기철이 세어 보니 38량이나 된다. 끝이 보이지 않을 정도다.

우루무치발 카슈가르행 특급열차다.

특급열차지만 개인실, 1등 칸, 2등 칸, 3등 칸까지 구분되어 있다. 비행기 특등석, 비즈니스석, 이코노미석 구분보다 더 심하다. 개인실은 2명이 방 1개를 차지하는 구조였는데 방에 침대, 화장실, 탁자까지 갖춰져서 호텔방 같다.

열차의 앞쪽 4량이 개인실이었는데 방이 모두 24개. 그중 12개를 이동욱 일행이 차지했으니 절반이다. 개인실 4량에 각각 3개씩 방을 잡아서 탑승한 것이다.

모두 보광진이 만들어준 한족 신분증과 서류를 소지하고 있었는데 이동욱과 정민아는 부부로 위장했다.

특급열차지만 2천 킬로가 넘는 거리를 달리면서 때로는 몇 시간씩 도중에서 쉬기 때문에 24시간이 걸리는 여정이다.

밤 11시가 되었을 때 이동욱이 건너편 침대에 앉아있는 정민아에게 물었다.

"중국을 우리가 정복할 수 있을까?"

갑자기 물었는데도 정민아는 바로 대답했다. 준비하고 있었던 것 같다.

"중국 왕조는 권력층의 부패로 기반이 흔들린 후에 반란과 외침을 당해 멸망했습니다."

정민아가 똑바로 이동욱을 보았다.

"중국 5천년 역사에서 제대로 된 왕조는 3백년 이상 존속하지 못했지요. 그것은 국민들이 왕조에 충성하지 않는 것을 의미합니다."

"……."

"농민들이 조세와 학정에 반발하여 반란을 자주 일으켰고 그것으로 취약해진 왕조가 멸망하는 경우가 많았거든요."

"한족의 국민성인가?"

"한반도하고는 다릅니다."

정민아가 말을 이었다.

"예를 들어서 임진왜란 때 조선왕 선조는 왜군이 북상해오자 중국과의 국경인 의주로 도망쳤습니다. 왕이 살아야 조선이 산다는 명분이었지요. 국민은 안중에도 없었습니다."

"그런가?"

"왜란이 끝났을 때 선조는 전혀 책임지지 않았지요. 이순신 때문에 조선이 살았는데 간신의 모함을 듣고 이순신을 잡아가둔 선조 아닙니까?"

"그런데도 조선 국민은 선조를 놔두었단 말이군."

"이젠 세상이 바뀌었지요. 한국에는 그런 지도자가 없으니까요."

이광이다.

잠이 들었던 이동욱이 눈을 떴다.

객실 안은 조용하다. 차륜이 덜커덕거리는 단조로운 소리만 울리고 있다.

불을 꺼 놓았지만 어둠에 익숙해진 눈에 객실 안의 사물 윤곽이 드러났다.

탁자 건너편 침대에 누운 정민아는 가슴 아래쪽만 보인다.

둘 다 창 쪽에 머리를 두고 누워 있는 것이다.

탁자 위에 놓인 시계의 야광침이 2시 반을 가리키고 있다.

정민아와 이야기를 하다가 잠이 든 것이 1시쯤이었으니까 1시간 반을 잔 셈이다.

이동욱이 다시 눈을 감았을 때다.

“깨셨어요?”

정민아가 묻는 바람에 숨을 들이켠 이동욱이 눈을 떴다.

“응, 잠이 들었다가…….”

“코를 고시던데요.”

“그랬어?”

고개를 돌린 이동욱이 정민아를 보았다.

“코를 골아서 잠을 못 잔 것 같군.”

“아녜요. 막 잠이 들려다가 코 고는 소리가 그쳐서 깼어요.”

남기옥은 이동욱이 코를 골면 코를 잡아서 깨운 적이 있다.

그런데 이동욱의 입에서 딴소리가 나왔다.

“전에 나하고 같이 자던 사람은 내 코골이가 자장가 같다던데.”

“글쎄, 저도 그렇게 되려다가 깨었다니까요.”

“그런 셈인가?”

“그분, 좋아하셨나 봐요.”

“같이 지내면 정이 들기 마련이야.”

“아무리 그래도 둘이 맞아야죠.”

“다 맞게 되어있어.”

“그런가요?”

“난 많이 겪었어, 다 죽어서 나갔지만.”

“…….”

“다 좋은 사람들이었지, 과분할 정도로.”

“…….”

“앞으로는 그렇게 만들지 않을 거야.”

“뭘요?”

정민아가 묻자 이동욱이 눈을 감았다.

"나하고 거리를 둬야 살아남거든."

"……."

"정민아 씨는 꼭 살려서 보낼 거야."

"그게 어디 중장님 뜻대로 되는 일인가요?"

"최선을 다해야지."

그때 정민아가 상반신을 일으켰다.

"저, 옆으로 가도 돼요?"

미국 대통령 안보보좌관 선튼이 이광과 마주 앉았을 때는 오전 9시 반이다.

선튼의 비밀 방한이다.

청와대 집무실에는 이광과 선튼, 배석자로 한국 측은 국방 장관 김용진, 외교 장관 윤준일, 국정원장 양찬성, 안보수석 김성환과 상황실장 오대근을 참석시켰다.

선튼은 CIA 부장 매크레인과 둘이 왔는데 대통령 부시의 특사다. 비밀 특사인 셈이다.

집무실 분위기는 무겁다. 사안이 원체 심각했기 때문이다.

핫라인으로 이광과 부시가 통화하기도 부담이고 그렇다고 둘이 만나면 더 노출된다. 그래서 비밀 특사를 보낸 것이다.

바로 '핵 처리' 문제 때문이다.

선튼이 입을 열었다.

"각하, 제가 부시 대통령 각하의 대리인 자격으로 왔습니다. 제가 드리는 말씀은 부시 대통령의 말이나 같습니다."

이광이 고개만 끄덕였고 선튼이 말을 이었다.

"지금 북한의 핵탄두가 남한으로 옮겨 온 것으로 파악되었습니다. 정확하지는 않지만, 약 200기의 핵탄두인 것 같은데요. 그 숫자에 대해서는 언급하지 말라고 대통령께서 말씀하셨습니다."

선튼의 시선을 받은 이광이 쓴웃음만 지었다. 그러나 한국 측 배석자들은 모두 긴장으로 굳어 있다.

고개를 든 선튼이 이광을 보았다.

"각하, 이 내용을 일본도 알고 있습니다. 당연히 중국도 알고 있을 것입니다. 이렇게 되면 한국도 북한과 함께 핵 협정 위반으로 제재를 받아야 할 것 같습니다."

선튼이 잠깐 기다렸지만 이광은 침묵했기 때문에 다시 말을 이었다.

"대통령께서는 최악의 사태를 피하기 위해서 한국 대통령의 의견을 마지막으로 듣겠다고 하셨습니다."

"……."

"곧 미·일 정상회담이 열릴 예정인데 이 문제가 주제가 될 것입니다."

말을 마친 선튼이 시선을 주었지만 이광은 한동안 입을 열지 않았다.

모두 영어에 능통했기 때문에 격식을 떠나 영어로 직접 대화를 나누고 있다. 통역도 참석시키지 않은 것이다.

이윽고 심호흡을 한 이광이 선튼과 매크레인을 보았다. 가라앉은 표정이다.

"물론 문제가 될 줄 알았지요. 이건 숨길 수 있는 일도 아니니까요."

이광이 말을 이었다.

"이 날이 올 줄 알았습니다. 그래서 김 위원장하고 대비를 하고 있었지요."

그때 선튼과 매크레인이 서로의 얼굴을 보았다. 그러더니 선튼이 물었다.

"각하, 대비하고 있었다고 하셨습니까?"

"그렇습니다."

"말씀해주실 수 없습니까?"

"미·일 정상회담 때 부시 대통령께서 가토 총리한테 말씀해주시는 것이 낫겠어요."

"무, 무엇을 말씀입니까?"

"남북한의 제의라고 말입니다."

이제는 선튼이 숨만 죽였고 이광의 목소리가 집무실을 울렸다.

"우리 남북한이 보유한 핵탄두를 일본에 나눠주겠다고 전해주세요. '아시아 연방'의 일원이 되면 서로 나눠서 소유해도 되지 않겠습니까?"

선튼과 매크레인은 숨만 쉬었고 이광이 말을 이었다.

"일본은 싫다고 하지는 않을 겁니다. 그럴 리는 없지만 우리도 최악의 경우에는 중국 연방에 집중할 수밖에 없는 상황이 되겠지요."

선튼과 매크레인은 한동안 침묵했다.

그들도 '머리'가 있는 대국(大國)이다. 온갖 변수를 다 고려했을 것이다.

국가 간 협정이나 국제법도 예외 없는 조항이 없다. 빠져나갈 구멍은 있기 마련이고 제 이익을 위해서는 다 뒤집어도 애국자 소리를 듣는 것이 국제법이다.

원칙만 주장하다가 '골'로 가는 국가가 어디 한둘이냐?

2차 대전 직전의 대영제국의 수상 체임벌린 좀 봐라. 히틀러한테 홀딱 속아 넘어가서 '병신'으로 두고두고 조롱거리가 되지 않았던가.

이것도 강한 자가 승자고 더 나아가서 이긴 자가 승자다.

"과연 '핵'의 위력을 알겠네요."

회의가 끝났을 때 오대근이 마침 옆에 있던 국정원장 양찬성에게 말했다.

양찬성은 전(前) 대통령 시절부터 국정원장을 맡고 있었던 터라 오대근과 친한 편이다.

청와대 본관 복도에 둘이 서 있다.

"선툰이 뭐라고 씨부리건 간에 우리 각하께서 주도권을 쥐고 계시지 않습니까. 북한하고 6자 회담, 4자 회담 할 적의 분위기하고 비슷하게 느껴지더란 말입니다."

"맞아요."

양찬성이 웃음 띤 얼굴로 오대근을 보았다.

"그러니까 북한이 핵을 포기하지 않는 겁니다. 한 번 회담에 나가본 후부터 내놓을 생각이 싹 달아났을 겁니다."

"경제제재니 뭐니 하고 압박을 해도 결국 칼자루를 쥐고 있는 건 핵보유국 아닙니까? 이제야 북한 측 입장을 이해할 수가 있겠네요."

오대근의 얼굴에도 쓴웃음이 떠올랐다.

"일본이 물론 받아들이겠죠?"

"당연히."

고개를 끄덕인 양찬성이 말을 이었다.

"미국도 말릴 이유도 없구요."

"그렇다면 북한과 일본의 상담이 궁금해지는데요."

"오 실장, 방금 상담이라고 했습니까?"

"아, 그럼 상담 아닙니까?"

되물었던 오대근이 양찬성의 시선을 받더니 어깨를 치켰다가 내렸다.

"치열한 상담이 될 겁니다. 이번에도 북한이 주도권을 잡게 될 것이구요."

'핵 거래'를 말한다. 북한이 일본에 핵탄두를 그냥 넘겨줄 리가 없는 것이다. '상담'을 해서 넘기겠지. 아마 핵탄두 1개당 5억 불쯤 받아낼지도 모르겠다. 한국에는 거저 넘겨서 부담을 같이 받는 방법을 썼고.

"갓대밋."

통화가 끝났을 때 부시는 어깨를 부풀리면서 앞에 앉은 국무장관 마이클 존슨을 보았다.

부시는 방금 서울에 있는 선튼으로부터 이광과의 회담 내용을 보고 받은 것이다.

"코리안, 이 개자식들이 아주 깽판을 치는군, 안 그래?"

마이클은 눈만 껌벅였고 부시가 말을 이었다.

"뭐? 최악의 경우에는 중국 연방에 집중할 수밖에 없다고? 지금 우리한테 공갈치고 있잖아."

"……."

"이 새끼들이 핵 배급소야 뭐야? 이것들을 가만두면 안 돼. 당장 경제봉쇄를 시켜서 리비아, 이라크 짝이 나게 해야 돼."

"……."

"자존심 상해서 도저히 안 되겠어. 이젠 노란 얼굴만 봐도 밥맛이 달아난다니까."

"……."

"이봐, 마이클. 왜 말이 없나?"

스피커폰으로 함께 들었던 터라 이제는 부시가 마이클에게 화를 내었다. 얼굴이 상기되어 있다. 그때 마이클이 고개를 들었다.

"각하, 가토 씨한테 이야기하시지요."

"뭘 말야?"

"핵 나눠준다는 이야기 말입니다."

"내가?"

부시의 눈동자에 초점이 잡혔다.

"뭐라고 하란 말야?"

"받으라고 하셔야죠."

"받으라고?"

"그럼 받지 말라고 하실 겁니까?"

"아니, 그건……."

"이 시점에서 핵 확산이네, 핵 협정 위반이네 따위의 말은 통하지 않을 것 같습니다."

이제는 부시가 입을 다물었고 마이클의 말이 이어졌다.

"이광 씨가 선튼한테 그 말을 해준 것도 감지덕지할 형편이 되었습니다. 이광 씨가 바로 가토 씨한테 말할 수도 있었으니까요. 각하 체면을 세워준 셈입니다."

"선 오브……"

"일본이 핵을 받으면 공평해지는 셈이지요. 중국, 남북한, 일본까지 동양의 4대 강국이 모두 핵보유국이 되었습니다."

"방금 남북한을 동양의 4대 강국에 포함시켰나?"

"그렇게 되어 있지 않습니까?"

"……."

"이광, 김정은 씨가 중국 연방에 붙어버리면 일본이 태평양 방어선 역할을 하기에 벅차다는 걸 알고 계시지 않습니까?"

그때 부시가 상반신을 세웠다. 순발력은 빠른 부시다.

"좋아. 가토한테 이야기해보지."

미·일 정상회담이 사흘 후다.

카슈가르에 도착했을 때는 오후 3시 반이다.

열차에서 내린 이동욱이 대합실로 나왔을 때 최수만이 다가왔다.

최수만은 현지인 차림으로 후줄근한 양복을 걸쳤다.

"어서 오십시오."

최수만이 상기된 얼굴로 인사를 했다.

대합실에 사람들이 많았기 때문에 두드러진 행동은 하지 않았다.

대기시킨 승합차에는 이광과 정민아, 최수만과 강기철까지 타고 주차장을 빠져 나왔다.

"카질이라는 자는 지금 어디 있나?"

이동욱이 묻자 최수만이 대답했다.

"지금 안가에 있습니다. 바로 만나실 수 있습니다."

최수만이 말을 이었다.

"탈레반 서부지역 부사령관을 지낸 것은 맞는 것 같습니다. 부하 장교 둘까지 불러들여서 지금 셋이 있습니다."

"그자는 수배 중인데 이곳까지 왔군."

"예, 쿠지마한테 투항했습니다."

쿠지마는 가르단을 대신해서 남쪽 반군의 지도자가 된 인물이다. 물론 최수만이 배후에서 지휘하고 있다.

이동욱이 고개를 끄덕였다.

이것이 위구르 독립의 계기가 될지도 모른다. 그래서 아프간의 탈레반 지휘관이 위구르 독립군에 투항했다는 말을 듣고 카슈가르로 온 것이다.

최수만의 안가는 카슈가르 서쪽 15킬로 지점에 위치한 야쿠르라는 마을이다. 골짜기에 흩어진 5, 6채의 농가를 모두 숙소로 삼고 있었는데 목축업을 하는 농가여서 양과 낙타, 말이 수천 마리나 되었다. 그곳에서 농민들과 함께 살고 있는 것이다. 축사와 창고가 큰 데다 빈 곳이 많아서 최수만이 지휘하는 남부지역 반군 활동을 하기에는 적당한 곳이었다.

이동욱이 중심부에 위치한 창고 안에서 카질을 접견했을 때는 오후 7시쯤 되었다.

카질은 45세. 아프간 파슈툰 출신으로 탈레반 서부군 부사령관을 지냈다.

최수만의 보고를 받고 카질의 신원을 확인한 것이다.

카질은 장신에 마른 체격이다. 파키스탄 페샤와르의 탈레반 학교에서 교사로 지냈을 만큼 순수한 무슬림이다.

창고 안, 땅바닥에 깔아놓은 낡은 양탄자 위에 둘러앉았을 때 이동욱이 먼저 물었다.

"아프간에서 쫓겨난 탈레반군으로 위구르 지역을 장악하겠다는 것인가?"

"독립을 돕겠다는 것이지요."

바로 대답한 카질의 검은 눈동자가 이동욱에게 고정된 채 떨어지지 않는다.

"아프간 쪽 회랑을 통해 탈레반군이 쏟아져 들어오면 중국군은 당해낼 수 없을 것입니다."

"병력은?"

"5만은 됩니다."

"어떻게 모을 수 있단 말인가?"

"제 세포조직들이 아프간 전역에 깔려 있습니다. 생활환경이 좋은 신장 위구르 땅에서 살라고 하면 대거 국경을 넘어올 것입니다."

"이민을 하자는 건가?"

이동욱이 쓴웃음을 지었다.

"중국과 전쟁이 일어나는 거야."

"모두 전사(戰士)들입니다."

카질이 번들거리는 눈으로 이동욱을 보았다.

"남북한 용병들이 위구르 독립 전쟁에서 선발대가 될 수는 없습니다. 우리가 앞에 나서야 자연스럽습니다. 그리고 우리는 이곳에 정착하고 싶으니까요."

그러고는 카질이 덧붙였다.

"미국은 그것을 바라고 있을 것입니다."

부사령관쯤 되었으니 멀리 내다보는 것이다.

"그렇다면 아프간 이민이 몰려온다는 말이군요."

정민아가 입을 열었다.

카질과의 면담이 끝나고 방에는 이동욱과 정민아, 최수만까지 셋이 둘러앉았다.

정민아도 카질의 말을 들은 터라 말을 이었다.

"위구르 지역을 아프간 출신 무슬림들이 장악할 가능성도 있을 것 같은데요."

정민아가 정색하고 이동욱을 보았다.

"같은 수니파 무슬림이지만 아프간 출신들은 수많은 전쟁을 치른 호전적인 기질입니다. 그것에 비교하면 신장성의 무슬림은 1천만 정도인 데다 전혀 전쟁 경험이 없습니다. 잘못하면 이곳이 동(東)아프간이 됩니다."

"보좌관 말씀이 일리가 있습니다."

최수만이 고개를 끄덕이며 말을 이었다.

"신중하게 처리하는 것이 낫겠습니다."

"카질은 미국도 바라고 있을 것이라고 말했는데."

이동욱이 웃음 띤 얼굴로 둘을 보았다.

"미국과 미리 이야기를 맞추고 온 것 같은 느낌이 들어."

"그랬을 가능성도 있습니다."

정민아의 얼굴에 쓴웃음이 떠올랐다.

"하지만 탈레반의 제의를 거부할 필요는 없다고 생각합니다. 설령 미국이 배후에 있다고 해도 말이죠."

이동욱이 고개를 끄덕였다.

"좋아. 지금은 배척할 명분이 없다. 진행하기로 하자."

"그리고."

정민아의 시선이 최수만에게 옮겨졌다.

"신장성을 위구르령으로 독립시키면서 현재 신장성에 거주하는 1천만 한족을 추방시킬 수는 없습니다. 그들까지 포함한 위구르령이 되어야 합니다."

"과연."

최수만이 고개를 끄덕였다.

"맞는 말씀이오, 보좌관님."

"그래서 한족의 동조 세력을 규합해야 합니다. 우선 관리들부터."

정민아의 역할이 바로 이것이다.

카슈가르에 온 후에 정민아의 능력이 돋보이고 있다.

그날 밤, 침대에 누운 정민아가 이동욱에게 말했다.

"위구르 상황이 급진전될 가능성이 보여요. 비서실장께 보고를 해야겠어요."

한국에서 '위구르 작전'의 총책은 비서실장 안학태다. 그것은 대통령이 직접 지휘하는 것이나 같다. 안학태가 이광의 분신이기 때문이다.

정민아가 말을 이었다.

"지금 핵 반입 문제로 한반도가 세계의 주목을 받고 있는 상황이지만 이것도 중요한 일이니까요."

"네가 한국에 다녀와."

이동욱이 말하자 정민아가 몸을 붙였다.

두 팔로 이동욱의 허리를 감싸 안은 정민아가 물었다.

"가도 돼요?"

"무슨 말야?"

이동욱도 정민아의 허리를 감아 안았다. 둘은 빈틈없이 껴안은 자세가 되었다.

"저, 없어도 괜찮아요?"

"이렇게 되는군."

"당연한 일이지."

"공사를 구분하고 싶었는데."

"처음부터 이런 의도로 내가 보내진 거죠. 그러니까 새삼스럽게 그러지 마요."

알고 있으니까 시치미 떼지 말라는 소리다.

정민아의 몸이 뜨거워졌다.

"이러는 게 자연스러워요. 주위에서도 그렇게 받아들이고."

더운 숨을 뱉으면서 정민아가 말을 이었다.

"난 여기서 당신하고 같이 있는 것이 운명처럼 느껴져요."

"서울에서 푹 쉬다가 와. 연락은 하면 되니까."

"당신 몸이 그리워지면 어떡하죠?"

"이 여자 말하는 것 좀 봐."

그때 정민아가 짧게 웃으면서 몸을 비틀었다. 몸이 더 뜨거워졌고 숨소리가 거칠어졌다.

"이제 우리 사이도 격식을 벗어 던질 때가 되었어요, 적어도 둘이 있을 때는."

이동욱의 몸 위에 오르면서 정민아가 말을 이었다.

"당신은 나를 지배할 자격이 있어요."

뜨거운 밤을 보낸 정민아가 다음 날 오후, 카슈가르를 떠났다.

말은 그렇게 했지만 사안이 '위중'했기 때문이다.

아프간의 탈레반과 그에 호응하는 주민이 대거 신장성으로 유입된다는 작전이다. 물론 순차적으로 실행되겠지만 '위구르 상황'이 전환기를 맞게 되었다.

정민아는 중국 대륙을 횡단하는 코스를 피하고 경호원 둘과 함께 '아프간 회랑'을 통해서 신장성을 빠져나가기로 했다.

워싱턴.

백악관 오벌룸에서 부시가 일본 수상 가토와 독대 중이다.

독대라지만 미국 측은 국무장관, 안보보좌관, 국방 장관 셋이 동석했고 일본 측은 외교 장관, 안보보좌역까지 데리고 들어왔다.

정상회담 중에 비공식 독대를 하는 셈이다. 기록에도 남지 않고 발표도 안 한다.

일본은 긴장된 분위기다. 부시가 독대를 요청한 이유를 짐작하고 있기 때문이다.

핵 문제. 지금 남북한은 핵탄두를 나눠가졌다.

일본 입장으로는 '북한 핵'보다 더 나쁜 상황이 되었다.

세상에, '남한 핵'이라니. '북한 핵'이 병든 늑대의 이빨에 '독'이 칠해진 것이라면 남한 핵은 호랑이한테 날개를 붙여준 꼴이나 같다. 그 호랑이가 바로 지척에 있게 되었으니…….

그때 부시가 입을 열었다.

"짐작하고 계시겠지만 '남북한 핵' 문제 때문인데요."

부시는 '남북한 핵'이라고 자연스럽게 말한다. 저러다가 '남북한 핵' 소유가 자연스럽게 되지.

눈만 치켜뜬 가토에게 부시가 불쑥 물었다. 통역도 필요 없이 직접 대화한다.

"어떻게 생각하십니까?"

"뭘 말입니까?"

가토의 대답이 불퉁스럽다.

가토는 미국이 한국, 특히 남한과 공모하고 있다는 의심을 하고 있다.

'아시아 연방'만 해도 그렇다. '아시아 연방'은 한국이 제의했다손 치더라도 일본이 주역이 되어야 할 것 아닌가? 그런데 미국은 지금까지 '아시아 연방'에 대해서 한국 측하고만 수군거리고 있다.

그때 부시가 은근한 목소리로 말했다.

"남북한의 핵 공동 소유에 대해서 말입니다."

"일본 입장은 남북한 양쪽이 모두 핵 협정을 위반했으니까 국제법에 의한 제재를 받아야 한다는 겁니다."

가토가 한 자(字)도 더듬지 않고 쏟아붓듯이 대답했다.

부시가 눈만 껌벅였기 때문에 가토는 목소리를 높였다.

"한국인들의 이기주의, 편협성을 더 이상 묵인할 수가 없습니다. 한국 이 대통령이 우리한테 '아시아 연방'을 제의했지만 결국 '핵 소유'를 덮기 위한 위장극임이 드러났습니다. 남북한이 핵을 소유한 입장에서는 일본이 끌려 다닐 수밖에 없는 것입니다. 따라서……."

가토가 호흡을 고르려고 잠깐 말을 멈췄을 때다. 부시가 끼어들었다.

"일본도 핵을 보유하시는 게 어떻습니까?"

순간 가토가 숨을 멈췄다가 입 안의 침이 몇 방울 기도로 들어가는 바람에 재채기를 했다.

"엣취."

재채기가 계속되었다. 두 번, 세 번, 네 번.

그때 부시가 옆에 앉은 안보보좌관 선튼에게 말했다.

"물 줘."

선튼이 일어났을 때 겨우 재채기를 멈춘 가토가 붉어진 얼굴로 부시를 보았다.

"핵을 만들란 말입니까?"

숨 가쁜 목소리다.

그때 부시가 고개를 젓자 가토가 다시 물었다.

"그럼 미국의 핵을 나눠주실 겁니까?"

"우리가 그럴 수는 없죠."

"그럼 어쩌란 말이오?"

"북한에서 핵탄두를 사시죠."

"에?"

놀란 외침이 거침없이 가토의 입에서 터졌다.

"북한한테 핵을 사라구요?"

"우리가 주선할 테니까."

그것을 남한 대통령 이광이 제의했다고는 말할 수 없지. 미국이 주도권을 쥐고 있어야만 하니까. 부시가 말을 이었다.

"북한이 그럴 의향도 있는 것 같습니다."

"오 마이 갓."

가토가 그렇게 영어로 말했다. 일본말로 했다면 '이게 무슨 개소리냐?' 했겠지.

"북한이 핵을 판다고 했습니까?"

"팔 겁니다."

"그걸 우리가 보유한다구요?"

"핵은 핵이니까."

"그, 그러면……."

"남북한, 일본까지 핵보유국이 되는 것이지요."

"그, 그렇다면 세계가……."

"세계는 무슨. 우리가 세계요, 총리 각하."

쓴웃음을 지은 부시가 눈을 가늘게 뜨고 가토를 보았다.

"일본까지 핵을 보유해도 떠들어댈 국가는 하나뿐입니다."

가토가 입을 다물었다. 그 하나는 바로 중국이다.

그때 부시가 물었다.

"총리 각하, 어떻게 하실 겁니까?"

"상의를 해야지요."

"이것은 국민 여론을 살핀다든가 하는 종류의 문제가 아닙니다."

"알고 있습니다."

고개를 든 가토가 번들거리는 눈으로 부시를 보았다.

"우리도 핵을 보유한다면 반대할 국민은 없지요."

"당연하지요."

"하지만……."

"가격 문제를 생각하시는 것 같은데 그건 우리가 조정해드릴 수 있습니다."

부시가 어깨를 펴고 말했다.

"북한은 남한에 나눠준 죄도 있으니까 억지를 쓰지는 않을 겁니다."

오벌룸에서 나온 가토가 복도를 걸으면서 외교 장관 다무라에게 말했다.

"저 빌어먹을 부시 놈이 지가 다 생색을 내는데 지난번에 이광이 말하고 간 모양이야."

"그랬겠지요."

"북한에서 핵을 사오는 가격을 조정해준다고? 웃기고 있네."

"말도 안 되는 소리죠. 김정은이 코웃음을 칠 겁니다."

"핵은 가져와야지. 핵탄두 1기당 얼마나 가나?"

"영화에서는 몇 천만 불도 부르는데 부르는 게 가격이죠."

"열 받으면 그냥 우리가 만들지 뭐."

그건 불가능한 일이었기 때문에 다무라는 아예 대답도 안 한다.

그때 가토가 길게 숨을 뱉었다.

"어쨌든 핵 문제는 일단 길이 열렸군."

밀사로 파견된 청와대 비서실장 안학태가 김정은을 만났을 때는 오후 3시 무렵이다.

대동강 변의 제4초대소 안.

안학태의 숙소로 김정은이 찾아온 것이다. 김정은은 김여정과 동행이었는데 안학태의 방문 목적을 알기 때문이다.

인사를 마친 셋이 둘러앉았을 때 김정은이 웃음 띤 얼굴로 안학태를 보았다.

"지금쯤 가토가 부시한테서 이야기를 들었겠지요?"

"예, 위원장님. 제가 그 문제로 온 것입니다."

안학태가 말을 이었다.

"아무래도 직접 말씀드리는 것이 나을 것 같아서요."

김정은이 고개를 끄덕였다.

"우리가 숨겨둔 핵탄두가 50기쯤 돼요. 그걸 일본에 넘겨주기로 하지."

넘겨주는 것은 이미 이광과 합의를 한 것이다.

그런데 숨겨둔 것이 50기나 있다니.

남북한이 200기씩 똑같이 나눈 것으로 말했던 김정은이다.

그때 안학태가 김정은에게 조심스럽게 말했다.

"위원장님께서는 1기당 얼마를 받으실 것인지 대통령께서 궁금해 하십니다."

"1기당 10억 불이 어떨까? 50기면 500억 불, 서비스로 발사대까지 넘겨줄 테니까."

정색한 김정은이 말을 이었다.

"일제강점기시대의 피해보상금까지 합친 금액으로 말이오."

"아아, 예."

"일본의 재력으로는 가능한 금액이지. 한꺼번에 지불하기 벅차다면 100억 불씩 5년간 분할 지급도 되고."

"……."

"국가의 운명이 걸린 거래인데 치사하게 깎자고 덤비면 안 되지."

김정은이 지그시 안학태를 보았다.

"이 대통령께서는 무슨 복안이라도 갖고 계시는 거요?"

"대통령께서는 위원장님의 결정을 일단 지지하고 협조하시겠다고만 하셨습니다."

"대통령께서 예상하신 금액은 없습니까?"

"없으십니다."

"그렇군."

"1기당 10억 불로 말씀하셨다고 전하겠습니다."

"평화공존의 가격이야. 핵탄두 가치로만 따지면 안 됩니다."

"그렇게 말씀드리겠습니다."

안학태가 똑바로 김정은을 보았다.

"한국은 북한과 공조할 것입니다. 대통령께서는 그것을 강조하셨습니다."

만족한 표정으로 고개를 끄덕인 김정은이 자리에서 일어섰다.

"그럼 푹 쉬시오."

따라 일어선 안학태에게 김정은이 눈으로 김여정을 가리켰다.

"김 부장하고 이야기 좀 하시고."

김정은을 배웅한 안학태와 김여정이 다시 응접실에서 마주 앉았다.

김여정이 핵에 대한 실무 책임자다.

고개를 든 김여정이 안학태를 보았다.

"어떻게 하는 것이 낫겠어요?"

"기다렸다는 듯이 협상에 응하지 않는 것이 낫습니다."

정색한 안학태가 말을 이었다.

"우리는 핵을 넘길 생각이 없다고 하시지요. 한국과 우리 입장은 다르다면서 협상 제의를 일축하시는 겁니다."

김여정의 시선을 받은 안학태가 쓴웃음을 지었다.

"핵 협상은 미국의 중재로 한국이 북한 측에 제의하는 방식이 될 겁니다. 그것을 북한이 받아들여서 일본과 협상하게 되는 것이지요."

그때 김여정이 고개를 끄덕였다.

"아예 한국의 제의부터 우리가 거부하는 것이군요."

그렇게 처음부터 '애'를 먹이는 것이다.

우루무치에 있던 CIA 보좌관 폴 사이몬이 카슈가르로 밀사를 보냈다.

밀사는 장만, 한인으로 역시 CIA 요원이다.

장만은 베이징에 있는 CIA 지부장 홍현의 전갈을 갖고 온 것이다.

전화나 서류는 탐지될 염려가 있기 때문에 직접 구두 전달을 하려는 의도다.

장비가 경쟁적으로 발전될수록 위험 부담도 커지기 때문에 아예 원시시대로 돌아가고 있다. 머릿속을 스캔할 수는 없기 때문이다.

장만은 40세. 미국 유학 시에 CIA에 포섭되어 지금은 경제국의 주임이며 당원이다.

베이징에서 우루무치로, 다시 카슈가르로 찾아온 장만은 지친 기색이 역력했다. 출장 명목으로 비행기를 타고 왔지만 이곳까지 오는 데 이틀이나 걸렸다.

안가의 응접실에서 이동욱과 마주 앉았을 때는 오후 6시 반. 옆에는 최수만, 강기철이 배석했다.

인사를 마친 장만이 이동욱을 보았다.

"주석실 직할 감찰국에서 위구르의 비밀 사찰을 시작했습니다. 주석의 직접 지시를 받았기 때문에 정보국, 공안 등 정보기관에서도 모르고 있었습니다."

장만이 말을 이었다.

"며칠 전에야 해방군 정보국장 장평 씨가 감찰국 간부로부터 정보를 얻은 것입니다. 장평 씨도 모르고 있을 정도로 극비리에 추진되는 사찰입니다."

이동욱이 고개만 끄덕였고 장만의 목소리가 더 낮아졌다.

"현재 신장성에 감찰국의 이인자 집행부장 편상기가 이끄는 대원 1백여 명이 와 있다고 합니다. 그들은 공안, 주둔군을 지휘할 수 있는 권한이 있습니다."

"우리가 아직 공안으로부터 연락도 받지 않았는데 그들이 잠적하고 있는 건가?"

이동욱이 먼저 묻자 장만은 고개를 끄덕였다.

"공안, 군부대, 행정기관 모두가 감찰 대상이니까요. 은밀히 조사하고 있을 것입니다."

"그렇군. 위구르 동향에 대한 정보가 주석실로 직보된 것 같군."

"주석실은 여러 방면에서 정보가 몰려가니까요. 정보국에서라도 이제야 알게 될 것입니다."

이동욱의 시선이 최수만과 강기철에게 옮겨졌다.

대비해야만 한다. 먼저 이쪽과 내통하고 있는 공안부장 등에게도 알려줘야 할 것이다.

"중국 당국이 분위기를 눈치챈 것 같군."

그때 최수만이 쓴웃음을 짓고 말했다.

"당연한 일이지요."

"하긴, 지금까지 모르고 있었다면 나라도 아니지."

이동욱이 정색하고 말을 이었다.

"우루무치로 돌아가야겠다."

우루무치가 신장성의 중심이다.

고개를 든 이동욱이 강기철을 보았다.

"카질을 데려가도록 하자."

편상기는 감찰국 집행부장으로 현역 해방군 상장이다.

52세. 떠오르는 신진 세력으로 감찰국장 요진운의 심복이며 주석 시진핑도 여러 번 만난 적이 있다. 당 서열로는 1백 위권 밖이지만 실세다. 중앙 상임위원을 제외한 요직도 체포할 수 있는 권한이 있다.

오후 7시 반, 저녁 식사를 마친 편상기가 요진운에게 일일 보고를 한다.

"내일 공안부장과 함께 '위구르 독립단'의 지휘자가 된 무자락을 만날 예정입니다. 하지타크의 고문관이었던 자인데 지금은 독립군을 장악하고 있습니다."

"하지타크는 실종 상태인가?"

"예, 반대 세력에 당한 것 같습니다."

편상기가 말을 이었다.

"하지만 지금은 무자락이 독립단을 장악하고 있습니다."

"그쪽 분위기가 뒤숭숭해. 테러단 잠입 정보가 수시로 보고된단 말야."

"예, 국장 동지. 공안과 검토하겠습니다."

"공안에도 내통자가 있을지 모른다."

"예, 그래서 정보부장과 정보과장한테만 연락했습니다."

편상기가 말을 이었다.

"그리고 저희들 숙소도 교외의 안가를 이용하고 있습니다. 이곳에서 독자적으로 활동하겠습니다."

"좋아. 수시로 보고하도록. 주석 동지께서 각별하게 신경을 쓰고 계신다."

요진운이 다짐하듯 말을 잇는다.

"요즘 주변 정세가 유동적이야. 이런 상황에서 위구르가 흔들리면 안 된다. 동무가 전권을 장악하고 수습하도록."

편상기에게 전권이 위임된 것이다.

정민아는 파키스탄을 거쳐서 귀국했기 때문에 인천공항에 도착할 때까지 만 사흘 반나절이 걸렸다. 아프간을 통과할 때 버스를 탔기 때문이다.

이제는 관광객 시늉으로 중국을 떠날 수는 없는 상황이다.

오후 7시 반.

정민아는 청와대에서 안학태와 마주 보고 앉아있다. 옆에는 국정상황실장 오대근이 동석했기 때문에 셋이다.

정민아가 먼저 입을 열었다.

"아프간 탈레반 부사령관이었던 카질이 귀순했습니다."

안학태와 오대근은 긴장했고 정민아가 말을 잇는다.

"카질은 탈레반군 5만을 위구르로 유입시킬 수 있다고 했습니다."

"5만을?"

안학태가 되묻더니 오대근과 시선을 마주쳤다.

"그놈들이 위구르를 날로 먹을 작정인가?"

"배후에 미국이 있는 것 같습니다."

"그럴 가능성이 있지."

고개를 끄덕인 안학태가 말을 이었다.

"하지만 지금은 주도권 다툼을 할 때가 아냐. 미국의 지원을 받아야 하니까 너무 견제하는 것은 좋지 않아."

"알겠습니다."

그때 오대근이 말했다.

"이곳에서 정보팀이 조직되었으니까 만나보도록 해. 정 보좌관이 그 정보팀도 지휘해야 해."

정민아의 시선을 받은 오대근이 말을 이었다.

"위구르팀의 핵심 부서야. 국정원과 군(軍)에서 선발한 정예 정보 요원들이야."

위구르 독립에 대비한 정보 조직이다.

정민아가 고개를 끄덕였다.

정보팀이라고 부르지만 실제로는 참모본부 역할인 것이다.

이화원 동쪽의 고급 주택가는 주로 은퇴한 당 고위층의 별장으로 사용되고 있다. 그곳에서 더 동쪽으로 들어가면 갑자기 숲에 싸인 지역이 나타난다. 마치 깊은 산속으로 들어선 느낌이 드는 곳이다.

이곳이 바로 역대 당 총서기, 주석들의 거처다.

시진핑의 안가도 이곳에 있는데 숲에 싸인 2층 대저택은 밖에서 보이지 않는다.

2층 응접실 안, 시진핑이 국무원 총리 리커창, 정치협상회의 주석 왕양과 셋이서 둘러앉아 있다.

중국의 국가 서열 1위, 2위, 4위의 실세가 모인 셈이다. 오후 4시 반.

시진핑이 입을 열었다.

"곧 북한 핵을 일본이 구매할 거요. 미국이 주선하고 한국이 흥정을 붙이는 꼴이 되었는데 결국은 남북한과 일본까지 핵보유국이 되겠지."

그때 왕양이 말했다.

"이 모든 일의 원흉이 한국 대통령 이광입니다. 이광이 시작한 것입니다."

"그걸 누가 모르나?"

시진핑이 흐려진 눈으로 왕양을 보았다.

"지금 그것 불평할 때가 아냐, 동무. 그놈이 우리 체제를 위협하고 있어. 이제는 우리가 적극적으로 나가야 할 때야."

시진핑의 분위기에 압도된 왕양이 숨을 죽였다.

왕양은 '정치협상회의' 주석으로 대부분의 회의를 주도하지만 시진핑의 대리인 역할이다. 오늘도 분수를 모르고 제 의견을 내놓았다가 면박을 당하는 중이다.

그때 시진핑이 말을 이었다.

"일본까지 핵을 보유하고 '아시아 연방'으로 우리를 포위할 계획이지만 우리도 가만있을 수는 없지."

시진핑의 얼굴에 웃음이 떠올랐다.

"아주 단순한 방법이야. 우리도 '아시아 연방'에 가입하겠다고 나서는 거야. 그럼 한국이나 일본, 미국은 반대할 명분이 없어지지."

"그렇죠."

미리 말을 맞춘 터라 리커창이 고개를 끄덕였다.

"그리고 '중국 연방'에도 남북한을 가입시킬 것입니다."

"그때 일본이 가입하겠다면 받아들여야지. 술에 물 타기야."

"과연."

왕양이 고개를 끄덕였다.

"중국은 아시아입니다. 아시아가 중국이구요. 중국이 아시아 연방에 가입하겠다는데 누가 반대하겠습니까?"

"왕 동무, 당신이 그 일에 대표가 되도록."

시진핑이 정색하고 말했다.

"국가를 위해서 대업을 완수해 주시오. 이것으로 동무는 영웅이 될 테니까."

"알겠습니다."

머리 회전은 빠른 왕양이 이 과업이 절대로 손해날 이유가 없다는 계산을 했다.

성사가 되면 영웅이요, 안 되면 미, 일, 한국 핑계를 대면 되는 것이다.

오후 6시 반.

이번에는 시진핑이 리커창과 함께 장평과 둘러앉아 있다.

장평은 군사위 부주석 오채명이 죽은 후에 군사위 상임위원을 겸하고 있었기 때문에 시진핑과 독대할 수 있는 기회가 늘어났다.

시진핑이 긴장한 장평에게 물었다.

"지금 위구르 상황은 어떤가?"

"테러분자들의 움직임을 감시하고는 있지만 특별한 동향은 보이지 않습니다."

고개를 끄덕인 시진핑이 다시 물었다.

"아프간 회랑은 안전한가?"

"밀입국자가 늘어나고 있는 상황인데 주로 생활고에 쫓긴 난민입니다."

이제는 장평이 말을 이었다.

"위구르 독립군 내부에서 갈등이 있었습니다. 하지타크와 그 아들이 실종되고 보좌역이었던 무자락이 권력을 장악했습니다. 그리고 남부 카슈가르에서도 두목 급들이 바뀌는 내부 반란이 일어났습니다."

"좋은 현상인가?"

"아직 알 수 없습니다, 주석 동지."

장평이 정색하고 시진핑을 보았다.

"무자락은 이미 공안에 포섭된 상태지만 남부 지역의 새 두목들은 장악하지 못한 것 같습니다."

"위구르가 흔들리면 '중국 연방' 계획이 물거품이 돼. 알고 있나?"

"예, 알고 있습니다."

"동무는 위구르 정세에 대한 세밀한 보고서와 향후 대책까지를 세워 나한테 직보하게."

"예, 주석 동지."

그때 고개를 든 시진핑의 얼굴에 웃음이 떠올랐다.

"나는 동무를 믿네."

"감사합니다."

고개를 깊게 숙여 보인 장평이 상기된 얼굴로 시진핑을 보았다.

"목숨을 바쳐 보답하겠습니다."

시진핑의 안가에서 나온 장평이 천안문 근처의 식당 '요원'에 들어섰을 때는 오후 9시 10분 전이다.

요원은 관광객용 식당으로 가격만 비싸고 맛이 없는 곳이다.

장평이 안쪽 밀실로 들어서자 기다리고 있던 루신이 일어섰다.

루신은 신장, 위구르 지역에 다녀온 길이다. 물론 비밀 출장이다. 감찰국에서 대대적인 신장성 감찰을 시작한다는 정보를 이동욱 측에 전달하고 온 것이다.

자리에 앉은 장평이 방 안을 둘러보는 시늉을 했다.

그때 루신이 말했다.

"안전합니다."

도청 장치를 말한다. 루신이 말을 이었다.

"방을 2번 바꿨고 수색했습니다."

장평이 고개만 끄덕였을 때 루신이 정색했다.

"편상기는 아예 그곳에 상주할 예정입니다. 지금 공안 간부들의 뒷조사를 하고 있습니다."

"……."

"그렇게 되면 보광진, 하윤은 물론이고 공안국장 방태세도 안전하지 않습니다. 방태세도 하지타크로부터 뇌물을 받았고 무자락한테서까지 받았으니까요."

"……."

"그것만으로도 총살감이지요."

거기에다 내통까지 한 것이다. 루신이 말을 이었다.

"이동욱 씨는 카슈가르에 가 있어서 우루무치에 남아있는 부지휘관 박영철에게 감찰국 상황을 전달해주고 왔습니다."

그때 장평이 낮게 말했다.

"이화원 안가에서 시진핑을 만나고 왔는데 감찰국을 신장성에 대거 파견한 것을 말해주지 않더군."

장평의 얼굴에 쓴웃음이 번졌다.

"나도 의심하고 있는 거야."

"시진핑이 믿는 사람이 있습니까?"

되물었지만 루신의 얼굴도 굳어 있다. 장평이 말을 이었다.

"나한테 위구르 지역의 정세에 대한 보고서와 대책을 지시했어. 그 명목으로 나도 위구르에 가야겠다."

장평이 번들거리는 눈으로 루신을 보았다.

"우리도 현장에서 뛰기로 하지."

첫 핵 회담은 평양에서 열렸다.

가토가 미국에서 귀국한 지 나흘 후였으니까 빠르게 성사된 것이다.

한국이 일본에 제의했고 제의한 지 3시간 만에 오케이 했다.

장소도 한국이 평양이 어떠냐고 물었더니 오케이다.

준비할 것도 없으니 사흘 후로 하자니까 바로 또 오케이가 된 것이다.

그러나 북한 측의 요구로 보도진의 보도는 '불허'다. 회담이 한국이나 일본에서 열린다면 보도가 '불허'된다고 해도 보도진들이 벌떼처럼 모이겠지만 장소가 평양이다.

그것은 어림 턱도 없는 소리다, 아예 입국이 불허니까.

일본은 대표로 아소 부총리가 나섰다, 작은 키지만 일본 정계의 대부이다. 외교 장관 다무라, 총리 비서실장 사카모토가 보좌하고 있었으니 역대급 대표단이다.

한국은 조정자 역할로 처음에 부통령 강윤호가 내정되었다가 일본의 요구로 대통령 이광이 나서기로 했다.

일본 측이 이광을 '욕'하면서도 존중하는 증거다.

북한은 김여정이 대표다. 물론 회담에는 참석 안 하지만 김정은이 뒤에서 조종하겠지.

이렇게 '핵 회담'이 시작되었다.

10년 전, 6자회담에서 '핵 폐기'로 시작된 회담이 이렇게 '핵 판매'로 발전되었다.

장소는 창광거리에 위치한 인민학습당 안의 대회의실.

다른 때 같았으면 초대소에서 대동강을 바라보며 상담할 것이지만 지금은 다르다. '핵 상담'을 보도 금지시켜놓고 내국(內國)의 인민들에게는 선전하려는 의도다.

오전 11시, 북한 측 대표 김여정은 상담 테이블을 정삼각형으로 배치시켰는데 한국, 북한, 일본이 각각 1면씩을 차지했다.

그런데 한국 측 대표 자리에는 부통령 강윤호가 앉았다. 이광은 평양에 같이 왔지만 회의에 참석하지 않고 지금 초대소에 있는 것이다.

일본은 아소 부총리가 굳은 표정으로 좌우의 남북한 대표들을 훑어보고 있다. 자존심이 상한다는 표정이다.

그때 김여정이 입을 열었다. 유창한 영어다.

"그럼 상담을 시작하겠습니다."

역사적인 날이다.

2023년 9월 27일 오전 11시 5분.

김여정이 말을 이었다.

"실무 회담인 만큼 바로 핵 상담으로 들어가겠습니다."

김여정이 아소를 똑바로 보았다.

"우리는 핵탄두 52기를 매물로 내놓았습니다. 모두 소형화된 핵탄두로 지름이 50센티 미만이며 350킬로톤 이상의 위력이 있습니다."

김여정의 영어는 유창했고 여유까지 있다.

듣는 일본 측이 점점 더 긴장하는 것과는 대조적이다.

"그래서 각 핵탄두의 위력에 대비한 가격 책정은 무의미하다는 것을 알고 계시지 않습니까? 히로시마에 터진 원전 폭탄은 20킬로톤 급이었습니다. 우리가 매물로 내놓은 핵탄두는 모두 그 17배 이상, 20배까지 나갑니다."

"……."

"그러니까 모두 같은 가격으로 상담하지요."

그때 아소가 고개를 끄덕였다. 여전히 찌푸린 표정이다.

"그렇게 합시다."

오후 3시 반.

제11초대소에서 이광이 상황실장 오대근의 보고를 받는다.

오대근은 강윤호와 함께 회의에 참석하고 있었는데 이곳으로 달려온 것이다.

학습당에서 초대소까지 10킬로 정도 떨어져 있지만 오대근은 15분밖에 걸리지 않았다. 신호에 걸리지도 않았기 때문에 학습당에서 걸어 나와 차를 타는 시간이 더 길었다.

"김여정 부장이 1기당 20억 불씩 1천억 불을 제시했습니다."

오대근이 정색하고 이광을 보았다.

"그랬더니 아소 씨가 고개만 끄덕이면서 잘 알겠다고 했습니다."

"아소 씨는 노회한 인물이야. 북한의 제시 가격은 신경 쓰지 않을 거야."

이광이 말을 이었다.

"곧 적당한 선에서 합의가 되겠지."

"하지만 김 부장 태도는 강경합니다. 쉽게 물러설 것 같지 않습니다."

그때 이광이 쓴웃음을 지었다.

"내가 여기 온 목적이 뭐겠나? 그때를 대비하는 것 아닌가?"

이광이 말을 이었다.

"난 내일부터 아래쪽 대동강 변에서 낚시를 해야겠어. 알고 보니 고기가 잘 잡힌다는 거야."

초대소 근처에 낚시꾼이 없으니 당연한 것이다.

물 반, 고기 반일 것이다.

그날 밤에 초대소로 김정은이 찾아왔다. 김정은은 웃음 띤 얼굴이다.

"각하, 들으셨습니까?"

대동강이 내려다보이는 응접실에 앉았을 때 김정은이 뜬금없이 그렇게 물었다.

"뭘 말입니까?"

이광이 되물었다. 뭘 들었단 말인가?

"김 부장이 1기당 20억 불을 내라고 했더니 아소가 놀랐는지 잘 알았다고만 했다는군요."

오대근한테서 들은 소리다.

김정은이 말을 이었다.

"내일 오전에 다시 만나기로 했지만 20억 불에서 1불도 깎아주지 말라고 했습니다. 일본이 핵을 가져가지 않으면 나라가 망할지도 모르지 않습니까?"

"……."

"그렇다고 핵을 만들 수 있겠습니까? 핵보유국은 될지라도 핵 생산국이 되도록 미국이 놔두지는 않을 것 아닙니까?"

"……."

"1천억 불을 1년에 1백억 불씩, 10년간 받는 조건으로 밀고 나가라고 했습니다. 첫 회담에 예감이 좋습니다."

이광이 고개만 끄덕였다.

아직 일본 측의 공식 반응도 나오지 않은 상황이다.

여기서 '옵서버국'이 입장을 낼 수는 없는 것이다. 아마 일본 측은 지금 미국 측과 상의하고 있겠지.

과연 그렇다.

평양의 밤 10시는 워싱턴의 오전 8시다.

백악관의 오벌룸.

부시가 운동복 차림으로 안보보좌관 선튼의 보고를 듣는다. 조깅을 하다가 온 것이다.

"뭐라구? 핵탄두 1기당 20억 불? 미친놈들."

부시가 이를 드러내고 웃었다.

"그래서 아소가 잘 알았다면서 1차 회의를 끝냈다구?"

"예, 35분 만에 끝나고 워싱턴 시간으로 오늘 오후 8시에 만나기로 했습니다. 평양 시간으로는 오전 10시지요."

"오늘은 아소가 핵 가격을 부를 순서인가?"

"예, 아소도 만만한 인간이 아닙니다."

"나도 알아. 그런데 코리안 미스터 리는 지금 어디에 있나?"

"회의장에는 안 가고 초대소에 있습니다. 회의장 옆이니까 수시로 보고를 받겠지요."

"이번에 순조롭게 일이 풀려야 하는데."

이맛살을 모은 부시가 선튼을 보았다.

"김정은이 이번에는 핵 가격으로 장난을 치도록 놔두면 안 돼."

"각하께선 적정선을 얼마로 보십니까?"

"그걸 내가 말할 수 있나? 코리안 두 놈이 틀림없이 약속을 만들어 놓았을 거야."

"제 생각입니다만, 1기당 2억 불 정도가 적당하다고 생각합니다."

"그런데 그놈들이 그 10배를 불렀단 말이지?"

"깎일 테니까 미리 높게 부른 겁니다. 장사꾼들이 그러지 않습니까? 싸구려 제품 장사꾼들이 말입니다."

"에이, 하이에나 같은 놈들."

"코리안 말씀입니까?"

"중국, 일본까지 포함해서 그래. 다 비슷비슷한 놈들이야."

"이 페이스로 간다면 남북한이 아시아의 지배자가 됩니다. '중국 연방'이 되건, '아시아 연방'이 되건 말씀입니다."

부시는 고개만 끄덕였고 선튼이 말을 이었다.

"일본은 이제 지형적으로도 '아시아 연방'이 되어서 주도권을 상실하게 되었습니다. 오히려 국가의 존속을 위해서 '아시아 연방'에 매달릴 수밖에 없는 상황입니다."

"위구르."

부시가 불쑥 말했기 때문에 선튼이 고개를 들었다.

"위구르도 한국 놈들이 먹게 될까?"

순간 선튼의 눈이 흐려졌다. 잠깐 생각이 끊긴 표정이다.

그것은 부시가 머리 회전이 선튼보다 빠르다는 의미도 된다. 폭 넓게 보는 것이다.

그 시간에 이광과 김정은도 '위구르 작전' 이야기를 한다.

"탈레반 부사령관이었던 자가 투항했다고 들었습니다."

김정은이 말을 이었다. 최수만을 통해서도 정보 보고가 되는 것이다.

"배후에 미국이 있는 것이지요?"

"그럴 가능성이 많지만 끌어들이는 것이 낫습니다."

이광이 웃음 띤 얼굴로 김정은을 보았다.

"이것이 남북한과 미국의 3국 공동작전이니까요."

"주역은 우리 아닙니까?"

"그렇죠."

"우리가 중국을 먹는 겁니다."

김정은의 목소리에 열기가 띠어졌다.

"한반도에 박혀 한 번도 대륙으로 진출하지 못한 조상들의 한을 우리가 푸는 것입니다."

그때 이광이 얼굴을 펴고 웃었다.

조상들은 시도도 하지 않았기 때문이다.

반도에 박혀 집안싸움만 했다. 오죽했으면 조선 시대 학자 하나는 임종 시에 가족들이 슬퍼하자 '한 번도 대륙에 진출하지 못한 이 군상들을 잘 떠난다' 하고 지배층을 비난하지 않았던가? 이성계는 위화도 회군으로 조선을 세웠다.

김정은이 번들거리는 눈으로 이광을 보았다.

"각하, 우리가 일본까지 포함한 아시아를 지배할 수 있을 것 같습니다."

아시아 연방을 말한다.

이광이 아시아 연방의 중심으로 일본을 추천했지만 권력은 힘에서 나온다.

남북한의 전력은 압도적이다.

그때 이광이 말했다.

"주석님, 그러기 위해서는 일본을 포용해야 합니다. 일단 끌어들여야지요."

"그렇지요."

김정은이 고개를 끄덕였다.

"먼저 중국을 상대해야 될 테니까요."

이렇게 손발이 맞는다.

이것은 김정은 주변의 '두뇌 집단'이 원활하게 작동하고 있다는 증거도 될 것이다. 이런 '전략'은 김정은 혼자서의 생각이 아니다.

6장
대륙 탈취 작전

다음 날 11시, 3국 대표단이 삼각 구도의 테이블에 둘러앉았다.

2차 회담. 어제 북한 측이 가격을 제시했으니 이번에는 일본 측이 대답할 순서다.

아소가 고개를 들고 김여정을 보았다. 얼굴에는 웃음기가 떠올라 있다.

"김 대표님, 일본 측의 제시 가격을 말씀드리지요."

김여정이 정색했고 아소가 말을 이었다.

"일본은 1개월이면 핵탄두를 만들 수 있습니다. 이 상담이 파기되면 일본은 즉시 핵을 제조할 것입니다. 그것을 누구도 막을 수 없습니다."

아소의 얼굴에서 웃음기가 사라졌고 김여정의 눈빛도 강해졌다.

그때 아소가 말을 이었다.

"그래서 본인은 일본 대표로 파국을 막기 위해서 최선을 다할 것입니다."

앞에 놓인 물 잔을 들어 한 모금을 삼킨 아소가 김여정을 보았다.

"핵을 나눠주신다는 것은 평화를 준다는 의미로 받아들였습니다. 그래서 우리는 그 평화비를 내려고 합니다. 핵 반입 비용으로 50억 불을 내지요. 이것이 일본 정부의 입장입니다."

아소가 말을 마쳤을 때 회담장 안은 숨소리도 들리지 않았다. 움직이는 사람도 없다.

남북한, 일본의 대표단은 모두 30여 명이다.

그때 김여정이 입을 열었다. 김여정도 얼굴에 웃음을 띠고 있다.

"알겠습니다. 상의한 후에 오후 4시에 결과를 말씀드리지요."

결과가 오후 4시로 미루어졌다.

초대소로 달려온 부통령 강윤호한테서 보고를 들은 이광이 말했다.

"기다려, 4시에 결정될 테니까."

"1천억 불에서 50억 불이 되었습니다. 너무 차이가 나지 않습니까?"

"부르는 게 값인가?"

되물은 이광이 웃음 띤 얼굴로 강윤호를 보았다.

"위원장이 여기 왔다 갔어."

"예, 들었습니다."

"지금쯤 상의를 하겠지."

"핵 회담이 무산되면 일본은 핵을 제조할 것 같습니다."

"그럴 가능성이 있지."

"위원장이 받아들일 것 같지 않은데요."

"두고 봐야지."

"대통령께서는 낙관하고 계시는 것 같은데요."

강윤호가 길게 숨을 뱉었다.

"저는 경험이 부족해서 그런지 회담장에서 진땀까지 났습니다."

"부통령은 그것이 장점이야."

정색한 이광이 강윤호를 보았다.

"지금은 전쟁 중이라 나 같은 대통령이 필요한지 모르지만, 이 시기가 끝나면 부통령 같은 성품의 지도자가 필요하게 돼. 그것을 머릿속에 새겨 놓으시게."

"과찬이십니다."

강윤호가 쓴웃음을 지었을 때 이광이 말을 이었다.

"오늘 중으로 결정이 될 것 같네."

오후 4시, 회담장.

김여정이 1분쯤 늦게 도착했기 때문에 사회자인 강윤호가 앉기를 기다려 물었다.

"북한은 준비되셨습니까?"

회의는 영어로 진행되고 있다.

"예, 사회자님."

김여정이 한국어로 대답하자 통역이 바로 통역했다.

강윤호가 고개를 돌려 일본 측까지 훑어보고 나서 다시 물었다.

"일본 측의 제의에 대한 북한의 답변을 해주시지요."

"예, 사회자님."

김여정이 똑바로 아소를 보았다.

"위대하신 위원장 동지의 결정을 말씀드립니다."

아소는 시선만 주었고 김여정이 말을 이었다.

"북한은 일본의 제의를 받아들입니다. 이상입니다."

순간 일본 측은 술렁거렸고 아소는 입을 벌렸다가 닫았다. 두 눈도 흐려져 있는 것이 충격을 받은 것 같다.

김여정이 입을 꾹 닫고 있었기 때문에 강윤호가 긴가민가한 표정이 되었다,

한국말을 직접 들었지만 일본 측은 영어 통역으로 들었으니까.

그래서 강윤호가 다시 물었다.

"일본이 제의한 50억 불을 말씀입니까?"

"예, 그렇습니다."

김여정이 여전히 표정 없는 얼굴로 대답했다.

"조건도 없습니다."

"그럼 핵 인도 협상은 이것으로 종결된 것입니까?"

"그렇습니다."

고개를 끄덕인 김여정이 아소를 보았다.

"인도 시기, 대금 지급 시기는 담당자들이 결정할 것입니다."

아소는 아직도 대답하지 않았는데 말이 '궁'해진 것 같다.

그 시간에도 김정은과 이광은 초대소에서 마주 보고 앉아 있다.

김정은이 또 찾아왔기 때문이다.

"부시가 놀랄 겁니다."

김정은이 인삼차 잔을 들면서 웃었다. 진짜 산삼으로 만든 차다.

"그자는 날 유괴범 수준으로 알고 있으니까요."

이광은 웃기만 했다.

우루무치로 돌아온 이동욱의 옆에는 카질이 따르고 있다.

카질에게는 신장 위구르 지역이 새로 정착할 땅인 것이다. 아직 이동욱으로부터 확실한 언질을 받지 않았지만 매사에 적극적이다.

"각 도시, 마을마다 게릴라 부대를 배치해야 됩니다. 그것이 많을수록 좋습니다."

하루 종일 우루무치를 돌아보고 온 카질이 이동욱에게 말했다. 들뜬 표정이다.

신장 위구르 지역은 중국 영토의 6분의 1이나 되는 것이다. 그러나 위구르족은 1천만도 되지 않는다. 중국 정부는 한족을 대거 이주시켜 위구르 지역을 중국화해 왔기 때문에 이제는 한족이 1천만 가깝게 된다.

"서쪽 아프간은 물론이고 타지크, 키르기스, 카자흐스탄으로부터 수니파 회교도들을 받아들여야 합니다. 이곳은 몇천만도 수용할 수 있습니다."

우루무치 안가의 응접실 안이다.

이동욱이 웃음 띤 얼굴로 고개를 끄덕였다.

"우선 오늘 위구르 독립군 지도자들을 만나보기로 하지."

카질을 상면시키려는 것이다.

그 시간에 우루무치 공안본부는 부산했다.

그것은 베이징에서 해방군 정보국장 장평이 날아왔기 때문이다.

장평은 군사위 상임위원까지 겸하고 있는 실력자다. 시진핑과 독대하는 거물인 것이다.

신장성 공안국장 방태세는 잔뜩 긴장하고 있다.

공안국장실에 둘러앉았을 때 장평이 입을 열었다.

"현재는 국가 비상 상황이오. 동쪽에서 남북한이 핵 문제로 시끄럽게 하는 사이에 서쪽에서 사건이 터질 가능성이 많아요."

이른바 성동격서다.

장평의 시선이 공안정보부장 보광진에게로 옮겨졌다.

"나는 주석 동지의 하명을 받고 위구르 지역의 정보, 방어 체제를 확인하러 온 거요. 당분간 이곳에 체류하면서 보완할 것은 보완하고 불필요한 방해 요소는 제거할 겁니다."

공식 '특명단'이다. 지금 신장성에 와 있는 감찰국 집행부와는 다른 입장인 것이다.

장평의 시선이 다시 방태세에게 옮겨졌다.

"물론 감찰국과는 손발을 맞춰야겠지만 말이오."

이것으로 주도 역할은 정보국임이 밝혀졌다.

주석의 공식 지시를 받았기 때문이다.

그날 오후 7시.

감찰국 집행부장 편상기가 부하의 보고를 받는다.

"내일 오후 5시에 공안본부에서 장평 정보국장이 뵙자고 합니다."

"나를?"

편상기가 이맛살을 찌푸렸다.

이곳은 우루무치 시내의 안가.

편상기는 비공식 비밀 감찰 업무를 수행하고 있지만 시내 3층 건물을 임대해서 사용하고 있다. 1백여 명이 활동하고 있는 터라 소문이 다 난 상황이다.

부하의 시선을 받은 편상기가 마침내 고개를 끄덕였다.

"알았다고 해."

장평은 편상기의 상관인 감찰국장 요진운보다도 서열이 높은 거물이다.

오만을 떨다가 하루아침에 사라질 수도 있다.

이동욱이 카질과 함께 무자락, 카샤르를 만나고 있다.

우루무치 북서쪽의 목장 안, 오후 9시 반.

카질을 '위구르 독립단' 수뇌부와 대면시키는 것이다.

양탄자를 깐 거실 바닥에 둘러앉은 그들 앞에는 홍차 잔이 놓여 있다.

인사를 마쳤을 때 이동욱이 말을 이었다.

"앞으로 카질이 이끄는 혁명 지원군은 내 지휘를 받는다. 그렇게 알고 있도록."

무자락과 카샤르를 둘러보면서 이동욱이 말을 이었다.

"카질은 아프간과 서쪽 지역 수니파 무슬림 지원군의 사령관 역할이야. 곧 아프간으로부터 탈레반 병력을 유입할 계획이야."

"병력이 얼마나 됩니까?"

무자락이 묻자 카질은 바로 대답했다.

"약 5만입니다."

놀란 무자락이 숨을 들이켰을 때 카질이 말을 이었다.

"그건 최소치입니다. 개전되었을 때는 15만도 가능합니다."

카질의 목소리에 열기가 띠어졌다.

"타지크, 키르기스, 카자흐뿐만 아니라 파키스탄에서도 수니파 무슬림들이 쏟아져 들어올 테니까요. 그중에서 용병을 뽑는다면 20만도 넘을 것입니다."

이른바 '스탄'국이다.

무자락과 카샤르까지 고개를 끄덕였다.

그들도 위구르 독립을 위해서는 주변 '스탄'국의 수니파 무슬림들의 지원을 필수 요소로 계획하고 있었기 때문이다. 그래서 그 지휘관이 제 발로 먼저 찾아온 셈이 되었다.

그때 이동욱이 말을 이었다.

"카질이 돌아가서 탈레반 용병을 규합, 돌아오는 데 5개월쯤 시간이 걸려. 그동안 우리가 기반을 굳혀야 돼."

"제가 이틀 전에 감찰국 집행부장 편상기를 만났습니다."

무자락이 정색하고 이동욱을 보았다.

"아직 고위층에서는 내막을 파악하지 못하고 있지만 위구르 지역이 불안정하다는 것을 느끼고 있는 것 같습니다."

"장평이 지금 우루무치에 와 있으니까 곧 편상기를 만날 거야."

무자락이 고개를 끄덕였다.

무자락이 자리에서 일어섰을 때는 한 시간쯤 후다.

목장 앞까지 무자락과 함께 걷던 이동욱이 고개를 들었다.

둘은 밋밋한 골짜기를 나란히 걷는 중이다.

깊은 밤, 주위는 짙은 어둠에 덮여 있다. 풀벌레 소리만 들리는 골짜기는 조용하다.

"무자락, 시진핑이 장평까지 보낸 것은 심상치 않아."

이동욱이 말을 이었다.

"공식 방문이니까 무자락 당신도 만나게 되겠지."

"서로 모른 척해야 되겠지요."

"그때 감찰국의 정보를 전해줄지도 몰라. 가장 안전한 방법이지."

이동욱의 얼굴에 쓴웃음이 번졌다.

"가장 위험하기도 하고."

장평이 이쪽과 내통하고 있다는 것을 아는 순간에는 정세가 단숨에 뒤집힌다.

목장 입구에서 멈춰 선 이동욱이 무자락의 손을 쥐면서 말했다.

"무자락, 당신이 위구르 독립의 표면에 나선 지휘관이야. 당신 역할이 막중해."

"어렵군."

무자락을 배웅하고 돌아온 이동욱이 안쪽 축사 앞에 선 강기철과 박영철에게 말했다.

이제 카질도 제 숙소로 돌아갔고 축사 앞에는 남북한 지휘부 셋이 둘러서 있다.

"대리 역할을 하는 것이 말야."

"우리가 주도하기 때문에 그렇습니다."

기다렸다는 듯이 박영철이 대답했다.

박영철은 북한군 중좌로 특공여단 출신이다. 남북한 전쟁이 발발했을 때 남한 후방에 침투해서 게릴라전을 치르도록 훈련을 받았다. 그러다가 이동욱의 부하가 되어 위구르 독립을 주도하게 된 것이다.

맞는 말이어서 이동욱이 고개만 끄덕였다.

그렇다. 남의 나라 독립을 주도하는 상황인 것이다.

지원하는 입장이라면 부담이 훨씬 적다. 오히려 지휘부가 대상국과 내통했던 독립단부터 재정비해야만 했다.

그때 강기철이 입을 열었다.

"그래서 저는 위구르를 '대한 연방'의 하나라고 생각하고 있습니다. 그랬더니 의욕이 일어나더군요."

고개를 든 이동욱이 강기철을 보았다. 강기철은 특전사 대위다.

"네가 나보다 낫다."

이동욱이 정색하고 말했다.

"바로 그거야. 지금 '중국 연방'이네 '아시아 연방'이네 하고 동쪽에서 떠들어대지만 결국 '대한 연방'으로 끝나는 거야."

이동욱의 두 눈이 어둠 속에서 번들거렸다.

"위구르를 대한 연방으로 만드는 거다."

고개를 끄덕인 이동욱이 말을 이었다.

"강 대위, 넌 '대한 연방'의 특허권자다."

박영철이 웃지도 못하고 고개만 끄덕였다. 공감하고 있기 때문이다.

김정은이 단숨에 일본의 제의를 받아들이면서 회담은 급속 진전되었다.

이제는 실무 협상이지만 이런 분위기에서는 한나절도 걸리지 않을 것이었다.

그래서 이광과 김정은은 초대소 앞쪽 대동강 변에 나란히 앉아서 낚시를 했다.

이광이 제의한 것이다. 강에서 낚시를 하자는 이광의 제의에 김정은은 놀랐지만 금세 동의했다.

다음 날 오전, 둘은 낚시 의자에 앉아 대동강을 바라보고 있다.

"저 위에서 다 내려다보고 있겠지요?"

불쑥 김정은이 물었을 때는 낚시에 옥수수 알갱이를 꿰어서 강에 던진 후다. 요즘은 붕어 낚시에 옥수수 알을 쓴다.

이광이 힐끗 푸른 하늘에 시선을 주었다.

구름 한 점 없는 맑은 하늘이다. 이광이 쓴웃음을 지었다.

"상관없습니다."

"이제 북, 남 그리고 일본까지 핵 무장을 하게 되었습니다, 대통령님."

"모두 김 위원장님 덕분이지요."

"정말 그렇게 생각하십니까?"

"실제로 그렇지 않습니까?"

"하긴, 그러네요."

그때 김정은의 찌가 쑥 들어갔기 때문에 재빨리 낚아챘다.

그러나 허탕이다. 빈 낚시만 흔들리고 있다. 물고기가 미끼만 채 먹은 것이다.

"이런 괘씸한."

김정은이 소리쳤을 때 이광이 웃었다.

지금 둘의 뒤쪽에는 경호원 10여 명이 멀찍이 떨어져 일거수일투족을 주시하고 있을 것이다.

이광이 말을 이었다.

"위원장님, 지금 '리스타 연방'이 아프리카 몇 개국인지 아십니까?"

"23개국이죠."

금세 대답한 김정은이 낚싯바늘에 옥수수 알을 꿰면서 웃었다.

"이주해 간 북조선 인민 숫자까지 말할 수 있습니다. 252만 명이죠."

이광이 고개만 끄덕였다.

남한은 약 4백만. 아직도 이민은 계속되고 있다. 남북한의 아프리카 이주다.

그래서 '리스타 연방'으로 23개국을 구성했고 그 연방국의 대통령은 카다피다.

카다피가 '리스타 연방'에 적극 호응하지 않았다면 지난번 '아랍의 봄' 혁명 때 미국의 사주를 받은 혁명 세력에 의해 추방당했을 것이다.

아프리카 북부지역은 '리스타 연방'의 체제를 갖췄기 때문에 혁명의 영향을 받지 않았다.

그때 이광이 입을 열었다.

"위원장님, 이제 우리가 아프리카 대륙의 '리스타 연방'을 '대한 연방'으로 바꿔야 될 것 같습니다."

김정은은 강물에 던진 낚시의 찌가 다시 흔들리는데도 고개를 돌려 이광을 보았다.

그러나 입을 열지는 않았다. 눈을 크게 떴고 숨을 죽이고 있다.

이광이 말을 이었다.

"그 '대한 연방'이 동진하는 것이지요."

"중동지역을 거쳐서 말입니까?"

"바로 맞추시는군요."

그때 '찌'가 쑥 들어갔지만 김정은은 놔두었다. 그리고 다시 묻는다.

"위구르가 '대한 연방'에 포함되겠군요."

"그렇습니다."

"이제야 연결이 되는군요."

김정은이 이를 드러내고 웃었다.

"중국 연방, 아시아 연방을 대한 연방이 덮어버리는군요."

그러고는 김정은이 뒤늦게 낚싯대를 들어올렸다.

보라, 피아노 줄 소리가 나더니 낚싯대가 반월처럼 휘어졌다.

고기가 물려 있다.

"빨리 끝냈군."

시진핑이 초점이 흐린 눈으로 리커창을 보면서 말했다.

"김정은이 예상보다 싼 가격으로 팔았어."

이화원 위쪽의 안가 응접실에 앉아 있는 둘의 표정이 어둡다.

"결국 일본까지 핵 무장을 했군."

시진핑이 어깨를 치켰다가 내렸다.

"한국은 이제 핵 소유가 당연한 것처럼 되었고 말야."

"분위기가 심상치 않습니다."

리커창이 조심스럽게 말을 잇는다.

"미국은 한국이나 일본 둘 중 누가 주도권을 잡더라도 끼고돌 테니까요."

중국을 누르기 위해서는 상관없다는 자세다.

그때 시진핑이 고개를 들었다.

"이번에 동무가 평양에 가서 '중국 연방'의 일정을 잡아놓도록 해."

"그러지요. 준비는 다 되었습니다."

"이광이 일본에 아시아 연방을 제의했다는 건 무시하고 밀어붙여."

"알고 있습니다."

"중국의 미래가 걸려있는 일이네, 동무."

"반도 놈들한테 패권을 빼앗길 수는 없지요. 시건방진 놈들의 기를 꺾어놓아야 합니다."

"동무도 요즘 과격해졌어."

시진핑의 얼굴에 쓴웃음이 번졌다.

"나도 한국만 생각하면 혈압이 오르는 바람에 감당하기가 힘들어."

"이광 때문입니다."

"리스타라는 기업 때문이지."

시진핑의 눈빛이 다시 흐려졌다.

"한국에서 일어난 거대 기업이 세상을 이렇게 바꾸고 있다니."

"10년 전만 해도 상상도 하지 못한 일이었지요."

"우리도 대기업 3개만 합쳐도 리스타를 누를 수 있을 텐데, 잘 안 되는군."

"체제가 다르기 때문이죠."

고개를 든 리커창이 시진핑을 보았다.

전(前) 같으면 이런 소리는 시진핑 앞에서 대놓고 못 했다, 공산당 체제가 난공불락이며 가장 완벽한 정치 체제라고 선전해왔으니까.

그러나 지금은 급성장한 남북한이 핵을 나눠 갖고 중국을 위협하는 상황이다. 이런 상황에서 중국의 완벽한 체제를 고집하는 것은 '구제불능'의 낙오자 취급을 받을 수도 있는 것이다.

바야흐로 중국의 격변기가 도래한 것이다. 그것을 이제 정치 지도자 모두가 안다.

이것도 한국 덕분이다. 구체적으로 말하면 한국의 지도자 이광 때문이다.

그때 시진핑이 입술도 달싹이지 않고 말했다. 얼굴도 굳어 있다.

"동무, 내 뒤를 동무가 이어 가야 할 것 아닌가? 우리는 동생동사(同生同死)의 관계네."

이것은 후계자 지명이나 같다.

숨을 들이켠 리커창이 시진핑의 시선을 받고는 고개를 숙였다.

"진인사대천명입니다. 노력하겠습니다."

난세다. 난세에는 영웅이 나는 법인데.

장평과 무자락이 만났을 때는 오후 7시 무렵, 장소는 공안의 안가(安家)에서다.

무자락은 측근인 하심 한 명만 대동했지만 장평은 공안국장 방태세를 포함한 간부급까지 데려왔다. 그래서 거실의 양탄자 위에는 무자락을 중국 측이 빙 둘러싼 형세가 되었다.

인사를 마쳤을 때 장평이 중국어로 물었다.

"무자락 씨, 하지타크를 당신이 제거했다는 소문도 있던데 어떻습니까?"

정색하고 물었기 때문에 둘러앉은 공안 간부들이 긴장했다.

그때 무자락이 고개부터 끄덕였다.

"그 소문이 도움이 되었습니다."

"무슨 도움이 되었단 말입니까?"

장평이 묻자 무자락은 쓴웃음을 지었다.

"하지타크가 중국 정부와 내통하고 있다는 소문이 번져있었거든요."

"……."

"그래서 간부급은 물론이고 말단 병사들까지 하지타크를 불신하는 분위기였습니다."

"……."

"하지타크는 내가 제거하지 않았지만 나는 그런 소문을 크게 부정하지 않고 권력 장악에 이용한 셈이지요."

"그렇군요."

쓴웃음을 지은 장평이 이제는 부드러운 시선으로 무자락을 보았다.

"무자락 씨, 그럼 하지타크는 어떻게 된 겁니까?"

"나는 중국에서 제거한 것으로 생각하고 있었는데요."

그러자 공안 간부들이 웅성거렸다. 불쾌한 표정들이다.

장평이 다시 물었다.

"우리가 왜 하지타크를 제거한단 말입니까?"

"하지타크가 자주 불평을 했거든요. 대원들의 불만을 무마시키려면 자금이 더 필요한데 중국 정부에서는 인색하다고 했습니다."

"그렇군."

장평의 시선이 방태세와 보광진, 하윤까지 훑고 지나갔다.

그때 보광진이 말했다.

"하지타크는 불평이 끊이지 않은 인간이었지요. 한 번도 만족하지 못하고 끊임없이 자금을 요구했지요."

그러자 하윤이 거들었다.

"그 돈으로 온갖 사치를 다 누리면서 말입니다. 자식, 카샤르가 고급 승용차를 3대나 굴리고 있었지 않습니까?"

"어쨌든 하지타크는 너무 방심했고 부하들의 신망을 잃었습니다."

무자락이 그렇게 결론을 냈다.

그때 장평이 정색하고 무자락을 보았다.

"무자락, 당신 측근에 우리 측 정보원을 붙여 놓는 것이 낫겠소. 그것이 당신에게도 안전할 것이오."

"배려에 감사드립니다."

반대할 명분이 없었기 때문에 무자락이 고개를 숙였다.

이것으로 정보국장 장평과 무자락의 상견례가 끝났다.

다음 날 오전.

공안본부 회의실에서 장평은 감찰국 집행부장 편상기를 만난다.

편상기도 해방군 상장이지만 서열은 장평보다 한참 아래다. 시쳇말로 같은 상장이 아니다.

"여기서 뵙게 되었습니다."

먼저 와서 기다리던 편상기가 들어서는 장평을 맞는다.

편상기는 55세. 장평은 56세다. 둘 다 사복 차림이었는데 편상기는 비대한 체격이나 장평은 말랐다. 각각 한 사람씩의 보좌관만 대동했기 때문에 넷이 원탁에 앉았다.

장평이 웃음 띤 얼굴로 편상기를 보았다.

"우리가 참모부에서 같이 근무할 때가 벌써 15년이 되었군."

"그렇습니다, 국장 동지."

대답하는 편상기의 얼굴에 웃음이 떠올라 있다.

그러나 속은 편치 않았을 것이다. 당시에 장평은 대령급인 대교 계급이었지만 편상기는 소령급인 소교였으니까. 감찰국으로 들어간 후에 엄청나게 빠른 진급을 한 셈이다. 감찰국의 2인자가 된 후에는 안하무인, 독불장군으로 지내다가 오늘 임자를 만난 셈이다. 둘은 거의 15년 만에 이렇게 독대한다. 그동안 몇 번 보았지만 스쳐 지났을 뿐이다.

그때 장평이 입을 열었다.

"어젯밤, 내가 무자락을 만났는데 동무는 아직 안 만났지?"

"예, 만날 준비를 하고 있습니다. 자료 준비가 다 되어갑니다."

"무자락을 이곳저곳으로 불러가는 건 위험해. 이곳은 좁은 동네라 소문이 빨라."

"그렇습니까?"

"그리고 무자락 옆에 정보국원 하나를 심기로 했어. 그러니까 감찰국은 여기서 손 떼도록."

편상기가 입을 다물자 장평이 쓴웃음을 지었다.

"내가 공안 간부들을 배제시키고 이렇게 독대하는 이유를 모르는 것 같군."

"……."

"편 부장, 당신 체면을 세워주기 위해서야."

어깨를 부풀린 장평이 옆에 앉은 보좌관 루신을 보았다.

"감찰국장을 바꿔."

"예, 국장 동지."

바로 대답한 루신이 휴대폰의 버튼을 두드렸을 때 놀란 편상기의 입이 떼어졌다.

"국장 동지, 왜 그러십니까?"

"당신 상관한테 허락 받으려고."

"아, 아닙니다."

당황한 편상기가 손까지 저었을 때 전화가 벌써 연결되었다.

감찰국장 요진운의 직통 전화다.

루신이 휴대폰에 대고 말했다.

"감찰국장 동지, 지금 정보국장 장평 동지께서 통화를 원하십니다."

그러더니 루신이 휴대폰을 장평에게 내밀었다.

그때 휴대폰을 받은 장평이 테이블 위에 놓더니 스피커 버튼을 눌렀다.

"여보세요, 요 국장."

"아, 정보국장 동지. 오랜만입니다."

요진운의 목소리가 회의실에 울렸다.

"지금 우루무치에 계시지요?"

"거기, 집행부장하고 같이 있어."

장평이 말을 놓았다.

"그런데 요 국장, 내가 물어볼 것이 있어."

"뭡니까? 말씀하시지요."

"당신도 주석 동지의 하명을 받고 온 것이지? 이곳 신장성에 말야."

"예, 그렇습니다."

"하명을 어떻게 받았나?"

"예, 주석실 비서 왕양 동지의 직접 지시를 받았습니다."

"그렇군."

장평이 힐끗 앞에 앉은 편상기에게 시선을 주었다.

편상기의 얼굴은 이미 굳어 있다. 제가 하늘처럼 모시는 감찰국장 요진운을 장평이 깔아뭉개고 있는 것이다.

그때 장평이 말을 이었다.

"나도 왕양을 만나기는 했지."

"아, 그렇습니까?"

"주석 동지를 만나고 나서 말이지."

"아아, 예, 예."

"왕양이 당신 이야기를 하더군. 감찰부가 우루무치에 가 있으니까 도움을 받으라고."

"아, 예."

"나는 주석 동지의 직접 지시를 받고 이곳에 왔네."

"국장 동지."

그때 요진운이 다급하게 말했다.

"감찰부가 협조를 안 해줍니까?"

"내가 여기 온 것을 부담스럽게 느끼는 것 같아서 말야."

"아닙니다!"

그때 편상기가 버럭 소리쳤다.

"오해하신 겁니다!"

"이런."

그때 루신이 앞에 앉은 편상기를 노려보았다.

"윗분들의 통화에 무슨 실례를 이렇게 합니까!"

루신의 외침에 편상기가 입을 딱 다물었고 이번에는 송화구에서 요진운의 목소리가 울렸다.

"거기, 편상기가 있습니까? 제가 교육시킬 테니까 바꿔주시지요."

"교육할 것이 있겠나, 국장 동무?"

"죄송합니다. 대신 사과드리지요."

"난 그대로 주석 동지께 보고드리면 되네. 그렇지만 동무와의 정을 생각해서 미리 이렇게 통화를 하는 거네."

"감사합니다. 제가 즉각 조치하지요. 저 좀 만나십시다."

"나도 동무한테 할 이야기가 많아."

"저도 그렇습니다."

"이것을 기회로 만나야겠군."

"편상기는 대기발령을 내지요."

요진운이 칼로 무를 자르는 분위기로 말을 이었다.

"듣고 있겠지만 너무 오래 권력을 가진 자리에 앉아 있으면 오만해집니다. 저도 그것을 느끼고 있었습니다."

"그런가?"

"지금 즉시 대기발령을 내고 대리인을 보내겠습니다."

"그럼 베이징에서 보세, 내가 바로 연락할 테니까."

"기다리겠습니다."

그러자 장평이 고개를 끄덕였고 루신이 손을 뻗어 휴대폰의 전원을 껐다.

"이만 실례하겠네."

장평이 일어서면서 한 소리다.

그러자 편상기의 보좌관이 서둘러 일어섰지만 편상기는 흐린 눈으로 쳐다만 보고 있더니 뒤늦게 따라 일어섰다. 그러다가 빈혈이 왔는지 비틀거리면서 두 손으로 테이블을 짚었다.

이렇게 상면이 끝났다.

하루아침이 아니라 일순간에 세상이 바뀔 수도 있는 것이다.

독재국가의 관직은 더욱 그렇다. 권력자의 힘이 강할수록 호가호위하는 무리가 늘어난다.

장평이 그렇다.

시진핑과 독대하는 위치를 빙자해서 순식간에 감찰국 집행부장 편상기를 '날려'버렸다.

편상기가 신장성의 '외부 영입' 무리들을 철저하게 조사하고 있다는 정보를 받았기 때문이다.

그날 오전 11시 반.

편상기는 장평과 만난 지 1시간 반 후에 감찰국장이 보낸 인사명령을 받았다.

'편상기 상장의 집행부장직을 면하고 흑룡강성 하얼빈에 주둔한 제7공병단 부단장으로 전출시킨다'는 명령이다.

제7공병단은 이름만 남아있는 부대여서 예편하라는 명령이나 같다.

오후 1시 반.

편상기를 수행한 감찰국 집행부 반장 주형만이 장평의 호출을 받았다.

공안본부의 회의실 안.

공안본부는 편상기의 '처형'과 같은 인사 내용을 아는 터라 장평의 시선만 받아도 간부들이 벌벌 떨고 있다. 공안부장 방태세는 어디 나가지도 못하고 사무실에서 바짝 엎드려 있는 상황이다.

장평이 앞에 선 주형만을 보았다.

주형만은 해방군 대교로 집행반을 이끌고 있다.

"이봐, 지금까지 조사한 내용을 보고해라."

장평이 부드러운 표정을 짓고 말하자 주형만이 부동자세로 섰다.

"예, 국장 동지. 오후 4시까지 서류 보고를 하겠습니다."

"내가 감찰국장으로부터 감찰국 집행부를 직접 지휘하도록 인계받은 것, 알고 있지?"

"예, 영광입니다."

"좋아. 동무는 대교를 8년째 달고 있더구먼. 이번에 장군이 되게 해주지."

고개를 끄덕인 장평이 말을 이었다.

"이번 작전은 정보국과 감찰국의 합동 작전이야."

이것이 장평의 의도다.

리커창이 평양에 도착했을 때는 오후 4시경이다.

공항에서 외교 장관의 안내를 받고 제16초대소로 안내된 리커창의 심기는 불편했다.

공항에 최소한 이인자인 김여정이라도 나오기를 바랐기 때문이다. 요즘 콧대가 백두산보다 높아진 김정은이 영접해주기를 바라지는 않았다.

그러나 대국(大國)인 중국의 이인자가 아닌가?

북조선은 중국 22개 성의 반 토막도 안 되는 변방 국가다. 그저 '핵'만 없었다면 진즉에 깔아뭉갰을 텐데.

"오늘 저녁에 김 부장께서 오십니다."

외교 장관 유근배가 말했지만 리커창은 고개만 끄덕였다.

"7시에 도착, 30분간 회담을 하고 7시 40분에 만찬을 드시게 될 것입니다."

"위원장님 일정이 어떻게 돼요?"

리커창이 묻자 유근배가 정색했다.

"오늘 김 부장님께서 말씀드릴 것입니다."

"……."

"이건 비밀입니다만……."

유근배가 상반신을 조금 숙였기 때문에 리커창은 하마터면 코웃음을 칠 뻔했다.

도대체 무슨 비밀을 말한다고?

다 공작이다. 혼자 비밀을 갖고 있는 놈은 없다.

중국이 그런데 북한 고위관리가 비밀을 털어놓는다고? 개가 웃을 소리다.

그때 유근배가 다시 다가와 앉았기 때문에 리커창은 아예 의자에 등을 붙였다.

둘은 지금 중국어로 직접 대화하고 있다. 유근배가 말했다.

"어젯밤, 한국 대통령께서 육로로 평양에 와 계십니다."

"윽!"

놀란 리커창이 상반신을 벌떡 바로 세웠다. 눈을 치켜뜨고 있다.

"이광 씨가 말이오?"

"예, 총리님."

"지금 평양에 와 있다고?"

"예, 초대소에 계십니다."

"무슨 일로?"

"아, 두 분은 이제 자주 낚시를 하시거든요. 낚시하시면서 국정을 상의하시는 겁니다."

"낚시하러?"

"낚시하시면서 국정을 상의하신다니까요."

"그, 그렇다면……."

리커창이 흐린 눈으로 유근배를 보았다.

내가 온다는 것을 알고 미리 와 있는가?

제16초대소에서 대동강 하류 쪽으로 4킬로쯤 떨어진 곳에 제3초대소가 있다.

그 시간에 초대소 아래쪽 대동강 변에서 이광과 김정은이 낚싯대를 내려놓고 대화 중이다.

"시진핑이 다급해졌어요."

쓴웃음을 지은 이광이 말을 이었다.

"핵을 일본으로 보내기도 전에 평양으로 리커창을 파견한 것을 보면 말입니다."

"중국 연방에 대한 결론을 내셔야겠지요?"

김정은이 이광을 돌아보며 물었다.

"리커창이 이번에는 확답을 받으려는 것 같은데요."

이광이 고개를 끄덕였다.

이제 일본과 한국을 중심국으로 하는 '아시아 연방'의 틀도 정해졌다.

일본까지 핵 무장을 함으로써 부담이 없게 된 것이다.

자, 그럼 북한은 동북3성을 포함하면서 중국 연방에 가입할 것인가?

오후 8시 반.

제16초대소에서 열리는 김여정 주최의 만찬.

중국 측 수행원단은 환상적인 접대에 만족한 표정이다.

중국은 대국(大國), 전인대가 개최되는 장면을 보면 세계인들은 압도당한다.

축구장만 한 회의실을 가득 메운 대의원들, 단상에 도열해 앉은 수백 명의 간부들, 뒤쪽의 거대한 오성홍기. 중국 사극 영화는 또 어떤가? 다 날아다니고 칼바람에 갈라지는 바다는 모세가 홍해를 갈라버리는 것 이상이 된다.

그런 것에 익숙해진 중국인들이, 더구나 거물급 정치인들이 북한에 와서 압도당하고 있다.

만찬의 음식, 접대원들의 미모, 서비스, 만찬을 즐겁게 띄우려는 '대동강악단' '평양서커스단'의 공연. 리커창도 잠깐 넋을 잃을 정도였다.

그때 음악이 뚝 그치더니 실내가 조용해졌다. 그러더니 사회자가 엄숙한 목소리로 말했다.

"위대하신 수령 김정은 동지, 그리고 존경하는 한국 대통령 이광 동지께서 입장하십니다."

놀란 리커창이 입을 딱 벌렸다.

둘이 함께 올 줄은 몰랐다.

인사를 마치고 셋이 나란히 앉았다.

리커창을 중심으로 이광과 김정은이 좌우에 앉은 것이다.

지금은 주연이 끝나고 유흥 시간이라 앞쪽 무대에서는 가수가 꾀꼬리 같은 목소리로 노래를 하는 중이다.

그때 이광이 고개를 돌려 리커창을 보았다.

"리 총리께서 시 주석의 후계자가 되시지요?"

영어로 물었더니 리커창이 놀란 표정으로 고개를 저었다.

"후계자는 전인대에서 선출됩니다. 누구의 낙점을 받는 것이 아닙니다."

"하지만 시 주석의 후원이 없으면 불가능한 일 아닙니까?"

그것은 세상이 다 아는 일이었기 때문에 부정하면 믿지 못할 사람이 된다.

숨을 고른 리커창이 이광을 보았다.

"그것이 중국 연방과 관계가 있습니까?"

그때 김정은이 대답했다.

"우리가 끌려들어 가는 느낌이 들어서 그럽니다."

리커창이 눈만 크게 떴을 때 김정은이 웃으면서 자리에서 일어섰다.

"우리, 별관으로 가시지요. 조용한 곳에서 이야기 하십시다."

리커창이 두말 않고 일어섰다.

꾀꼬리 목소리의 가수가 열창하고 있었지만 리커창의 귀에는 들리지도 않았다.

갑자기 후계자 이야기를 꺼내다니, 그래놓고 끌려들어 가는 느낌이 든다고?

별관 테이블에는 이미 다과가 놓여 있고 세 지도자는 둥글게 배치된 자리에 앉았다.

자연스럽게 각각 한 명씩의 수행원을 대동했는데 김정은은 김여정, 이광은 안학태, 리커창은 주석실 비서 왕양이다. 모두 거물급이다.

리커창은 만찬을 마치고 유흥을 즐기다가 갑자기 기습을 당한 셈이었다.

이광과 김정은이 중국의 후계자 이야기를 꺼낼 줄은 예상 밖이었기 때문이다.

그때 먼저 이광이 입을 열었다.

"남북한은 이미 대한 연방이 되어있는 상황에서 북한이 중국 연방에 가입하면 자연스럽게 남한도 포함되지 않겠습니까?"

이광의 얼굴에 쓴웃음이 번졌다.

"모두 알고 있지만 그 말을 꺼내지를 않았지요."

"우리는 같이 가입해도 상관이 없다는 입장입니다."

리커창이 말을 이었다.

"중국 연방과 대한 연방이 겹쳐도 됩니다. 리스타 연방이 대한 연방으로 이어가는 건 예상했으니까요."

"그렇다면."

정색한 김정은이 리커창을 보았다.

"중국이 대한 연방에 가입하시고 동북3성을 조선성으로 만드시는 것이 어떻습니까?"

리커창이 숨을 들이켰다. 이 조선 놈들이 또 술수를 부린다는 생각에 우선 눈동자가 흐려졌다.

'대한 연방'은 생각도 해보지 않았기 때문이다. '중국 연방'은 중국이 먼저 시작했기는 했다. 그것이 일본과의 '아시아 연방'으로 발전되더니 '리스타 연방'이 이름만 바꾼 '대한 연방'으로 옮겨졌다. 대한 연방이라니.

그때 이광이 말을 이었다.

"그렇게 되면 중국은 아프리카 23개국까지 포함한 세계제국의 중심 국가가 되지 않겠습니까? 대한 연방에 가담하면 말입니다."

리커창이 어깨를 부풀렸다가 내렸다.

말장난이다. 그리고 말장난에 넘어갈 국가는 없다.

개인은 속일 수 있겠지만 국가 간 거래에서 속임수가 통하는 시대가 아니다.

그때 김정은이 마무리를 했다.

"우리 북남한은 의견 일치를 보았습니다. 중국이 '대한 연방'에 가입하면 북남한이 동시에 중국 연방의 일원이 되지요."

이제 공은 중국으로 넘어갔다. 중국이 대한 연방에 가입하느냐가 관건이 되었다.

그때 리커창이 헛기침을 했다.

"귀국해서 협의를 해야지요."

그러나 가능성은 없는 일이다. 중국은 '대한 연방'에 가입할 의사가 없는 것이다.

'중국 연방'으로 밀고 나가려고 처음부터 작정했다가 일이 꼬였다. 그사이에 북한 핵은 만국 공동 소유가 되었으니 '연방' 타령을 하다가 귀신에게 홀린 꼴이다.

리커창과 헤어진 이광이 숙소인 제3초대소로 돌아왔을 때 곧 김정은이 따라왔다.

오후 11시 무렵이다.

"주무실 것 아니죠?"

제가 올빼미처럼 밤에 일하면서 이광더러 그렇게 물은 김정은이 응접실로 들어와 털썩 앉았다. 김여정이 따라와 옆에 앉는다.

김정은이 이광에게 물었다.

"이제는 중국이 '연방' 이야기는 꺼내지 않겠지요?"

"하지만 가만 놔두지는 않을 겁니다."

정색한 이광이 말을 이었다.

"우리가 핵까지 소유한 아시아의 강자로 부상했으니까 끊임없이 견제하겠지요."

김정은이 고개만 끄덕였고 이광의 말이 이어졌다.

"이번에 일본도 핵을 갖게 되었지만, 한반도에 대한 경계를 푼 건 아닙니다. 우리가 대한 연방으로 두각을 나타내는 상황이라……."

이광이 말을 멈췄다.

격변기다. 한국은 이제 잠에서 깨어난 호랑이요, 떠오르는 아침 해다.

당연히 한국을 중심으로 새 세상이 조성되는 중이다.

그리고 구(旧) 세력인 중국과 일본, 그리고 미국까지 한국을 견제, 방해하는 것이다.

그때 김정은이 혼잣소리처럼 말했다.

"일본과 중국이 공조할 가능성도 있겠군요."

김정은은 이제 이광과 생각도 같다.

신장성과 아프간의 통로인 아프간 측 회랑은 1백 킬로도 안 되는 국경이지만 중국 국경수비대 3개 사단 병력이 배치되어 있다.

수천 킬로가 넘는 타국과의 국경에 비교하면 수십 배의 병력이다. 그만큼 탈레반 병력이 신장성 위구르의 수니파 세력과 공조하는 것을 경계하는 것이다.

그러나 철조망을 치고, 수십 미터 간격으로 경계병을 세운다고 해도 마음먹고 덤비는 밀입국자를 막을 수는 없다. 마음만 먹으면 온갖 수단을 동원해서 드나들 수 있다.

무함바가 그 교본 같은 인물이다.

40세. 탈레반 출신의 무역상. 스스로 무역상이라고 하지만 중국에서 온갖 싸구려 제품을 아프간으로 밀수해서 장사한다. 또한, 아프간에서 생산되는 마약을 중국 마약 업자에게 넘겨 조금씩 재미를 보고 있다.

무함바 휘하의 부하는 50여 명, 모두 무역업자 행세를 하지만 총기로 무장한 전(前) 탈레반 병사다.

오늘 무함바는 손님을 맞는다.

바로 카질이다.

이곳은 아프간 쪽 국경 마을 마르쿤의 농가 안, 오후 5시 무렵이다.

"이제 합의했다. 우리는 위구르 독립군이 된다."

카질이 번들거리는 눈으로 무함바를 보았다.

무함바는 카질 휘하의 대대장이었다. 탈레반 정권이 망했을 때 살아남은 장교 중 하나다.

무함바가 고개를 들고 카질을 보았다. 카질은 방금 국경을 넘어 아프간으로 들어왔다.

"대장, 그러면 우리는 다시 전사(戰士)가 되는 겁니까?"

"내가 지원군 사령관을 맡았다. 그러니까 넌 이곳에 본부를 두고 병참부대장이 되어야겠다."

"옳지."

"이곳에서 지원군을 정비해서 국경을 넘게 하는 거야."

"제 계급은 뭡니까?"

"내가 지휘자한테서 네 이야기를 하고 승인을 받았다. 나는 지원군 소장이고 넌 대령이야."

"좋습니다."

무함바가 비대한 상반신을 세웠다. 탈레반 정권 시절에는 무함바 계급이 소령이었다.

그때 무함바가 눈을 가늘게 뜨고 카질을 보았다.

"대장, 잘 아시겠지만 저는 요즘 사업이 잘 안 됩니다. 국경을 통해 들여오는 물량도 줄어드는 데다 마약 단속이 심해서 부하들 먹이는 데도 벅찹니다."

"알고 있어."

"국경 단속이 더 심해져서 지난주에만 둘이 죽었습니다."

그때 카질이 들고 온 가방을 무함바 앞 양탄자 위에 놓았다.

"여기 50만 불이다."

놀란 무함바가 숨만 들이켰을 때 카질이 말을 이었다.

"이 돈으로 병참기지를 갖추고 무기를 모아, 나는 안으로 들어가서 병력을 모을 테니까."

"예, 대장."

무함바가 가쁜 숨을 고르면서 카질을 보았다.

손을 뻗어 가방을 집은 무함바가 말했다.

"맡겨주십시오."

무함바의 꿈도 신장성에 들어가 사는 것이다. 물론 무역상으로.

장평과 이동욱이 은밀하게 만난다.

이곳은 우루무치 교외의 안가. 장평의 숙소에서 50미터 거리밖에 안 되는 곳이다.

오후 11시 반, 이동욱이 이곳까지 온 것이다.

안가의 양탄자가 깔린 응접실에는 기둥에 기름 등 하나만 걸려있어서 둘의 그림자가 만들어져 있다.

응접실 안에는 둘뿐이다. 그때 장평이 입을 열었다.

"이곳이 터지면 시진핑 정권은 붕괴됩니다. 그만큼 영향력이 큰 곳입니다."

이동욱이 고개만 끄덕였고 장평이 말을 이었다.

"나는 자의 반 타의 반으로 거사에 가담했지만 지금은 확신이 섰습니다. 중국은 새로운 체제로 새 국가가 되어야 합니다."

"……."

"그 대안은 한국이오. 한국이 대륙의 주인이 되면 세계로 뻗어 나갑니다. 지금 중국은 수명이 끝났습니다."

말은 단순하게 했지만 장평의 얼굴에 웃음이 떠올랐다.

"나도 한때는 중국의 썩은 물에서 호의호식하던 인물이었지요."

그때 이동욱이 정색했다.

"곧 탈레반 병력이 위구르에 올 겁니다. 그래서 내부의 반군들과 호응하게 될 건데, 시기는 한 달쯤 후가 될 것 같습니다."

"한 달입니까?"

장평이 흐려진 눈으로 이동욱을 보았다.

"내 예상보다 빠른데, 준비는 다 갖춰진 겁니까?"

"먼저 국경 지역에서부터 반군과 탈레반 지원군이 봉기를 일으켜 마을과 지역을 장악할 겁니다. 일정을 앞당겼어요."

이동욱이 열기 띤 목소리로 말을 이었다.

"다 갖추고 시작할 수는 없어요. 그사이에 정보가 새나가면 더 위험합니다."

"그렇군요."

"내가 그런 경험이 많습니다."

"아프리카에서의 활동을 잘 알고 있습니다."

고개를 끄덕인 장평이 이동욱을 보았다.

"그 방법이 더 나을 것 같군요."

"중국 측 반응을 알아야겠습니다."

"당연하지요."

장평이 옆에 놓인 가방을 들어 이동욱에게 내밀었다.

"신장 위구르 지역의 군부대 배치도, 병력 현황, 상황 발생 시 부대 운용 방법, 지원군 상황과 무기 체제까지 다 가져왔습니다. 작전에 도움이 될 겁니다."

"감사합니다."

가방을 받은 이동욱이 장평을 보았다.

장평이 위구르 독립의 1등 공신이 될 것이다.

"아프간에서 대기하고 있어."

이동욱이 말하자 정민아가 주춤하는 것 같더니 물었다.

"언제까지요?"

"내가 지시할 때까지."

"무슨 일 있어요?"

둘은 지금 전화 통화 중이다.

정민아가 파키스탄에서 전화를 한 것이다.

그때 이동욱이 말했다.

"곧 다시 연락할게."

정민아가 망설이는 것은 도청을 의식했기 때문이다.

한국에서 돌아오는 도중에 파키스탄에서 연락한 것이다.

이동욱이 말을 이었다.

"나도 당분간 이곳을 떠나 돌아다녀야 할 테니까."

그러고는 덧붙였다.

"시작이야."

그때 통화가 끊겼지만 정민아는 한동안 휴대폰을 귀에 붙이고 있었다.

'시작'이라는 말이 가슴을 울렸기 때문이다.

전쟁이다. 시작할 것은 그것밖에 없다.

그래서 위험하니까 옆에 두려 하지 않는 것이다.

"무자락, 당신 역할이 커."

이동욱이 가라앉은 표정으로 무자락을 바라보았다.

오후 8시, 이동욱은 외출 차림이다. 뒤에 강기철이 서 있었는데 집 안은 어수선한 분위기다.

이동욱이 우루무치를 떠나는 것이다.

"염려하지 마십시오, 잘 해낼 테니까요."

무자락이 웃음 띤 얼굴로 다가서더니 이동욱을 올려다보았다.

불빛을 받은 두 눈이 번들거리고 있다.

"마침내 독립 전쟁이 시작되는군요. 감개가 무량합니다."

"곧 정부에서 당신을 압박할 거야. 뒷조사도 할 것이고."

"압니다."

"최악의 경우도 대비해야 돼."

"각오하고 있습니다."

무자락이 이동욱이 내민 손을 잡으며 다시 웃었다.

"만나서 영광이었습니다, 대장님."

1994년 결성된 탈레반은 1997년 아프간의 수도 카불을 점령, 라바니 일당을 축출하고 정권을 장악했다. 그러나 2001년, 미군의 지원을 받은 북부 동맹군이 탈레반을 몰아내고 아프간을 회복했다.

본래 탈레반은 아프간 남부 파슈툰족을 바탕으로 한 이슬람 율법을 공부하는 학생 모임이었다. 순수한 학생 조직에서 1990년대 중반부터 무하마드 오마르를 지도자로 모신 후부터 반군 테러조직으로 변모한 것이다.

무하마드 오마르는 일명 애꾸눈 통치자, 얼굴 없는 지도자로 알려졌고 대원들에게는 '물라'라고 불렸다. 물라는 스승이라는 뜻이다.

그러나 지금, 아프간은 주인 없는 집이나 같다.

부족들은 서로 땅 빼앗기 전쟁을 했고 어제 동맹을 맺었다가 오늘 배신을 하고 총격전을 벌였다. 10개 가까운 부족이 모두 고만고만한 세력이었기 때문에 주도권을 잡는 보스가 없는 것이다.

1년 전, 미국의 지원을 받은 파슈툰 계열의 부족장 아하드가 2개 부족과 연합해서 아프간 대통령에 취임했다가 두 달 만에 암살당했다. 동맹한 부족이 등을 친 것이다.

이런 상황이니 미국도 이제는 방관하고 있다. 이대로 두는 것이 차라리 낫다고 믿는 것 같다.

현재 아프간은 미국의 괴뢰정권인 아스람이 통치하고 있지만, 카불 근처만 장악하고 있을 뿐이다. 나머지 지역은 부족들의 군벌이 지배한다.

"대장, 656명입니다."

자크라가 탁자 위에 명단이 적힌 종이를 내려놓고 말했다.

"장교가 412명이나 돼서 머리가 큰 형국이 되었지만 당장 써먹기는 장교가 낫지요."

사크라는 카질의 작전참모 출신으로 탈레반 정권이 당한 후에 대추야자 장사를 했다. 처자식이 모두 전쟁 중에 폭사하는 바람에 혼자다. 41세. 카질이 신장성에 들어가 있는 동안 병사를 모은 것이다.

"한 달쯤 후에는 동부지역에서 1만 명, 두 달 후에는 남부에서 5만 명까지 지원군을 모을 수 있습니다."

"알아, 자크라."

입맛을 다신 카질이 말을 이었다.

"일정이 단축되었다. 열흘 후에 1진이 카슈가르에서부터 작전을 시작한다. 내일 움바페에서 무기와 장비를 수령하는데 너도 같이 가야겠다."

"해야지요."

자크라가 이를 드러내고 웃었다.

"기다리고 있었습니다."

싸우다 죽을 곳을 기다리고 있었다는 말이다.

그것은 아프간을 향해 한이 맺혔기 때문이다.

아프간은 파슈툰족, 타지크족, 하자라족 등으로 구성된 다민족 국가다. 인구 3,800만 중 파슈툰족이 42퍼센트, 타지크족이 27퍼센트, 기타 부족이 나머지를 차지했는데 부족 간 갈등이 심했다. 같은 부족끼리도 분쟁이 잦아서 그 혼란을 이용한 외세의 침략도 잦았다.

그러나 각 부족의 기질이 강해서 침략자는 번번이 격퇴되었다.

카질이 이번에도 자크라에게 가방을 가리켰다.

"편제를 갖추고 나서 각 장교와 병사들에게 보상금을 나눠줘라."

"보상금을 말입니까?"

놀란 자크라가 숨까지 들이켜면서 옆에 놓인 묵직한 헝겊 가방을 보았다. 마치 곡식 자루 같다.

"장교는 2백 불, 하사관은 1백 불, 병사는 50불씩이다."

"모두 춤을 출 겁니다."

자크라가 소리치듯 말했다. 정부군 대위 월급이 50불 정도인 것이다.

카질의 얼굴에 웃음이 떠올랐다.

"전쟁도 돈이 하는 거야. 그래야 사기부터 오른다."

"얼마 들었습니까?"

"50만 불이야."

"병사 1만 명을 끌어들일 수 있겠군요."

자크라가 계산도 하지 않고 대답했다.

어느새 두 눈이 번들거렸고 엉덩이를 들썩이고 있다.

"떠나느냐?"

하지타크가 묻자 카샤르가 고개를 들었다.

오후 7시 반.

주위는 이미 어둠에 덮여서 앞에 선 카샤르의 얼굴 윤곽만 겨우 보였다.

우루무치 서북방 고원지대에 세워진 축사 앞이다.

이곳에서 하지타크는 연금되어 있었는데 이제는 익숙해졌다. 감시는 받지만 양 떼를 따라 산책을 하기도 한다.

오늘 카샤르는 이동욱을 따라 남하하기 전에 하지타크를 만나러 온 것이다.

"예, 이제 시작할 것 같아요."

가끔 들러서 하지타크를 보고 갔기 때문에 부자간 분위기는 이런 상황이 되기 전보다 더 좋아졌다.

하지타크가 카샤르를 보았다. 굳은 얼굴이다.

"전쟁 말이냐?"

"예."

"언제?"

"15일쯤 후가 될 것 같아요."

"어디서 말이냐?"

“우선 국경 지역에서부터…….”

“탈레반이 진입하면 승산이 있지.”

“아버지.”

카샤르가 부르자 하지타크가 고개를 들었다.

축사 안에서 양 떼가 웅성대는 소리만 울릴 뿐, 주위는 조용하다.

그때 카샤르가 말했다.

“아버지를 다시 못 볼지도 모를 것 같아서요.”

카샤르의 얼굴에 쓴웃음이 번졌다.

“이제야말로 독립군 역할을 하게 되는 것이니까요.”

“…….”

“앞장서서 싸울 겁니다. 그래서 위구르인의 진면목을 보여주는 것이지요.”

“…….”

“아버지를 만나면서 어쩔 수 없이 그럴 수도 있겠다는 생각도 들었어요.”

한 걸음 다가선 카샤르가 하지타크를 보았다.

“아버지, 내가 아버지의 명예까지 살릴 겁니다. 두고 보세요.”

그러고는 카샤르가 손을 내밀었다. 악수를 청한 것이다.

그때 하지타크가 한 걸음 뒤로 물러서면서 말했다.

“나도 너한테 전할 말이 있다.”

하지타크가 눈으로 앞쪽 숙사를 가리켰다.

“30분만 기다렸다가 내 방으로 오너라. 너한테 전해줄 것이 있다.”

“예, 아버지.”

그때 하지타크가 주춤거리더니 다가와 카샤르의 어깨를 안고 볼에 세 번이나 입을 맞췄다.

“네가 자랑스럽다.”

"아버지."

당황하는 카샤르가 어둠 속에서도 붉어진 얼굴을 감추려는 듯 손바닥으로 볼을 쓸었다.

몸을 돌린 하지타크가 서둘러 숙사 쪽으로 다가갔다.

오전 2시 반.

출발 준비를 마친 이동욱이 안가의 응접실에 앉아 있을 때 무자락이 들어왔다.

"대장님."

무자락이 앞에 선 이동욱을 보았다.

고개를 든 이동욱에게 무자락이 억양 없는 목소리로 말했다.

"카샤르는 며칠 후에 출발시키겠습니다."

카샤르는 이동욱의 옆에서 부관 임무를 맡게 되었기 때문이다.

이동욱이 고개를 끄덕였다.

"그러지. 일이 남았나?"

"조금 전, 축사의 숙소에서 하지타크 님이 목을 매어 자살했습니다."

놀란 이동욱이 숨을 죽였고 무자락이 말을 이었다.

"카샤르가 작별 인사를 하러 갔더니 잠깐 기다리라고 해놓고 자살했다는 것입니다."

"……."

"짧은 유서를 남겼다고 합니다."

무자락의 눈동자가 흐려졌다.

"네가 자랑스럽다. 위구르 독립 만세라고 적혀있었다는군요."

마침내 무자락이 평상심을 잃고 목소리도 떨렸다.

"하지타크 님이 출정 전에 몸을 바쳐 알라께 축원을 한 것입니다."

고개를 끄덕인 이동욱이 자리에서 일어섰다.

"무자락, 카샤르한테 가서 하지타크의 장례를 치러주도록. 내 조의도 전하고."

"예, 대장님."

"이제 하지타크의 명예는 회복된 거야. 그렇게 카샤르한테도 전해."

이동욱의 눈도 번들거렸다.

안타까운 일이었지만 출정 전에 상서로운 일이 일어난 느낌이 든다.

베이징, 주석의 집무실 안.

1백 평도 넘는 방 안에 셋이 둘러앉아 있다.

시진핑과 리커창, 왕양이다.

오전 10시, 리커창이 평양에 다녀온 보고를 하는 중이다.

인사를 마친 리커창이 바로 본론을 꺼냈다.

"이광까지 부른 것은 함께 대처하겠는 의도였습니다. 북한은 중국 연방에 가입할 의도가 없습니다."

시진핑은 무표정한 얼굴로 듣기만 했고 리커창이 말을 이었다.

"오히려 중국이 대한 연방에 가입하라고 권했습니다."

"……."

"아프리카 23개국까지 포함한 세계제국이 될 것 아니냐고 했습니다."

"……."

"저한테 대뜸 주석 동지의 후계자가 될 것 아니냐고 물은 것은 북조선이 중국 연방에 가입해도 자기들한테는 전혀 득 될 것이 없지 않느냐는 말로 들렸습니다."

"……."

"북조선에 대한 미련을 버리는 것이 낫다고 생각합니다."

그때 시진핑이 고개를 돌려 왕양을 보았다.

그때 왕양이 말을 이었다.

"북조선 핵은 남조선, 일본에까지 나눠주는 동안 중국의 반발을 무마하기 위한 전술이었습니다."

왕양은 주석실 비서로 시진핑의 비서실장이나 같다. 권력서열은 60위권이지만 2위인 리커창도 왕양을 조심스럽게 대한다. 시진핑의 분신이나 같기 때문이다.

왕양의 목소리가 다시 방을 울렸다.

"지금까지 남북조선에 대해 유화적인 방법을 썼지만 바꿔야 할 것 같습니다. 첫째로 남북한의 처신이 너무 오만해진 데다가 중국 인민들의 자존심이 크게 손상된 상황입니다. 변방의 소국에 휘둘리고 있다는 인식이 퍼지면 주석 동지에게 영향이 올 것 같습니다."

이런 제의는 리커창도 할 수 없는 주제다.

시진핑의 눈이 흐려지더니 볼의 근육이 일어났다. 어금니를 물고 있는 것 같다.

"잘했어."

주석실을 나온 리커창이 옆을 따르는 왕양에게 말했다.

둘은 대리석이 깔린 복도를 걷고 있다.

"주석께서 방향을 바꾸실 것 같군."

"그래야지요."

왕양이 웃음 띤 얼굴로 리커창을 보았다.

"자존심이 상하셨을 겁니다."

"동무 역할이 컸어."

목소리를 낮춘 리커창이 말을 이었다.

"난 내일쯤 주석께 사직서를 내려고 하네. 동무가 잘 말씀드려 주게."

"알겠습니다."

왕양의 목소리도 낮아졌다.

"그건 걱정하지 마시고."

"잊지 않겠네."

리커창이 더 낮게 말했을 때 왕양은 몸을 돌려 옆쪽 복도로 들어섰다.

왕양은 54세.

칭화대 공대를 졸업하고 미국 MIT에서 박사 학위를 받은 후에 보잉사의 수석 엔지니어까지 지낸 미국통, 공산당원. 32세에 귀국한 후 바로 정부 직속 항공우주국 지배인에 임명되어 시진핑과 인연을 맺었다. 그 당시 시진핑은 낙향해서 존재도 없는 상태였다.

그것이 20년 전이다. 시진핑과는 20년 인연인 것이다.

인간은 어려웠을 때 친했던 사람을 못 잊는 법이다. 더구나 시진핑이 집권했을 때 왕양은 당 공업국장으로 미래 산업의 선두 주자였다.

그 왕양을 주석실 비서로 임명한 것은 파격도 아니었다.

그만큼 왕양의 비중도 컸기 때문이다.

오후 11시 20분.

베이징 서북쪽 교외의 저택 안, 주위는 조용하다.

이곳은 고급 주택가인 데다 숲이 많아서 차량 소음도 들리지 않는다.

주택가 입구에 경비초소가 세워져 있어서 택시나 일반 차량은 검문을 받는다.

저택의 2층 계단을 내려오던 왕양이 발을 멈췄다.

이곳이 왕양의 저택인 것이다.

계단 아래쪽에 서 있던 명린이 시선만 주었기 때문에 왕양이 다시 발을 떼었다.

내려간 왕양이 바로 앞에 선 명린을 굽어보았다.

계단 위는 어둡다. 그러나 명린의 얼굴 윤곽은 선명하다.

명린은 왕양의 처. 미국 MIT에서 만나 미국에서 결혼했다.

아직도 미모의 날씬한 몸매. 52세. 명린의 조상은 150년 전 미국으로 이주했다. 그래서 가구 공장을 일으켜 지금도 명린의 오빠가 미국에서 가구 회사를 운영하고 있다.

그때 명린이 낮게 말했다.

"집 안 6곳에 CCTV, 도청 장치가 있어."

왕양은 시선만 주었고 명린의 말이 이어졌다.

"확인한 거야. 전화기는 다 도청 장치가 붙었고."

"우리라고 예외는 아니지."

왕양이 속삭이듯 말하고는 웃었다.

"그건 정보국의 임무니까 할 수 없어."

"하지만 막상 확인되니까 소름이 끼쳐."

"우리가 말실수한 것 없지?"

"그거야 20년 전부터 조심했으니까."

"침실도 있나?"

"당연히."

"그럼 제대로 안 되겠는데."

"지금 농담할 기분이 나?"

이맛살을 찌푸린 명린이 고개를 저었다.

"견디기 힘들어. 젊었을 때는 그럭저럭 견디었지만……."

"좀 참아."

"시 주석도 이렇게 되어 있을까?"

"글쎄."

한숨을 쉰 왕양이 명린의 어깨를 당겨 안았다.

계단 위에서 서로 안은 둘이 잠시 말을 멈췄다.

집 안에 TV를 새로 들여오면서 집 안의 전기 배선을 변경한다는 이유로 도청, 감시 장치를 수색시킨 것이다. 그래서 세 명의 전문가가 집 안을 수색했다.

그때 팔을 푼 왕양이 입을 열었다.

"내가 내일 인사를 해야겠군."

집 안의 감시 장치를 찾아내준 것에 대한 인사다.

왕양이 부탁을 한 것이다.

다음 날 오후 3시.

주석실로 들어선 왕양이 시진핑 앞에 섰다.

"부르셨습니까?"

고개를 든 시진핑이 왕양을 보았다.

"방금 리커창이 다녀갔어."

"예, 주석 동지."

알고 있었지만 왕양이 시치미를 떼고 물었다.

"무슨 일 있습니까?"

"총리 사직원을 내고 갔는데."

쓴웃음을 지은 시진핑이 손에 든 서류를 흔들었다.

"당 정치국 상무 위원직도 사퇴하겠다는군."

"정치국도 말씀입니까?"

왕양이 놀란 척했다.

리커창은 정치국 상무위원 7명 중 서열 2위인 국무원 총리다. 중국을 지배하는 7인 중에서도 2위인 것이다. 모든 것을 내려놓는다는 표시다.

시진핑이 눈썹을 모으고 물었다.

"어떻게 생각하나?"

"이번 북한의 조선성 가입 실패에 대한 책임을 진 것입니다."

리커창도 그렇게 말했지만 정작 책임져야 할 당사자는 시진핑이다. 시진핑이 주도적으로 이끌었기 때문이다. 리커창이 대신 책임을 진 것이다.

그때 왕양이 말을 이었다.

"남북한에 우롱당했다는 여론이 높습니다. 이대로 덮을 수만은 없으니 주석 동지께서 받아들이시는 것이 나을 것 같습니다."

"그렇다면."

시진핑이 지그시 왕양을 보았다.

"어떻게 하는 것이 좋겠나?"

"문책성 경질로 해야 리커창 동무가 실제 책임자인 것으로 알게 되겠지요."

"모든 공직을 내려놓고 자택 연금으로 하는 것이 낫겠지?"

"예, 그리고 리커창 동무를 따로 부르셔서 다음에 복권시키겠다는 말씀을 해 주시지요."

"그것은 동무가 말해주게."

"알겠습니다."

"3년만 기다리라고 해."

"예, 주석 동지."

이렇게 리커창의 미래가 결정되었다.

신장성 카슈가르.

이동욱이 안가에서 쿠지마와 하카단을 만나고 있다.

주위에는 카슈가르를 맡았던 최수만 대좌 등 간부들도 둘러앉았다.

오늘은 작전 회의다.

밤 9시 반, 안가 응접실.

분위기는 무겁다. 오늘부터 전쟁인 것이다.

각 조직은 팀 별로 무장봉기를 일으키게 된다. 전시 체제다.

지금까지 최수만은 쿠지마와 하카단 조직을 무장 조직으로 단결시켰다. 10명 단위의 68개 팀이 동남부 지역에서 활동하게 될 것이다.

고개를 든 이동욱이 말했다.

"무장봉기가 일어나면 곧 국경을 넘어서 무슬림 지원군이 온다. 그래서 순식간에 신장성 동쪽과 남쪽을 석권하게 될 것이다."

이것이 1차 목표다.

아프가니스탄, 타지키스탄, 키르기스스탄, 카자흐스탄과의 국경 지역을 석권하면 무슬림들이 대거 이동하게 될 테니까 이쪽은 무슬림 영토인 것이다.

출정식을 마친 하카단이 카슈가르 북쪽의 본부로 돌아왔을 때는 오후 11시 반이다.

하카단이 고문관 한철수에게 말했다.

"내일 오전 10시에 3개 팀이 동시에 시작하게 될 거야."

"쿠지마 쪽에서도 2개 팀이 10시에 관공서를 공격한다니까 내일은 이쪽이 전쟁터가 되겠지."

한철수가 말을 이었다.

"세계의 시선이 일순간에 이쪽으로 집중될 거야."

그것을 노린 작전이다.

지금까지 꿈틀거리고만 있던 위구르 독립단이 마침내 폭발하는 것이다.

중국 정부는 '중국 연방'으로 아시아 대륙을 석권하려고 애썼지만, 그사이에 서쪽 변경에서 독립군의 테러가 터지는 셈이다. 중국 연방, 조선성, 남북한, 일본 핵 문제를 순식간에 덮는 사건이다.

한철수가 고개를 들고 하카단을 보았다.

"자, 우리도 이동하지."

한철수는 하카단 본부의 보좌역이다.

그리고 하카단의 모든 팀에는 한 명씩 자문관이 파견되어 있다. 남북한군, 용병으로 구성된 자문관들이 실제로 팀을 지휘하는 것이나 같다.

그것은 쿠지마 부대도 마찬가지다.

우루무치, 밤 11시 40분. 시내 국제 호텔 옆의 2층 저택 안.

이곳이 정보국장 장평의 숙소다.

응접실에서 침실로 다가가던 장평이 침실 옆쪽 방문을 열고 들어섰다.

피복실이다. 방의 불이 꺼져 있었지만, 창으로 새어든 빛으로 창가의 의자에서 일어서는 사내가 보였다.

"기다렸나?"

"아닙니다."

대답한 사내의 얼굴 윤곽이 드러났다.

주석실 비서 왕양의 부하 위복이다.

장평이 앞쪽에 앉았을 때 위복이 말했다.

"내일부터 리커창 동지는 총리직을 사임하고 자택에 연금됩니다."

장평은 시선만 주었고 위복이 말을 이었다.

"리커창 동지가 자진해서 사직서를 제출했습니다. 이번 남북한, 일본의 핵 보유, 북한의 조선성 가입 실패에 대한 책임을 진 것이지요."

"그런데 연금을 시켜?"

"왕 비서께서 그렇게 조언했습니다."

"그렇군."

"시 주석이 덥석 미끼를 문 것이지요."

"이젠 분별력도 모자란다."

"왕 비서께서 지금이 기회라고 하셨습니다."

"좋아. 내일부터 이곳이 세계의 뉴스 중심이 될 테니까 시진핑이 정신을 차리지 못할 거야."

장평이 말을 이었다.

"이곳은 내가 맡을 테니 왕 비서한테 베이징을 부탁한다고 전해."

"무운(武運)을 빕니다."

정색하고 말한 위복이 자리에서 일어섰다.

장평과 왕양 그리고 리커창의 연대다.

이동욱의 사령부는 카슈가르 북서쪽 60킬로 지점의 산골짜기다.

이곳에서 키르기스스탄 국경까지는 50여 킬로 정도였는데 2개 팀 20명이 호위했다.

최소한의 병력이다. 신장성 서남부의 광대한 지역에 60여 개의 팀을 분산시켜 놓은 것이다.

오전 10시 10분, 동굴 안에서 이동욱이 강기철의 보고를 받는다.

"카슈가르 공안서가 수류탄 5발을 맞고 폭파되었습니다. 현재도 건물이 불길에 싸여 있습니다."

강기철의 보고가 끝나기를 기다렸다가 부하 하나가 말을 이었다.

"카슈가르 수용소가 기관총 공격을 받아서 망루에 있던 공안 10여 명이 사살되었습니다."

다시 보고가 이어진다.

"카슈가르 시청에 수류탄 3발 투척, 건물 일부가 무너졌습니다. 사상자는 파악 중입니다."

"방금 카슈가르 방송국이 대전차포 공격을 받아 방송이 중단되고 건물이 무너졌습니다."

시작이다.

카슈가르와 인근 도시 4곳에 20여 건의 테러가 동시에 터진 것이다.

사상자는 수백 명에 이를 것이고 건물 수십 동에 화재가 났다.

'동시다발' 테러다.

"테러가?"

놀란 시진핑이 버럭 소리쳤다.

주석 집무실 안.

시진핑 앞에 선 사내가 바로 주석실 비서 왕양이다.

오전 10시 25분.

"예, 신장성 서쪽 4개 도시에서 현재까지 18곳입니다."

"위구르 독립단인가?"

"그렇습니다."

왕양이 서류를 시진핑 앞에 놓았다.

신장성 현장에 있는 정보국장 장평의 보고서다.

"여기, 정보국장이 올린 보고서입니다."

빠르다. 테러 25분 만에 현장에서 국가주석 앞에 보고서가 도착했다.

보고서를 받은 시진핑이 읽는 동안, 왕양은 입을 다물었다. 가쁜 호흡을 고르려고 어금니를 물었고 눈빛은 가라앉히려고 테이블을 보았다.

이제 시작이다.

그때 시진핑이 고개를 들었다.

"진압군은?"

"작전 계획대로 자동으로 투입되는 중입니다. 지금 대기실에 해방군 참모장, 공안부장이 대기하고 있습니다."

고개를 끄덕인 시진핑이 자리에서 일어섰다. 눈이 흐려져 있고 다리에 쥐가 났는지 발을 떼다가 비틀거렸다.

역대 중국 왕조는 내란으로 다 망했다. 농민들이 들고일어나면 끝장이다.

회의실 안.

인민해방군 참모총장 오관주가 말했다.

"작전 계획대로 진압군을 투입하고 있습니다. 일주일이면 정상화될 것입니다."

벽에는 이미 신장 위구르 상황판이 붙여졌고 테러가 발생한 지점은 붉은 등이 깜박이고 있다. 그리고 진압군이 투입되고 있는 지역은 푸른 등이 깜박인다.

오관주가 말을 이었다.

"공정대 2개 군단, 약 15만 명이 사흘 안에 위구르 전 지역에 투입될 것입니다. 현지 경비군 8만과 공안 7만까지 합쳐서 30만 병력이 테러 작전에 참가합니다."

어깨를 편 오관주가 시진핑을 보았다.

"이 기회에 우리 인민해방군의 위력을 전 세계에 보일 것입니다."

그러더니 덧붙였다.

"이것이 전화위복의 기회가 될 것입니다."

"시작했군."

청와대 집무실 안.

이광이 굳은 얼굴로 안학태에게 말했다.

오전 11시 45분이다.

중국 방송은 침묵을 지켰지만 세계 각국의 방송사가 '신장 위구르' 지역의 테러를 보도하기 시작한 것이다.

"바로 중국군이 투입되겠지?"

"그럴 것입니다."

"세계의 시선이 집중되어 있어."

"이젠 '중국 연방' 소동도 잊히겠지요."

"리커창이 문책성 사퇴를 당하고 연금된 직후에 위구르 테러가 터지다니, 시 주석은 당황하겠군."

"아주 타이밍이 나쁩니다."

말과는 반대로 안학태의 얼굴에 쓴웃음이 떠올라 있다.

"이동욱이 시기를 잘 맞췄습니다."

"정권 중심부가 흔들리면 위험해."

이광의 말에 안학태가 고개만 끄덕였다.

구태여 말을 이을 필요도 없는 것이다.

워싱턴 시간은 오후 9시 50분이다.

부시는 백악관 식당에서 안보보좌관 선튼, CIA 부장 매크레인과 둘러앉아 있다.

위구르 사태를 보고 받자 바로 매크레인을 부른 것이다.

부시가 매크레인을 보았다.

"이봐, 매크레인. 그거, 쉽게 끝나지는 않겠지?"

"예, 길게 갈 것 같습니다."

매크레인이 바로 대답했다.

"중국이 전(全) 군사력을 동원할 테니까요. 해방군은 잘 훈련된 군대지요."

"우리 장군들은 그렇게 생각 안 하는 것 같던데."

"실전 경험은 없지만 군기는 잘 잡혀 있습니다."

"부패하지는 않고?"

"장군들이야 정치 바람에 흔들리지만 장교, 하사관들은 단단합니다."

그러자 선튼이 말했다.

"수뇌부가 쓰러지면 산사태가 나는 것처럼 무너집니다."

"자, 말해봐. 시진핑이 견딜 것 같아?"

"방금 선튼 씨 말대로 중심부가 흔들리면 위험하죠. 수백만 대군이 있더라도 말입니다."

매크레인이 목소리를 낮췄다.

"리커창을 문책성 사퇴를 시키고 연금한 직후에 위구르의 수십 곳에 테러가 일어난 현실이 시진핑에게 불길합니다. 당장 위구르에 파견할 고위 책임자가 없는 상황이 되었어요."

"그렇군."

"인민해방군 총참모장이 간다고 해도 그건 군을 지휘하기 위해서죠. 신장 위구르성 주민들을 위무할 지도자가 가야 합니다."

"시진핑이 가야겠군."

"지금 테러가 일어나는 지역에 들어갈 수는 없죠. 위험한 데다 그만큼 다급하다는 것으로 보일 테니까요."

이제는 매크레인의 얼굴에도 쓴웃음이 떠올라 있다.

"착륙합니다."

리시버에서 조종사의 목소리가 울렸다.

대형 수송 헬기 C-80이 속력을 뚝 떨어뜨리더니 하강하기 시작했다.

"1분 전입니다."

다시 조종사가 말했을 때 곽위 상장이 고개를 돌려 옆에 앉은 참모장 하경보 소장을 보았다.

"이봐, 기갑사단 일정을 당기라고 해."

"내일 밤 12시까지 국경 지대에 도착하기로 되었습니다만……."

하경보가 말을 이었다.

"몇 시간 당겨 보겠습니다."

"우선 경장갑차부터 운반하면 될 거다. 공군 수송기는 총동원시켜."

"알겠습니다."

"국경을 통해 지원군이 쏟아져 들어올 거야."

아직 국경은 이상이 없지만 곽위가 확신하듯 말했다.

곽위는 58세. 이번 위구르 테러 진압의 현장 최고 사령관이다. 이제 곽위는 28개 사단 30여만 병력을 지휘해서 테러단을 소탕하게 된다. 곽위는 신장성의 임시 통치자인 것이다.

그때 헬기가 더 속력을 떨어뜨리면서 하강하기 시작했다.

고개를 돌린 곽위는 창밖을 보았다.

이곳은 카슈가르 동쪽 15킬로 지점의 작전 사령부다. 사방이 숲으로 둘러싸인 데다 고원에 위치해서 전망이 좋다.

육중한 C-80이 비스듬히 하강하기 시작했다. 고도 150미터에서 140, 130, 120, 부드럽게 내려간다. C-80 안에는 곽위와 참모진이 탑승하고 있다.

그때다.

곽위는 숨을 들이켰다.

이쪽으로 흰 궤적을 뿜으면서 날아오는 물체, 미사일이다.

그 순간, 누가 외쳤다. 부조종사인 것 같다.

"미사일! 미사일! 회피!"

그러나 곽위의 얼굴에 쓴웃음이 번졌다.

늦었다.

귀에 꽂은 리시버에서 온갖 외침이 울렸다. 참모장 하경보는 곽위를 보호하려는 듯이 벌떡 일어나 창을 가로 막았다.

곽위는 웃음 띤 얼굴로 손목시계를 보았다.

오후 2시 15분이다.

그 순간이다.

곽위는 눈앞이 하얗게 되는 것을 느꼈다.

몸이 깃털처럼 가볍게 허공으로 떠오른다. 귀에 잠깐 소음이 울렸다가 끊겼다.

엄청난 사건.

테러단 진압 사령관 곽위가 참모진과 함께 미사일을 맞아 폭사한 사건은 전 세계에 보도되었다.

테러단이 쏜 미사일이다.

사령관, 참모장 이하 탑승 인원 54명이 폭사했다.

세계의 이목이 일시에 집중되어서 다른 사건은 다 덮였다.

"책임을 질 만한 지도자급을 당장 보내셔야 됩니다."

한정이 발언했을 때 방 안이 조용해졌다.

이곳은 천안문 안쪽의 인민대회당, 회의실에서 정치국 상무 위원회가 열리고 있다.

둥글게 배치된 좌석에 앉은 상무위원은 모두 6명. 정원 7명에서 리커창이 빠졌기 때문이다.

한정은 국무원 상근 부총리로 리커창을 보좌했던 인물이다. 서열은 7명 중 7위. 상무위원회에서 가장 먼저 발언한 것도 처음 있는 일이다.

한정이 말을 이었다.

"당연히 국무원 총리가 현장에 나가야 했지만 지금은 자택 연금 상태 아닙니까? 그렇다고 부총리인 제가 나서기엔 격이 떨어집니다. 군 사령관은 얼마든지 보낼 수 있지만 지도자급이 가서 수습해야 됩니다."

그때 서열 3위인 전인대 상무위원장 리찬수가 발언했다.

"세계가 주목하는 마당에 당황하는 처신을 하면 안 돼요. 여유 있게 보여야 됩니다. 서둘 거 없어요."

"아니, 그 말씀에 동의할 수 없소."

그렇게 나선 것은 서열 4위의 왕상귀다. 왕상귀는 정치협상회의 주석이다.

"이럴 때 우물거리면 모든 불평불만이 지도자에게 쏠린다는 것을 모르신단 말씀이오? 과거의 경험을 봐도 그렇소. 모 주석 시절을 열거하면……."

"잠깐."

그때 시진핑이 말을 막았다.

정치국 상무위원의 발언을 막을 수 있는 사람은 시진핑뿐이다.

모두의 시선을 받은 시진핑이 말했다.

"일단은 현지에 가 있는 정보국장 장평 동지에게 상황 수습을 맡기도록 하겠소. 그러고 나서 지도자급 인사를 신장성으로 보내도록 합시다."

이견이 없었기 때문에 모두 박수를 쳤다.

박수가 그쳤을 때 시진핑이 말을 이었다.

"제3관구 사령관인 탕성 상장을 신장성 진압 사령관으로 임명하겠소."

시진핑이 군사위 주석을 겸하고 있기 때문에 위원들이 다시 박수를 쳤다.

"심상치 않군."

부시가 CIA 부장 매크레인에게 말했다.

오늘도 오벌룸에는 안보보좌관 선튼까지 셋이 둘러앉아 있다.

말은 그렇게 했지만 부시의 표정은 밝다.

부시의 시선을 받은 매크레인이 입을 열었다.

"신장성의 테러가 격렬해지고 있지만 아직 진압군이 효율적으로 움직이지 않습니다. 거기에다 서쪽 '스탄국' 국경 지역으로 지원군들이 모이고 있습니다."

"큰일 났다니까."

"당분간 신장 위구르 지역이 전장(戰場)이 될 것입니다. 테러단이 준비를 많이 했거든요."

"이동욱이지?"

"예, 각하."

"결국 신장 위구르 지역을 코리안이 먹게 되는 걸까?"

이제는 부시의 얼굴에서 웃음기가 지워졌다.

그때 선튼이 말했다.

"우리가 예상했던 것 아닙니까? 남북한의 중국 대륙 탈취 작업을 지원한 것도 그것을 목표로 했구요."

"확률은 33퍼센트로 잡았지 않아? 지금은 40퍼센트쯤으로 올라가겠군."

부시가 눈을 가늘게 떴다.

"이게 점점 구체화되어 가는 것이 어쩐지 으스스한데."

"각하, 예상보다 중국 지휘부가 크게 흔들리는 것 같습니다."

매크레인이 정색하고 말했다.

이 셋이 최고 기밀을 논의하고 있는 것이다.

국무장관 등 고위층은 드문드문 부분만 알 뿐이지 중국의 한국화 작업을 미국이 지원하고 있다는 큰 그림은 모른다.

매크레인이 말을 이었다.

"시진핑이 신장성에 가 있는 장평에게 군관민을 통제하는 전권을 맡겼습니다. 진압군 사령관도 장평의 지휘를 받게 된 것이지요."

"옳지. 45퍼센트쯤 되겠네, 그러면."

"연금 중인 리커창에게 고위층들의 호의가 모이고 있습니다."

부시가 이번에는 고개만 끄덕였다. 왕양의 이름을 말하려다가 만 것이다.

그것은 극비다. 셋이 있을 적에도 이름을 꺼내지 말아야 한다.

물론 왕양, 리커창, 장평 라인을 알고 있는 고위층은 이들 셋뿐이다.

작전 사흘째.

테러가 시작된 직후부터 신장성은 계엄령이 선포되고 오후 7시부터 다음 날 오전 6시까지 통금이 실시되었다.

그렇지만 오히려 테러는 더 늘어났다.

만 이틀 동안 서쪽 지역에서 121건의 테러가 발생한 것이다.

모두 수류탄, 폭발물 설치, 대전차포, 미사일 공격에 의한 테러다.

그러나 사흘째 되는 날, 오후 7시 45분.

통금 시간에 국경 근처의 도로에서 격렬한 총격전이 발생했다. 국경으로 향하던 진압군 1개 중대 병력이 기습을 받은 것이다.

"트럭 4대 폭파, 현재 교전 중!"

중대장의 보고를 들은 참모장 유기연이 소리쳐 물었다.

"적 병력은 얼마냐?"

"약 1개 중대 병력입니다."

"1개 중대?"

"예, 참모장 동지. 지금 3면이 포위되었습니다!"

중대장의 목소리에 총성이 섞여 들렸다.

그때 옆에 서 있던 참모가 유기연에게 말했다.

"현장 영상이 떴습니다!"

중국군은 신장성의 전 지역에 정찰위성을 2개 배치시켜 놓은 상태다.

고개를 돌린 유기연이 벽에 떠오른 영상을 보았다.

도로 위에 길게 늘어진 차량 대열, 불에 타고 있는 장갑차, 차량도 6대다. 4대가 아니다.

그리고 도로 양쪽에 엎드린 진압군.

그때 참모가 말했다.

"반란군은 20명 정도입니다, 참모장 동지."

그렇다. 그런데 좌우 능선 위에 배치된 20명 정도가 차량 대열의 앞뒤를 막아 놓고 나서 공격을 퍼붓고 있는 중이다.

"중대장! 놈들은 20명 정도야!"

유기연이 버럭 소리쳤다.

"그곳에서 기다려라!"

고개를 돌린 유기연이 참모에게 지시했다.

"27부대에서 전투 헬기를 보내!"

"예, 3대를 보내지요."

바로 대답한 참모가 물러갔을 때 유기연은 소리 죽여 숨을 뱉었다.

이곳은 신장성 서쪽 도시 윈스 근처에 위치한 진압군 사령부다. 작전 상황실에는 수십 명의 장교가 모여 있지만 가라앉은 분위기다.

20명 정도의 반군을 상대로 1개 기갑중대와 3대의 공격용 헬기가 동원되고 있다. 그것도 기습을 받은 기갑중대는 무기력한 상태인 것이다.

이동욱은 카슈가르 북서쪽의 본부에서 현황을 보고받는 중이다.

이쪽도 위성으로 본 현장을 파악하고 있었는데 미국의 도움을 받기 때문이다.

이제는 CIA 파견관 폴 사이몬이 이동욱을 보좌하고 있는 것이다.

폴의 보고를 받은 이동욱이 부관 역할을 하고 있는 박영철에게 지시했다.

"철수시켜. 치고 빠지는 역할도 이만하면 됐다."

진압군 기갑중대를 습격한 독립군에게 한 말이다.

〈3권에 계속〉